W0030362

Yoko Ogawa

Schwimmen mit Elefanten

Roman

Aus dem Japanischen
von Sabine Mangold

liebeskind

1

Ich möchte die Geschichte von Anfang an erzählen, noch bevor unser Held »Kleiner Aljechin« genannt wurde, also zu einer Zeit, als er noch den Namen trug, den ihm seine Eltern gegeben hatten.

Im Alter von sieben Jahren fand er es jedes Mal sehr aufregend, wenn seine Großmutter mit ihm und seinem jüngeren Bruder einen Kaufhausbummel unternahm. Zwar war die zwanzigminütige Busfahrt ins Stadtzentrum eine Tortur, weil dem Jungen dabei immer schlecht wurde, und es bestand auch nicht die Aussicht, ein Spielzeug gekauft zu bekommen oder im Restaurant ein Kindermenü bestellen zu dürfen. Trotzdem war es für den Jungen ein ganz besonderes Erlebnis. Während seine Großmutter mit seinem jüngeren Bruder durch die Etagen lief, um sich Miniatureisenbahnen oder U-Boot-Modelle anzuschauen, beziehungsweise Seidenkleider und Krokodillederhandtaschen, verbrachte er die Zeit oben auf dem Dach. Zu jener Zeit waren die Dachterrassen von Kaufhäusern alle ähnlich ausgestattet: es gab einen Spielplatz mit Holzpferdchen, Reitautomaten, Karussellen und Drehscheiben wie jene überdimensionale Kaffeetasse, in der sich lachende Kinder drängten.

Doch er interessierte sich nicht für diese Art von Vergnügungen. Das mulmige Gefühl von der Busfahrt war nie ganz verflogen, und außerdem hatte er kein Geld, um sich ein Billett für die Spielgeräte zu kaufen. Er ging immer schnurstracks über die Terrasse und um das Riesenrad herum und stellte sich in die Nische zwischen der Wand zum Kesselraum und dem Schutzgitter. An dem Gitter war eine kleine Hinweistafel angebracht:

Hier an diesem Ort ist der Elefant Indira gestorben. Er war zur Einweihung des Kaufhauses eigens aus Indien geholt worden und sollte eigentlich nur als Jungtier hier bleiben und danach dem Zoo übergeben werden. Da er aber bei den Kindern so beliebt war, versäumte man die Übergabefrist, und schließlich war er zu groß geworden, um das Dach verlassen zu können. Er ließ sein Leben, nachdem er 37 Jahre lang an diesem Ort die Herzen der Kinder erfreut hatte.

Für einen Jungen, der gerade Lesen und Schreiben in der Schule lernte, war es schwierig, die Inschrift zu entziffern, aber seine Großmutter hatte ihm die Tafel Dutzende Male vorgelesen, sodass er sie auswendig kannte.

Zum Andenken an Indira war am Pfeiler ein eiserner Fußring befestigt, der schon völlig verrostet und so schwer war, dass ihn ein Kind unmöglich hochheben konnte. Neben der Inschrift war ein Bild des Elefanten angebracht – auf indische Art mit Glasperlen und Quasten geschmückt und mit triumphal erhobenem Rüssel –, aber der Junge wusste, dass es sich um eine Fälschung handelte. Es fehlte der Eisenring um Indiras Fuß.

Wie üblich stand der Junge eine ganze Weile lang still vor dem Gitter und ließ sich den kalten Wind um die Ohren blasen, während seine Gedanken um den Elefanten kreisten. Die kleine Indira, wie sie im Fahrstuhl auf das Dach transportiert wurde. Neugierig raunende Zuschauer, die sich drängten und gegenseitig wegschubsten, um das Tier zu berühren. Johlende Kinder auf den Schultern ihrer Eltern. Indira machte Kulleraugen, schwenkte ihren Rüssel hin und her und aß Bananen.

Schließlich kam der Tag, da Indira in den Zoo umziehen sollte. Aus diesem Anlass wurde ein großes Fest veranstaltet. Kinder lasen schluchzend Abschiedsbriefe vor, dann begann der Aufbruch. Ihr Wärter führte sie hinüber zum Fahrstuhl, und die Leute schrien überrascht auf, als Indira mit dem Kopf anstieß. Der Elefant passte nicht mehr in die Kabine. Der Wärter drückte mithilfe eines Stocks seinen Rüssel herunter, während die anderen das Tier mit vereinten Kräften von hinten hineinzuschieben versuchten. Indira verstand nicht, was genau gerade mit ihr geschah. Sie wollte es allen recht machen, vor allem ihrem Wärter, indem sie die Ohren anlegte und ihr Hinterteil einzog, aber alle Anstrengung war vergebens. Ihr taten die Glieder weh, und diese Schmerzen trieben ihr Tränen in die Augen. Was immer auch unternommen wurde, man sah schließlich ein, dass Indira für den Fahrstuhl inzwischen zu groß geworden war.

Jetzt blieb nur noch die Möglichkeit, die Treppe zu nehmen.

»Na, sei ein braves Mädchen. Du musst ganz langsam machen. Das schaffst du schon, du bist doch klug genug. Stufe für Stufe, einen Fuß vor den anderen. Für jede Stufe gibt es eine Belohnung. Versuch es doch einmal!«

Aber alles Zureden oder Drohen war vergeblich. Indira, die nie zuvor eine Treppe gesehen hatte, zitterte vor Angst.

Mit gesenktem Kopf trottete sie zu ihrem Platz zurück, wo noch immer das Banner »Sayonara, Indira!« hing. Obwohl sie nichts Schlimmes getan hatte, plagten sie Gewissensbisse, die Menschen enttäuscht zu haben.

Auf der Terrasse wurden rasch die nötigen Vorkehrungen getroffen, um für den Elefanten halbwegs annehmbare Lebensbedingungen zu schaffen. Der Zaun wurde erhöht und mit einem solideren Schloss versehen, Indira wurde mit dem Fußring angekettet.

Wenn Kinder sie darum baten, streckte Indira majestätisch ihren prächtigen Rüssel in die Höhe. Bereitwillig ließ sie sich auf alles ein, nur um ihnen eine Freude zu machen. Das Rasseln ihrer Kette wurde vom Johlen der Kinder übertönt. Aber es gab auch Besucher, die sie ärgern wollten und mit Bierdosen nach ihr warfen.

Weitaus trauriger waren jedoch verregnete Feiertage, die Indira mutterseelenallein auf dem Dach verbringen musste. Es gab keinen einzigen Baum, unter den sie sich hätte stellen können, das Riesenrad und das Karussell standen still, nur der Regen prasselte unablässig auf die

Terrasse nieder. Indira wiegte sich hin und her, um ein wenig Ablenkung zu haben, aber sofort zerrte die Kette an ihr. Sie konnte sich immer nur in einem Umkreis von wenigen Metern bewegen.

Auf diese Weise lebte Indira siebenunddreißig Jahre auf dem Dach des Kaufhauses. Wie sehr sie sich auch danach sehnte, es gelang ihr nie, diesem Ort hoch oben in den Wolken zu entkommen. Sie, die eigentlich durch den Dschungel hätte stampfen sollen, schwebte fast ihr ganzes Leben lang zwischen Himmel und Erde.

Der Junge gab sich wieder einmal seinen Fantasien über Indira hin. Einsam und verträumt stand er in der Ecke, unbemerkt von den anderen Kindern, die sich derweil auf den Karussellen vergnügten. Unter wolkenlosem Himmel ritten sie selig auf den Holzpferden, umgeben vom süßen Duft der Zuckerwatte. Wer nahm schon Notiz von dem alten verblichenen Schild? Der Junge hatte Indira ganz für sich allein.

Manchmal wunderte er sich selbst darüber, dass ihn ein toter Kaufhauselefant so faszinierte. Aber er konnte noch nicht in Worte fassen, was ihn mit diesem Elefanten verband, der in seinem Leben eine wichtige Rolle spielen sollte.

Um ihm näher zu sein, kniete sich der Junge auf den Boden und roch an dem Fußring. Jahrelang lag der nun schon vergessen da, kein einziges Elefantenhaar klebte mehr an ihm, aber der rostige Geruch, der an ein schmutziges Scheuertuch oder einen kariösen Zahn erinnerte, holte Indira in die Gegenwart zurück.

Was mag in einem Elefanten vorgehen, wenn ihm klar wird, dass er für immer und ewig auf dem Dach gefangen ist? Bestimmt ist er völlig verzweifelt. Ob er sich wünscht, fliegen zu können, um mit seinen riesigen Segelohren sanft auf der Erde zu landen? Aber gutmütig, wie sie war, machte sich Indira wahrscheinlich eher Sorgen über ihr zunehmendes Gewicht und die Gefahr, deswegen irgendwann durch das Dach zu brechen.

In diesem Augenblick verstand der Junge, dass er nicht bloß Mitleid mit dem Elefanten hatte, sondern auch so etwas wie Neid verspürte. Er beneidete Indira darum, dass sie ihr Leben auf einem Dach verbrachte, ohne jemals ausbrechen zu können.

»He, großer Bruder!« Die helle Stimme übertönte den Lärm auf dem Dach. Seine Großmutter tauchte auf, mit seinem kleinen Bruder im Schlepptau. Der Junge sah, dass er heute nichts bekommen hatte, aber der Kleine fasste ihn unbekümmert am Arm und erzählte, wie toll die neuen Plastikmodelle in der Spielzeugabteilung waren.

»Ihr seid bestimmt hungrig, nicht wahr? Lasst uns etwas essen«, sagte derweil ihre Großmutter, die auf der Bank Platz genommen hatte und sich, anscheinend müde vom vielen Herumlaufen, die Knie rieb. Sie wischte sich die Hände mit dem Tuch sauber, das ihr von der Hüfte hing, und wühlte in der Einkaufstasche, aus der sie schließlich eine Thermosflasche und in Papier gewickelte Sandwichs holte. Die beiden Brüder sahen ihr wortlos zu.

Die Bank stand direkt neben dem Schild. Bislang hatte

nie ein anderer Besucher hier Platz genommen. Sie war so verwittert und morsch, dass man den Eindruck hatte, man habe sie eigens für die drei dort vergessen. Von hier aus schauten sie in den Himmel, wie einst Indira, aßen dabei ihre Sandwichs und tranken Eistee. Der Kleine schwärmte unverdrossen, wie toll es doch in der Spielzeugabteilung gewesen sei.

Der Junge hörte seinem Bruder aufmerksam zu und pickte hin und wieder Brotkrümel von dessen Pullover. Auch als der Redeschwall über die Spielzeugabteilung für kurze Zeit ins Stocken geriet, ließ er die anderen beiden nicht an seiner Freundschaft mit Indira teilhaben.

»Aber an meinem Geburtstag essen wir im Restaurant, oder?« Als sie ihre Sandwichs aufgegessen hatten, sprang sein kleiner Bruder von der Bank auf. Die beiden Jungen gingen immer zu den langweiligsten von allen Spielgeräten. Wenn man eine Münze in den Schlitz steckte, konnte man eine Minute lang auf einer Giraffe, einem Löwen oder einem Elefanten reiten. Aber die beiden warfen nichts ein. Der Junge bewegte seinen Körper selbst ruckartig vor und zurück, während seine Großmutter den kleinen Bruder durchschüttelte. Auf diese Weise konnten sie sich immer mehrere Minuten nach Herzenslust amüsieren. Giraffe, Löwe und Elefant. Sein Bruder entschied sich stets für den Löwen, der Junge nahm die Giraffe. Er würde niemals auf dem Elefanten reiten.

Der Junge lebte bei seinen Großeltern, die in der Nähe der Endstation der Buslinie wohnten, in einem alten

Viertel am Ufer des Kanals. Die Eltern hatten sich kurz nach der Geburt seines jüngeren Bruders scheiden lassen, worauf die Mutter mit beiden Kindern zu ihrer Familie zurückkehrte. Zwei Jahre später starb sie an einer plötzlichen Hirnblutung.

Sie wohnten in einem Haus, das so schmal war, als wäre es von den Nachbarhäusern zusammengestaucht worden. Immerhin hatte es ein Giebeldach. Manchmal geschah es, dass der Postbote die Hausnummer übersah und einfach mit dem abzuliefernden Brief am Haus vorbeiging. In den schmalen Spalt zum Nachbarhaus passte gerade einmal eine Hand hinein. Tief darin herrschte eine schaurige Finsternis, und einer alten Legende zufolge soll einmal ein Mädchen in den Spalt geraten sein. Das Mädchen ist nie wiederaufgetaucht, obwohl seine besorgten Eltern überall nach ihm gesucht hatten. Irgendwann ist aus dem Mädchen eine Mumie geworden, die bis heute zwischen den Häusern herumspukt. »Sei lieb, sonst wirst du in den Spalt gesteckt«, lautete eine Drohung, vor der sich sämtliche Kinder im Viertel fürchteten.

Wer vor dem Haus stand, konnte bereits ahnen, wie eng es drinnen sein mochte. Die Tapeten waren vergilbt, die Fensterrahmen durch die salzige Meeresluft verwittert und die Elektrogeräte völlig veraltet. Nur die Möbel waren mit Politur auf Hochglanz gebracht. Der Großvater des Jungen war von Beruf Schreiner. Seine Werkstatt befand sich im Erdgeschoss. Er hatte sich auf die Reparatur von Möbelstücken spezialisiert, obwohl es meistens sinnvoller war, gleich etwas Neues zu bauen – was bestimmt dazu beigetragen hätte, die Atmosphäre im Haus etwas freundlicher zu gestalten. Der Junge fragte sich stets, was sein Großvater mit dem alten Gerümpel zu schaffen hatte.

»Neue Möbel haben zu viel Energie«, pflegte der Alte zu sagen, der sonst ein sehr einsilbiger Mensch war. »Gerade alte, ausgediente Sachen muss man gut behandeln.«

Der Junge begriff zwar nicht genau, was er damit meinte, aber da er ihn bei der Arbeit nicht stören durfte, nickte er zustimmend.

In der Werkstatt flogen ständig Hobelspäne herum. Es war ein einziges Durcheinander: Sofagestelle ohne Polster, schiefe Türme von übereinandergestapelten Schubladen, dreibeinige Sessel und anderer Krempel. Der Junge schaute dem Alten gern bei der Arbeit zu, um etwas von ihm zu lernen, auch wenn seine Großmutter das nicht guthieß, weil sie fürchtete, er würde seine Kleidung schmutzig machen. Ein reich verzierter Schrank, der aus dem Salon einer Villa zu stammen schien, sah hoffnungslos aus, nachdem sein Großvater sich daran zu schaffen gemacht hatte. Es fehlte das Deckbrett, das geschnitzte Ornament war mit Holzstaub übersät, die Schubladen hingen heraus. Aber der Junge wusste, dass auf seinen Großvater immer Verlass war.

Um seine Großmutter zu beschreiben, muss man die Geschichte von ihrem Tuch erzählen. Den ganzen Tag lang, vom Aufwachen bis zum Einschlafen, egal ob sie sich drinnen oder draußen aufhielt, es durfte niemals fehlen. Ursprünglich war es sicher einmal ein ganz gewöhnliches Tuch gewesen, aus weißer Baumwolle und mit einem Blumenmuster verziert, so wie man es zum Abtrocknen von Geschirr benutzt. Aber seit der Junge denken konnte, hatte es nie diesen Zweck erfüllt. Stattdessen wischte sich seine Großmutter damit den Schweiß von der Stirn, wenn sie in der Küche Eintopf machte, oder sie schnäuzte sich damit die Nase, wenn sie den Kindern beim Ankleiden half. Wenn sie mit den Nachbarn plauderte, knetete sie darauf herum, drückte es zusammen und zog es wieder auseinander. Abends, wenn sie die Strickarbeit beiseitelegte, malte sie mit der Spitze ihrer Stricknadeln irgendwelche Zeichen in den Stoff.

Das Tuch war Großmutters Talisman, ihr Heiligtum, ihr Schutzengel, es war wie ein Teil ihres Körpers. In dieser Eigenschaft wurde es auch nie gewaschen. Hätte sie das Tuch zum Trocknen auf die Leine hängen müssen, wäre das einer Amputation gleichgekommen. Natürlich war das Blumenmuster längst verblichen. Das Tuch besaß nun eine Patina, die kein Farbpigment hätte zustande bringen können, und verströmte einen eigentümlichen Geruch. Irgendwann war es nicht mehr von der Farbe ihrer Haut zu unterscheiden.

Wie es dazu gekommen war, hing mit dem Tod ihrer einzigen Tochter zusammen. Sie hatte das Tuch von jenem Moment an ins Herz geschlossen, nachdem sich im Anschluss an die Bestattungszeremonie alle Trauergäste verabschiedet hatten. Das liegen gebliebene Küchentuch nahm sie beiläufig vom Tisch, als sie sich auf einem Stuhl niederließ. Erst als sie es in Händen hielt, konnte sie ihren Tränen freien Lauf lassen. Ihr Mann schaute derweil nur stumm aus dem Fenster. Später gingen sie gemeinsam hinüber zu einem schäbigen Sofa, wo ihre Enkel bereits eingeschlafen waren, und trugen sie ins Bett.

Der Junge war ein sehr stilles Kind. Die Nachbarn vermuteten, er käme nach seinem Großvater, aber in Wirklichkeit gab es dafür einen Grund, von dem niemand wusste. Bei der Geburt des Jungen waren seine Ober- und Unterlippe miteinander verwachsen. Deshalb konnte auch kein Schrei aus seinem Mund dringen.

Lippendeformationen sind bei Neugeborenen an sich keine Seltenheit, aber die Lippen des Jungen klebten so fest aneinander, dass man sie partout nicht lösen konnte, sosehr man sich auch bemühte. Auch für den Arzt war dies ein völlig neuartiges Phänomen, das ihm in seiner medizinischen Laufbahn bislang nicht begegnet war.

Fast schien es, als wäre das Neugeborene wild entschlossen, den anderen seine im Mund versiegelte Dunkelheit vorzuenthalten. Zugleich schien es aber nicht zu wissen, wohin mit dem Hall der eigenen Stimme, die nun in seinem Herzen eingekerkert war. Man nahm unverzüglich einen Eingriff vor. Das Neugeborene wurde aus den Armen der Mutter gerissen und auf einen kalten Operationstisch gelegt. Seine Lippen waren zierlicher als der kleine Finger des Arztes, so zart, als seien sie noch gar nicht reif für diese Welt. Blitzschnell wurden sie mit einem Skalpell auseinandergeschnitten. So wurde Gottes gnädiges Werk von den zittrigen Händen eines Chirurgen vollbracht. Aber was, wenn Gott vielleicht gewollt hätte, dass zum Wohl des Kindes seine Lippen verschlossen blieben?

Die ihrer ursprünglichen Form beraubten Lippen bluteten, die Haut platzte auf, die Schleimhäute lagen bloß. Der Arzt verpflanzte ein Stück Haut von der Wade. Als der Säugling aus der Narkose erwachte, spürte er sofort, dass etwas mit ihm geschehen war. Nur zögerlich öffnete er die Lippen, und sein Blick schien zu fragen, ob er so alles richtig machte. Dann fing er an zu schreien, seine ersten Laute auf dieser Welt. Es war ein unbeholfenes Schreien, entweder wirkte die Narkose noch, oder aber das schnell hingepfuschte Lippenpaar behinderte ihn.

Es war jedoch fraglich, ob seine Wortkargheit tatsächlich darauf zurückzuführen war. Allein die Tatsache blieb bestehen, dass er zum Zeitpunkt seiner Geburt kein geeignetes Organ besaß, um seine Worte herauszulassen. Die neu geschaffenen Lippen waren für immer und ewig nur eine Imitation.

Seine Schweigsamkeit bedeutete allerdings nicht, dass er sprachlich zurückgeblieben war. Bereits in der Phase, in der Kinder das Laufen lernen, verstand er, dass alle Dinge einen Namen haben, und lernte diese mit verblüffender Geschwindigkeit. Seiner Großmutter fiel als Erster auf, wie intelligent der Junge war. Eines Tages, als sie in ihrem Nähkorb wühlte und gedankenverloren »leer … leer …« murmelte, kam der Kleine herbei und hielt ihr seinen Teddybär hin.

»Oh, du hast wohl verstanden, wonach ich suche. Wie schlau du bist. Vielen Dank.«

Die Großmutter nahm den Teddy in ihren Arm, schmiegte ihn an die Wange und stickte ihm das Wort »Bär« auf den Po.

Auch die Konzentrationsfähigkeit des Jungen war bemerkenswert. Besonders angetan hatte es ihm der Reißverschluss einer Einkaufstasche. Den ganzen Tag über machte er ihn unermüdlich auf und zu, strich von innen und außen darüber und prüfte, wie die einzelnen Zähne ineinandergriffen, wobei er sich durch nichts und niemanden stören ließ. Am dritten Tag schließlich war der Reißverschluss kaputt.

Da die verpflanzte Haut auf seiner Lippe von der Wade stammte, wuchs dort ein zarter Flaum. Immer wenn er sprach oder sein Atem darüberstrich, erzitterten die Härchen. Da sie sich sorgte, ob die Narbe richtig verheilte, starrte die Großmutter unentwegt auf die Lippen des Jungen. Sie wusste besser Bescheid über die Bewegung der Härchen als jeder andere. Auch wenn ihr Enkel sie nur schweigend anschaute, ahnte sie, was in ihm vorging. Deshalb war er ihr gegenüber sogar noch eine Spur einsilbiger. Die beiden kommunizierten über seinen Flaum.

Am redseligsten war der Junge beim Zubettgehen. Sein Refugium war ein Schrank neben dem Ofen im Wohnzimmer, der zu einer Art Alkoven umgebaut worden war. Sein kleiner Bruder schlief im Schlafzimmer der Großeltern im zweiten Stock, sodass der Junge nachts allein war.

Den Alkoven verdankte er der Handwerkskunst seines Großvaters. Auf die verstärkten Mittelbretter wurde eine Matratze gelegt, während die nackten Innenwände, die aus Sperrholzplatten bestanden, mit einer Flugzeug-Tapete ausgekleidet waren. Es gab auch einen Vorhang, der an einer Schiene befestigt war. Auf diese Weise hatte der Junge sein eigenes Reich, das ihm an sich schon genügte, aber sein Großvater gab sich damit noch nicht zufrieden. Am Kopfende brachte er eine kleine Glühbirne an und eine blau angemalte Flügeltür, die man auch von innen öffnen und schließen konnte. Bei geschlossener Tür konnte man den Jungen nun nicht mehr sehen.

»Aber da drinnen kriegt er doch keine Luft. Und wenn er das Bewusstsein verliert, merkt es keiner.«

Dieser Einwand kam natürlich von der Großmutter, die sich um das Wohlergehen ihres Enkels immer übermäßig sorgte. Wobei es der Junge nie mochte, wenn zu viel Aufhebens um seine Person gemacht wurde. Aber sein Großvater kramte daraufhin in seinem Werkzeugkasten herum und sägte dann ein rechteckiges kleines Fenster oben in die Tür. Es war eigentlich als Luftschlitz gedacht und gerade groß genug, um die Sorgen der Großmutter zu zerstreuen. Andererseits war es auch klein genug, damit der Junge ungestört bleiben konnte. Denn sein Großvater hatte intuitiv begriffen, was für eine Art von Unterschlupf sein Enkel brauchte.

Als der Alkoven fertig war, wurde sein kleiner Bruder neidisch und bestand darauf, selbst darin zu schlafen. Widerwillig erlaubte es ihm der Junge, aber nur für eine

Nacht. Am Ende hielt es der Kleine keine halbe Stunde darin aus und stürzte dann weinend heraus.

»Wenn man in solch einem engen Raum schläft, kann man ja gar nicht wachsen«, rechtfertigte er sich. Er war ein schlechter Verlierer. Und so blieb der Alkoven, wie ursprünglich vorgesehen, das Reich seines großen Bruders.

Für den Jungen war es ein maßgeschneiderter Kasten inmitten nächtlicher Dunkelheit. Sie umgab ihn wie ein schützender Kokon, der absolut undurchlässig war. Da es nur die eine Tür gab, rückte die Außenwelt in weite Ferne. Der Junge liebte die Finsternis im Inneren und genoss es, wenn sich vor seinen Augen, egal ob sie geschlossen oder geöffnet waren, nicht das Geringste änderte. Aber genauso mochte er die vage flackernden Schattenfiguren, die das Licht projizierte, wenn er die Glühbirne am Kopfende einschaltete. Als wäre er in einem Kaleidoskop oder in einer *Laterna magica* eingesperrt. Er hatte das Gefühl, etwas zu besitzen, was für andere unsichtbar blieb.

Zudem hatte der Junge immer einen Gesprächspartner: das kleine Mädchen, das in dem Spalt zwischen den Häusern feststeckte und nicht mehr herauskonnte. Wenn er sich nach links drehte, war er mit dem Gesicht direkt an der Hauswand.

»Hallo Miira, guten Abend.«

Er hatte das Wort »Miira«, Mumie, bei den Erwachsenen aufgeschnappt und war überzeugt, das wäre ihr Name.

»Was für ein Glück, dass ich dich immer zur Schlafenszeit antreffe. Stell dir vor, es wäre am Morgen, wie sollte ich dich dann begrüßen? Bei dir herrscht doch immer dunkle Nacht, Miira.«

Jedes Mal, wenn er mit ihr redete, dachte er daran, wie hübsch doch ihr Name war.

»Heute habe ich Indira auf der Dachterrasse einen Besuch abgestattet. Der Boden, wo einst ihr Käfig stand, hat lauter Dellen. Gestern Nacht hat es geregnet, und es haben sich darin Pfützen gebildet. Es sind bestimmt Indiras Fußabdrücke. In den Pfützen schwammen Mückenlarven. Wie kommen die nur dahin? Wahrscheinlich erging es ihnen genauso wie Indira damals.«

Miira war die Einzige, der er von Indira erzählte. Er war überzeugt, dass niemand außer ihr Verständnis für die Lebensumstände eines Elefanten aufbrachte.

Seine Worte hallten eine Zeit lang in dem Alkoven, bis sie sich in der Ecke zusammenballten und schließlich durch die Wand drangen.

»Bist du schon mal in ein Flugzeug gestiegen?«

Diese Frage kam ihm beim Anblick des Tapetenmusters. Es waren Propellermaschinen, die zwischen Sternen umherflogen. Es roch immer noch nach dem Kleister, den sein Großvater zum Tapezieren benutzt hatte.

»Mit einem Flugzeug kann man ziemlich weit reisen, nicht wahr? Von allen Menschen, die ich kenne, ist noch nie jemand geflogen. Allerdings verstehe ich auch nicht, wieso man überhaupt so weit weg muss …«

Der Junge legte sein Ohr an die Wand. Er wusste zwar, dass Miiras Stimme nicht bis zu ihm drang, aber er fand es höflicher, ihre Antwort abzuwarten. Alles, was er hören konnte, war das feine Knistern der Glühbirne.

»Na, dann gute Nacht, Miira.«

Als der Junge das Licht löschte und die Augen schloss, tauchte die Gestalt von Miira hinter seinen Lidern auf. Er wünschte ihr abermals eine gute Nacht, so wie es ihr gemeinsames allabendliches Ritual vorsah.

Miira war ein winzig kleines Mädchen. Wie klein sie war, ergab sich natürlich aus dem Umstand, dass sie überhaupt in einen Spalt passte. Sie war so klein, als wollte sie sich für ihre bloße Existenz entschuldigen, ja, als wäre sie allein zum Zweck dieser Entschuldigung zusammengedrückt worden: »Nein, der Platz reicht aus, bitte kümmern Sie sich nicht um mich. Ich komme mir sogar viel zu groß vor.«

Wenn der Junge Miira vor Augen hatte, brannte ihm eine Frage auf der Seele, die er sich jedoch nicht zu stellen traute.

Wie ist Miira bloß in diesen Spalt geraten?

Indiras Fall hatte ihn gelehrt, dass es kein besonderes Vergnügen war, unabänderliche Dinge zu hinterfragen. Was wäre wenn? Wieso hat man dich nicht eher in den Zoo gebracht? Wie bist du in diesen Spalt geraten? In dem Moment, in dem man weiß, dass die Situation unabänderlich ist, sind solche Fragen überflüssig, denn sie führen dem Betroffenen bloß seine traurige Situation vor Augen. Deshalb zügelte der Junge seine Neugier und verkniff sich die Frage. Seine Lippen blieben versiegelt wie damals bei seiner Geburt.

Vielleicht war eine Murmel in den Spalt gerollt und sie wollte sie wiederhaben. Oder sie hatte beim Spielen ein geeignetes Versteck gesucht. Oder aber sie wollte einfach bloß herausfinden, ob man es dort in dem dunklen Spalt aushalten konnte. Anfangs hatte sie bestimmt alles Mögliche unternommen, um sich zu befreien.

Dabei war bestimmt ihr Rock verrutscht, sie hatte sich Stirn und Knie aufgeschürft, und ihre Knochen hatten geknackt. Ganz sicher hatte sie um Hilfe gerufen. Aber sosehr sie ihre Stimme auch anstrengte, kein Laut war durch die Wände nach außen gedrungen. Die Hilferufe versickerten zu ihren Füßen. Sie konnte sich kein Stück bewegen. Gelang es ihr mit größter Mühe, den Kopf zu heben, sah sie den Himmel nur als fernen, schmalen Strich. Mit eintretender Dämmerung verschwand der Himmelsstrich nach und nach, bis Miiras Körper von der Dunkelheit verschluckt wurde. Ihre Umrisse prägten sich mit der Zeit tief in die Wand. Dies geschah nur sehr langsam, aber war unumgänglich. Miira hatte verstanden, dass sie nie wieder nach Hause zurückkehren würde.

»Mach dir keine Sorgen, ich bin bei dir«, sagte der Junge zu dem Mädchen hinter seinen Augenlidern.

Und während er sein Mitgefühl in den dunklen Spalt sandte, in jenen von der Welt vergessenen Winkel, sank er allmählich in den Schlaf.

2

Indira und Miira waren die einzigen Freunde des Jungen. In der Schule war er immer allein. Von sich aus sprach er niemanden an, und falls der Lehrer ihn aufrief, murmelte er nur leise eine Antwort. Dabei lag der Flaum ruhig auf seinen Lippen. Es bereitete ihm allerdings keinen Kummer, allein zu sein, ihm war es eher unangenehm, wenn ihm seine Klassenkameraden zu nahe kamen. Eines Tages passten ihn drei von ihnen ab und zerrten ihn hinter das Schwimmbad, um ihn dort in die Mangel zu nehmen. Der vermeintliche Anführer packte seinen Unterkiefer und rief: »So, jetzt verpassen wir dir eine Rasur.«

Dabei ließ er die Klingen der Schere theatralisch in der Sonne aufblitzen.

Warum befindet sich ein wehrloses, zartes Organ wie die Lippen eines Menschen so auffällig mitten im Gesicht? Wieso schickten robustere Körperteile wie Nägel und Zähne ausgerechnet sie an die vorderste Front? Wollten sie sich hinter den Lippen verschanzen? Dem Jungen erschien das in diesem Moment unsinniger denn je.

Der Anführer schnitt ihm den Flaum weg. Als die Klingen seine Lippen berührten, schmeckten sie bitter. Die Härchen waren so fein, dass sie beim Schneiden überhaupt keinen Widerstand leisteten, woraufhin der Anführer besonders laut mit der Schere klapperte. Der Junge dachte bei sich, dass seine Kameraden bestimmt nicht so abgebrüht waren, den Anblick von Blut zu ertragen, und ließ die Prozedur klaglos über sich ergehen.

»So, jetzt fühlst du dich bestimmt frisch, was? Wenn sie nachwachsen sollten, bin ich gerne wieder behilflich«, rief der Anführer ihm zu, als er mit den anderen abzog.

Der Junge spuckte auf den Boden, wischte sich mit dem Ärmel die Lippen ab und strich mit einem Finger über die vernarbte Stelle, wohin die Haut von der Wade verpflanzt worden war. Es war eine wulstige, schlecht genähte Wunde. Aus der Ferne bedachten ihn seine Schulkameraden mit neuen Hänseleien. Aber anstatt sich zu wehren, presste der Junge die Lippen fest aufeinander, sodass sie in ihrem ursprünglichen Zustand waren. Er erinnerte sich an das Gefühl von damals, als sie noch miteinander verwachsen waren. Obwohl sein Erinnerungsvermögen eigentlich nicht so weit zurückreichte, überkam ihn ein wohliger Schauer von Vertrautheit. Nachdem er sich vergewissert hatte, dass niemand mehr in der Nähe war, stand er auf und lief nach Hause.

Nur ein einziges Mal hatte er seine Großmutter gefragt, weshalb man seine Lippen voneinander getrennt habe.

»Weil du sonst keine Luft bekommen hättest.«

Ihre Antworten waren stets sehr pragmatisch.

»Aber man kann doch auch durch die Nase atmen …«

»Ja, aber wie hätte man dich sonst stillen sollen?«

»Hallo!« Er rief abermals, aber seine Stimme wurde von der Stille ringsumher verschluckt. Es kam keine Antwort. Dass es ein Mensch war und keine Puppe, begriff er in dem Moment, als er die Achselhaare des Mannes entdeckte. Sie schlingerten im Wasser, als seien sie noch lebendig.

Der Junge kniete sich hin und berührte den Rücken des Mannes. Der Körper schaukelte ganz leicht auf der Wasserfläche, blieb sonst aber reglos. Die Haut war aufgequollen und dunkel verfärbt, die Glieder des Toten grotesk verrenkt. Der Junge wurde an den Händen von einem durchdringenden Kältegefühl erfasst, das ganz anders war als die Kälte des Wassers. Das Gefühl blieb, auch lange nachdem er sich die feuchten Hände an seiner Hose trocken gerieben hatte. Er saß still im gleißenden Morgenlicht und sah den Toten an.

Als sich endlich der Hausmeister blicken ließ und der Junge ihm von seiner Entdeckung berichtete, herrschte mit einem Mal ein großer Aufruhr in der Schule. Schrille Sirenen waren zu hören, und bald fuhren ein Rettungswagen und eine Polizeistreife vor. Der Unterricht wurde abgesagt, aufgeregte Schüler stürmten durch die Korridore. Man führte den Jungen in den Pausenraum, wo ihn Lehrer und Polizeibeamte mit Fragen überhäuften. Es war unheimlich, dass die Erwachsenen so freundlich zu ihm waren.

»Der Mann wird jetzt im Krankenhaus versorgt. Das hat er allein dir zu verdanken, weil du heute Morgen so früh in die Schule gekommen bist.«

Aber trotz des überschwänglichen Lobs empfand der Junge keine Freude. Der Mann war ohne jeden Zweifel tot.

Es stellte sich heraus, dass er Busfahrer war und im Betriebsheim für Junggesellen gewohnt hatte. Er hatte sich zuvor regelmäßig auf das Schulgelände geschlichen, um allein im Schwimmbad seine Bahnen zu drehen. Unglücklicherweise hatte er in jener Nacht eine Herzattacke erlitten und war ertrunken. Deshalb hatte seine Kleidung so ordentlich zusammengefaltet neben dem achten Startblock gelegen.

Auch nachdem sich die Aufregung um den ertrunkenen Fahrer gelegt hatte, wurde der Junge von seinen Mitschülern gemieden, weil er derjenige war, der eine Leiche gefunden hatte. Man begegnete ihm mit einer Mischung aus Mitleid und Ehrfurcht, wobei keiner seiner Klassenkameraden genau wusste, wie er mit dem Fall umgehen sollte. Sie brannten zwar vor Neugier und hätten ihn gerne ausgefragt, wie ein Toter denn nun aussah, trauten sich aber vor lauter Angst nicht, ihn anzusprechen. Stattdessen sahen sie den Jungen an, als ob er selbst die Leiche wäre.

Von nun an wollte ihm niemand mehr eine Rasur verpassen. Das Wasser wurde unverzüglich abgelassen, und das Becken erhielt einen neuen Anstrich. Sogar die Duschkabinen wurden ausgetauscht. Alle wollten so schnell wie möglich die Sache mit dem toten Fahrer vergessen. Nur der Junge gedachte seiner, indem er jeden Morgen auf dem Weg zur Schule Blumen pflückte und vor dem Tor zum Schwimmbad niederlegte. Die Blumen, die so unscheinbar waren, dass niemand sie als Opfergabe für einen Toten hielt, waren bereits am nächsten Morgen zertrampelt oder vom Wind zerstreut. Doch der Junge scherte sich nicht darum. Es war seine Art, um den toten Fahrer zu trauern.

Eines Tages beschloss der Junge, auf dem Nachhauseweg beim Wohnheim der Busgesellschaft vorbeizugehen. Er spürte, dass es eine Verbindung gab zwischen dem Toten und seinen Freunden Indira und Miira. Seit dem Vorfall drehten sich seine Gespräche im Alkoven fast nur noch um den Fahrer. Der Junge beschrieb Miira das dunkle Wasser, auf dem sich nur der Mond spiegelte, die Wellen der Finsternis, in die der Mann eintauchte, und das Gefühl von Verlorenheit, allein am Ende der achten Bahn zu treiben. Einerseits bemitleidete er den Toten, der völlig entblößt sterben musste. Andererseits überlegte er, wie geheimnisvoll und aufregend es sein musste, nachts in einem menschenleeren Schwimmbad zu sein.

Das Wohnheim lag am Ende der Straße, wo sich der Betriebshof und die Geschäftsstelle befanden. Der Junge huschte zwischen den geparkten Bussen hindurch, damit ihn niemand entdeckte. Er schlüpfte durch einen Maschendrahtzaun und gelangte auf den verwilderten Hof des Wohnheims – ein zweistöckiges Betongebäude, dessen Putz an einigen Stellen bröckelte. Das Gelände war von Unkraut überwuchert. Aus der Ferne konnte man die an- und abfahrenden Busse hören, ansonsten war es totenstill. Der Junge stapfte ziellos durch das Gras.

Auf dem Boden lagen alle möglichen Dinge herum: Blumentöpfe, ein Schlauchfetzen, ein kaputter Fußball, ein verrostetes Fahrrad. Durch das Gestrüpp führte ein ausgetretener Pfad. Als er diesem Weg folgte, erblickte er plötzlich hinter einer halb verdorrten Palme einen Bus. Er hatte zweifellos die gleiche Form wie diejenigen auf dem Betriebshof und auch die gleiche Farbe, schien jedoch seinen Dienst weitgehend eingestellt zu haben und wirkte bereits wie ein fester Bestandteil des verwilderten Geländes. Die Fenster waren von Ranken überwuchert, die Reifen mit Moos bewachsen, und auf dem Dach hatte sich vertrocknetes Laub angehäuft. Auf dem Busschild stand »Betriebsfahrt«.

Die Bustür, die sich normalerweise automatisch öffnete und schloss, gab höchst widerwillig und nur mit einem ohrenbetäubenden Quietschen nach. In diesem Moment ertönte eine Stimme über dem Jungen.

»Was hast du hier zu suchen?«

Es war eine tiefe Stimme, die den Bus bis in den letzten Winkel ausfüllte. Erschrocken ließ der Junge die Schulmappe mit seinen Büchern fallen und stolperte nach hinten.

»Nicht so hastig, mein Junge!« rief der Mann.

Dies sollte er noch öfters hören. Nicht so hastig, mein Junge! Diese Worte würden sein künftiges Schicksal bestimmen und ihm zeit seines Lebens eine wertvolle Hilfe sein. Natürlich war dem Jungen, der sich in jenem Augenblick hochzurappeln versuchte, deren weitreichende Bedeutung noch nicht bewusst.

Als er sich in dem Fahrzeug umschaute, verschlug es ihm abermals die Sprache. Obwohl er eigentlich sicher war, in einen Bus gestiegen zu sein, hatte er nun den Eindruck, sich im Salon einer prachtvollen Villa zu befinden. Wie ein Bus von innen aussah, wusste er natürlich, schließlich war er oft genug zum Kaufhaus gefahren, um Indira zu besuchen. Aber hier gab es weder die vertrauten Halteriemen noch eine Kasse oder die üblichen dunkelroten Sitzbänke. Auch die Werbeplakate fehlten. Stattdessen staunte er über das seltsame Mobiliar: eine Truhe mit arabesken Schnitzereien, ein Kamin aus schwarzem Marmor, eine Lampe aus buntem Glas, Tafelsilber, die Standsäule mit der Büste einer Göttin, an der Wand hing ein Gobelin.

»Willst du mir nicht sagen, weshalb du hier bist?«

Der Mann erhob sich von der hintersten Bank, die ursprünglich für fünf Fahrgäste gedacht war. Jetzt befand sich dort ein Bett mit einem Baldachin.

»Das ist doch ein Bus, oder?« fragte der Junge, der sein eigentliches Anliegen längst vergessen hatte.

»Aber natürlich ist das hier ein Bus. Sieh nur ... hier ist das Lenkrad, es gibt einen Rückspiegel und einen Halteknopf.«

Das stimmte. Als er sich umschaute, entdeckte der Junge, dass nichts Wesentliches entfernt worden war, sondern die meisten Relikte noch hier und da hervorblickten. An der Armatur vor dem Fahrersitz hingen Kochutensilien, während der Rückspiegel in der Waschecke als Toilettenspiegel diente. Der Junge griff nach dem Halteknopf, auf den er immer schon einmal drücken wollte. Auf den Busfahrten zum Kaufhaus hatte er stets seinem kleinen Bruder den Vortritt gelassen. Aber der Knopf leistete nicht den erwarteten Widerstand, und es ertönte auch nicht der übliche Signalton.

»Wohnen Sie hier? In diesem Bus?«

»Sieh an, das gefällt dir wohl, was?«

Der Junge schaute zu dem Mann hoch und nickte.

Da er unglaublich dick war, konnte man das Kinn des Mannes kaum erkennen. Sein kurz geschorenes Haar war bereits ergraut, aber seine glänzende Haut wirkte fest, und seine Stimme klang energisch.

»Auch wenn es nicht so aussehen mag, handelt es sich um eine sehr exklusive Einrichtung. Der Fußboden ist aus isländischem Pinienholz, die Balken stammen von armenischen Olivenbäumen und die gebrannten Kacheln aus Katalonien. Die Buntglaslampe kommt aus der Normandie, der Stuck aus dem Libanon, die Spitzen aus Vietnam. Man kann gar nicht alle Details aufzählen. Vom kleinsten Regalbrett bis hin zu den Griffen – alles hochwertiges Material und exzellent verarbeitet.«

Der Mann deutete mit seinem wulstigen Zeigefinger auf diverse Gegenstände und erwähnte ferne Regionen, von denen der Junge noch nie gehört hatte.

»Einen Bus umzugestalten ist viel schwieriger, als ein Haus zu bauen, wo man bei null anfängt. Man muss gewissenhaft prüfen, was man entfernen muss und was man weiterverwenden kann. Wenn man aufgrund der räumlichen Enge auf zu viel verzichtet, wird es langweilig, will man hingegen alles behalten, versinkt man im Chaos. Die Frage ist, wie kann man den eigenen Ansprüchen gerecht werden, ohne außer Acht zu lassen, dass es sich um einen Bus handelt. Entscheidend ist, wie man diesen Balanceakt meistert.«

Der Bus war unterteilt in eine Küche, die sich neben dem Fahrersitz befand, und einem Wohnzimmer, das sich über die vorderen Sitzplätze erstreckte, während die hinteren Reihen als Schlafgemach dienten.

Wenn der dicke Mann sich durch den Bus schob, hatte man nicht den Eindruck, er fühle sich beengt. Voller Stolz zeigte er dem Jungen, wo der Wassertank installiert war, wie er die Fenster dekoriert und die niedrige Decke kaschiert hatte. Der Junge nickte jedes Mal bewundernd und schaute sich alles genau an.

»Wie wäre es mit etwas Süßem, mein Freund? Nimm Platz, wo immer du magst.«

Als er mit seinen Erläuterungen fertig war, machte er auf einem tragbaren Gaskocher Wasser heiß, rührte Kakao an und holte einige Törtchen aus dem Küchenschrank. Der Junge war überzeugt, dass der Mann es gewohnt war, seine Gäste auf diese Art und Weise zu empfangen. Sie setzten sich einander gegenüber an den honiggelben, blank polierten Tisch.

»Aber wieso leben Sie in einem Bus?« wollte der Junge wissen, während er das klebrige Papier von einem Törtchen löste.

»Nun ja, ursprünglich habe auch ich in dem Junggesellenheim gewohnt, aber dort hat alles nicht so recht funktioniert und der Umgang mit meinen Kollegen war etwas problematisch. Hier in meinem Bus ist es viel bequemer, und ich bin ganz für mich allein.«

»Sind Sie auch Fahrer?«

»Früher schon. Ich hatte ein blitzendes Abzeichen auf der Mütze und blütenweiße Handschuhe, mit denen ich den Bus durch die Gegend gesteuert habe. Aber den Führerschein musste ich schon vor langer Zeit abgeben.«

»Weshalb?«

»Wie du siehst, bin ich zu dick geworden. Ich passte nicht mehr auf den Fahrersitz. Selbst wenn ich mich gewaltsam reingezwängt hätte, wäre das Lenkrad blockiert gewesen und ich hätte nicht mehr steuern können. Ich kann niemandem einen Vorwurf machen. Es war allein meine Schuld«, sagte der Mann und nahm sich zwei Törtchen auf einmal. Wegen der vielen Fenster war es sehr hell im Bus, und die Schatten der im Wind raschelnden Palmwedel des Sagobaums flackerten über die Tischplatte. Das Junggesellenheim wirkte immer noch wie ausgestorben.

»Seit ich schweren Herzens die Stelle als Fahrer aufgeben musste, arbeite ich als Hausmeister im Junggesellenheim. Ich mache sauber, führe Reparaturarbeiten aus oder schlichte Streitigkeiten unter den jüngeren Bewohnern. Das ist zwar nicht so schön wie Bus fahren, aber ich bin dankbar, dass man mich nicht entlassen hat. Außerdem habe ich diesen ausrangierten Bus zu meiner freien Verfügung … Na, was ist, Kleiner? Greif nur ordentlich zu!«

Der Junge spülte den Puderzucker auf seinem Lippenflaum mit Kakao herunter, der so süß war, dass er Sodbrennen bekam. Trotzdem trank er seinen Becher aus, weil er nicht unhöflich erscheinen wollte.

»In letzter Zeit habe ich stark an Gewicht zugelegt, und zwar so schnell, dass es mir fast Angst macht. Nicht nur, dass ich nicht mehr auf den Fahrersitz passe, es steht auch zu befürchten, dass ich bald in der Tür stecken bleibe und überhaupt nicht wieder aus dem Bus komme.«

Mit diesen Worten strich er sich über seinen dicken Bauch, der nicht einmal mehr unter den Tisch passte, und lächelte sanftmütig. Der Junge musterte ihn unauffällig und verglich seine Leibesfülle mit der Breite der Bustür, wobei er feststellte, dass es in der Tat langsam eng wurde.

»Sag mal, Kleiner, was ist denn mit deinem Mund passiert?«

Der Mann nahm den Topf vom Gasherd und schenkte ihnen beiden noch eine Tasse Kakao ein. Er hatte diese Frage so unbefangen gestellt, dass der Junge, der es gewohnt war, dass man ihn anstarrte oder schnell wegschaute, überrascht war.

»Oje, vielleicht darfst du ja gar nichts Heißes trinken. Es tut mir leid, wenn ich dir den Kakao aufgezwungen habe.«

»Nein, keine Sorge. Die Narbe auf meinen Lippen stammt von einer Operation. Ich kann alles trinken. Und auch alles essen. Es schmeckt sehr lecker.«

Um dem Mann zu zeigen, dass er sich keine Sorgen zu

machen brauchte, trank er den zweiten Becher Kakao in einem Zug aus.

In dem Augenblick maunzte irgendwo eine Katze, ganz leise, so als wollte sie auf keinen Fall stören.

»Ach!« rief der Junge verwundert, als er die Katze entdeckte, die zusammengerollt unter einem Beistelltischchen neben dem Bett lag. »Darf ich sie streicheln?«

»Natürlich. Er ist ein Kater und heißt Pawn.«

Das Tischchen war im Vergleich zu den anderen Möbeln sehr schlicht gearbeitet. Außer dem schwarz-weißen Karomuster hatte es keine weiteren Verzierungen und war an einigen Stellen bereits ziemlich abgenutzt. Der Kater war passenderweise ebenfalls schwarz-weiß gefleckt, sogar seine mit Katzenhaaren übersäte Decke hatte ein ähnliches Muster.

»Hey, Pawn! Schau mal!« Der Junge versuchte, den Kater herbeizulocken, aber Pawn stellte nur die Ohren auf und blickte ihn mit großen Augen an. Er bewegte sich nicht von der Stelle.

»Das ist Pawns Ecke. Es geschieht höchst selten, dass er sie mal verlässt.«

Sei es durch das gleiche Muster oder durch den Kontrast zwischen dem runden Katzenbuckel und den schwarz-weißen Quadraten, Pawn und der Tisch bildeten eine harmonische, unzertrennliche Einheit. Der Junge duckte sich, kroch zu dem Kater hinüber und strich ihm sachte übers Fell, um ihn nicht zu erschrecken.

»Wie brav du bist.«

Er nahm Pawn und setzte ihn auf seinen Schoß. Vorsichtig schmiegte er seine Wange an das Fell des Katers. Es war zwar das erste Mal in seinem Leben, dass er eine Katze streichelte, aber er ging sehr behutsam vor. Er spürte die Körperwärme des Tieres und dachte bei sich, dass sich bestimmt auch Indira und Miira so angenehm anfühlen würden. Pawn schnurrte zufrieden.

»Ich habe einen Freund, der ist auch Busfahrer.« Während er den Kater streichelte, war dem Jungen plötzlich wieder eingefallen, warum er eigentlich gekommen war.

»Ach, sieh an.«

Der Mann schüttete ein paar getrocknete Fische in den Futternapf des Katers.

»Er ist ein sehr gewissenhafter Mensch. Seine Uniform legt er immer ordentlich zusammen. Auch im Dienst ist er stets pünktlich. Er ist ein toller Fahrer, auf ihn ist Verlass. Es kann gut sein, dass auch er sich mit seinen Kollegen nicht besonders versteht. Aber er kann sehr gut schwimmen, Bahn für Bahn, und das ganz ohne Pause.«

Pawn gähnte und rümpfte die Nase, auf der sich zwei schwarze Flecken wie Schmetterlingsflügel ausbreiteten. Als hätte Gottes Pinsel beim Auftupfen der Farbe gekleckert. Die Härchen an seinen Pfoten waren so fein wie der Flaum auf den Lippen des Jungen.

»Wie heißt er denn?« fragte der Mann.

»Seinen Namen habe ich nie erfahren«, erwiderte der Junge. »Als ich ihn danach fragen wollte, war er bereits tot.«

Pawn miaute ein zweites Mal, diesmal klang es noch bescheidener als zuvor.

»Ach, das war bestimmt mein Freund.«

»Wirklich?«

»Ich glaube schon. Er hat mich jeden Abend hier im Bus besucht. Wir haben etwas zusammen gegessen, und danach haben wir Schach gespielt. Er hat auch immer Pawn gestreichelt, genau wie du gerade.«

»Schach?« wiederholte der Junge verwundert. Ohne zu wissen, was dieses Wort bedeutete, spürte er, wie es in seinem Inneren nachklang.

»Ja, genau. Schach. Man muss dabei versuchen, den König seines Gegners zu Fall zu bringen. Es ist ein Abenteuer, bei dem man in ein aus 64 Feldern bestehendes Meer eintaucht. Ein Meer, in dem Elefanten baden.«

Der Junge musste an die Pfützen auf dem Kaufhausdach denken. Er sah die Wasserfläche vor sich, durch die Indiras Fußabdruck wie ein Fossil hindurchschimmerte.

»So, nun gib Pawn auch etwas zu essen.«

Der Mann drückte ihm den Napf in die Hand und stopfte sich noch ein Törtchen in den Mund. Der Junge stellte das Schälchen auf den Boden, woraufhin sich der Kater duckte, als wäre es ihm unangenehm, so viel Aufmerksamkeit zu bekommen. Im Gegensatz zu seinem Herrchen kaute er beinahe anmutig, während er einen Fisch nach dem anderen verspeiste.

»Wenn unsere Partie beendet war, ist er immer allein zum Schwimmbad gegangen. Er meinte, Schwimmen sei das beste Mittel, um seinen erhitzten Kopf zu kühlen. Wenn er in das kalte Wasser tauche, könne er danach immer gut schlafen. Schwimmen und Schach waren das

Einzige, das ihm etwas bedeutete. Beim Schach war er immer sehr angriffslustig, aber auch bereit, eine Figur zu opfern. Man erkennt einen Menschen daran, was für Opfer er bringt, und nicht, wie er seine Angriffe ausführt. Er war nicht nur ein exzellenter Busfahrer, sondern auch ein brillanter Schachspieler. Ich hätte ihn an jenem Abend nicht gehen lassen sollen, denn zum Schwimmen war es schon viel zu kalt. Aber ich tat es nicht. Auch wenn man glaubt, man habe nur einen unbedeutenden Fehler begangen, man kann nichts rückgängig machen. Schach ist gnadenlos.«

Er leckte sich die Krümel vom Zeigefinger. Die Sonne stand bereits tief und das Abendlicht tönte die Scheiben. Pawn hielt den Kopf gesenkt und fraß genüsslich seine getrockneten Fische. Der Mann und das Kind saßen still da und lauschten dem Schmatzen, das kaum hörbar aus dem kleinen Maul drang.

Es war das erste Mal gewesen, dass der Junge mit Schach in Berührung kam. Der dicke Mann besaß weder einen Meistertitel, der ihm von der Schachvereinigung verliehen worden war, noch nahm er an internationalen Turnieren teil. Er spielte einfach nur gerne Schach. Aber er hatte intuitiv die Bedeutung des Spiels erfasst. Für ihn ging es nie darum, den König des Gegners in die Enge zu treiben, sondern die Schönheit des Spiels zu genießen. Denn die Gabe, in einzelnen Schachzügen die Klangfarbe einer Violine zu erkennen oder das Spektrum des Regenbogens oder eine Philosophie, die kein noch so genialer

Kopf mit Worten beschreiben kann, ist etwas anderes, als bloß eine Partie zu gewinnen. Und der dicke Mann verfügte über diese Gabe. Er gehörte nicht zu der Sorte von Spielern, die ihre Gegner unbedingt besiegen wollen. Er suchte vielmehr ein Leuchten in deren Zügen, eine Harmonie, die sie miteinander teilen konnten. Daher erkannte er auch sofort, wie begabt der Junge war. Nachdem sein junger Kollege ertrunken war, erschien ihm das unverhofft in seinen Bus geratene Kind wie ein Meteor, der zufällig vom Himmel gefallen war. Er war noch klein und sein Leuchten war so schwach, dass man es gar nicht wahrnahm. Aber der Mann führte den Jungen auf den Ozean des Schachs hinaus, wo er ihn lehrte, nur sich selbst zu vertrauen und eigene Spuren zu hinterlassen, ohne dabei vor Abgründen und gefährlichen Strömungen zurückzuweichen.

Nach ihrer ersten Begegnung war es für den Jungen ganz selbstverständlich, den Busfahrer mit »Meister« anzureden, denn er war für ihn Lehrer und Mentor zugleich. Natürlich spielte der Junge später auch gegen andere Gegner Schach und sammelte dabei wichtige Erfahrungen. Aber alles, was man über Schach wissen muss, hatte er in diesem ausrangierten Bus gelernt. Hier lagen seine Wurzeln.

3

Anfangs, als der Junge die Spielregeln lernte, faszinierte ihn vor allem die Form des Schachbretts. Das des Meisters war nicht besonders groß, aber ein sehr seltenes Exemplar, das zugleich als Beistelltisch diente. In der Mitte waren die schwarzen und weißen Felder als Intarsien eingelegt, sodass der Tisch bei jeder Gelegenheit sofort als Spielbrett umfunktioniert werden konnte. Der Meister ließ sich beim Spielen auf dem Bett nieder, während der Junge auf einem Stuhl saß, der sonst in der Essecke stand. Zu ihren Füßen lag der Kater Pawn.

Eins, zwei, drei, vier … Der Junge zählte die Anzahl der Felder, die sich abwechselten: weiß, schwarz, weiß, schwarz … In der Breite und in der Länge waren es jeweils acht Quadrate, also insgesamt vierundsechzig Felder. Er stellte sich vor, wie er auf einem Bein zuerst die weißen, dann die schwarzen Felder entlanghüpfte. Völlig ungezwungen ließ er seinen Blick über das Schachbrett wandern und machte dabei die Entdeckung, dass ganz gleich, wohin man schaute, das Prinzip von Schwarz-Weiß und acht mal acht stets gewahrt wurde. Man konnte also schlecht mogeln. Der Meister wartete geduldig, bis der Junge sich mit dem Brett angefreundet hatte.

Wie viele Partien mochten wohl schon darauf gespielt worden sein? Da es auch als Tisch benutzt wurde, war das Brett regelrecht blank gerieben, manche Felder hatten Dellen, und die Linien zwischen den einzelnen Feldern verschwammen. Aber das störte den Jungen nicht im Geringsten. Im Gegenteil, solch kleine Schadstellen erschienen ihm wie eine Hinterlassenschaft des ertrunkenen Busfahrers und machten ihm das Schachbrett vertrauter. Das Einzige, woran er sich noch erinnerte, waren die im Wasser treibenden Achselhaare des Toten. Während er das Schachbrett betrachtete, stellte er sich vor, wie die Finger des Meisters und des toten Fahrers, der seine weißen Baumwollhandschuhe abgestreift hatte, auf dem Spielbrett hin und her huschten.

Schließlich strich der Junge mit dem Zeigefinger um den Rand des Bretts. Dort war die Grenze. Die Schutzmauer, die ihn davor bewahren würde, sich außerhalb der Festung zu verirren. Das, was für Indira das Kaufhausdach und für Miira die Hausmauer war. Plötzlich überkam ihn das Gefühl, er würde das Spiel seit jeher kennen und dieses Brett wäre sein wahres Zuhause.

»Das gefällt mir.«

Der Meister nickte beifällig. Pawn schnurrte.

»Nun will ich dir zeigen, wie man die Figuren aufstellt.«

»Oh, so viele Figuren gibt es? Wo kommen die denn alle hin?«

»Nicht so hastig, mein Junge«, antwortete der Meister.

Der Junge bat seinen Großvater, ihm ein Schachmuster an die Decke seines Alkovens zu malen.

»Wozu soll das gut sein?«

»Ich lerne gerade Schach.«

»Spielt man das an der Decke?«

Sein Großvater hatte keine Ahnung, wovon der Junge sprach.

»Nein, das nicht. Eigentlich spielt man es auf einem Brett und setzt mit seinen Figuren den anderen König matt.«

»Und wie willst du mit Figuren an der Decke spielen?«

»Ach, das geht schon. Ich brauche keine richtigen Figuren. Wenn die Felder sauber umrandet sind, kann ich im Kopf spielen.«

Der Junge hätte nie erwartet, dass man ihm Schachfiguren kaufte. Das Einzige, was er zum Lernen brauchte, war seine Festung.

»Ja, eine Einfassung ist wichtig. Bei einem Möbelstück verhält es sich genauso. Es taugt nichts, wenn der Rahmen nicht stabil ist.«

Der Großvater war überredet. Er zeichnete nach Anweisung seines Enkels ein Gitternetz mit vierundsechzig Feldern, die er abwechselnd schwarz und weiß ausmalte, an die Decke.

»Die untere rechte Ecke muss weiß sein. Achte bitte darauf!«

Wie zu erwarten war, erledigte der Großvater alles auf makellose Art und Weise.

»Oho … soll das etwa böse Geister verjagen?«

Die Großmutter, wie immer mit ihrem Tuch in der Hand, warf nur einen kurzen Blick in den Bettschrank, da sie mit der Vorbereitung des Abendessens beschäftigt war.

Der Junge zog sich in den Alkoven zurück, schloss von innen die Tür und machte es sich auf seinem Lager bequem. Gespannt schaute er zur Decke hoch. Als er die Glühbirne am Kopfende des Bettes einschaltete, konnte er das Muster an der Decke gut erkennen. Die von seinem Großvater gezogenen Linien traten in dem schummrigen Licht sogar noch markanter zum Vorschein. Es war, als würden die Felder in der Luft schweben.

Für den Jungen war es das erste Schachbrett, das ihm ganz allein gehörte. Denn die Figuren, die nach Herzenslust darauf umherstreiften, waren nur für ihn sichtbar.

»Der Meister nennt Dame und König immer ›Mutter‹ und ›Vater‹, wenn er mir das Spiel erklärt. Das verstehe ich nicht.«

Jeden Abend erzählte er Miira, was er Neues gelernt hatte.

»Der König ist der Vater, also die wichtigste Figur von allen. Die gesamte Familie arbeitet mit vereinten Kräften, um ihn zu beschützen. In der Familie wiederum ist die Mutter, also die Dame, die mächtigste Person. Die Läufer stehen für ihre älteren Töchter, die Türme für die jüngeren. Ihre älteren Söhne, die Springer, kämpfen an ihrer Seite und übernehmen Aufgaben, die sie selbst nicht ausführen kann. So hat er mir das erklärt.«

Der kalte Wind, der in Richtung Meer blies, ließ die Fensterscheiben erzittern. Der Junge kuschelte sich unter die Decke und legte eine Hand an die Wand.

»Findest du das nicht sonderbar? Eigentlich sollte doch der Vater die Familie beschützen, selbst wenn er sich dafür als Erster opfern müsste. Aber hier wird der König bis zum Schluss verschont. Und die Figur, die am meisten arbeitet, ist die Dame. Deshalb bin ich mit der Theorie, dass der König ein Vater sein soll, nicht einverstanden. Ich habe eine andere Idee. Der König ist der Dorfälteste. Im Gegensatz zu den anderen kennt er die Gesetze, die Traditionen und die Regeln am besten, und damit besitzt er die Kraft, die Dorfgemeinschaft zu beschützen. Aber da er schon viele Jahrhunderte auf dem Buckel hat, kann er sich nicht mehr so gut bewegen. Er ist schon etwas wacklig auf den Beinen und kommt bei jedem Schritt nur ein Feld weiter. Deshalb unterstützt ihn die Dorfjugend, um die Weisheit des Dorfältesten zu bewahren. Die Jüngeren übernehmen dabei ganz unterschiedliche Aufgaben. Es gibt Figuren, die sich nach Belieben in alle acht Richtungen bewegen können, und solche, die durch die Luft springen können. Jeder erfüllt seine Mission, und dabei ergänzen sie sich gegenseitig. Sie schlagen die gegnerischen Figuren nicht zufällig, sondern indem jeder seine Fähigkeiten geschickt ausnutzt.«

Der Junge erklärte Miira jede noch so komplizierte Regel. Mit Händen und Füßen malte er die Spielzüge in die Luft. Niemand konnte so gut zuhören wie sie.

»Die Lieblingsfigur des Meisters ist der Bauer, auf Englisch *pawn*. So hat er auch seine Katze getauft. Die Bauern sind ihm am liebsten, obwohl sie eigentlich den geringsten Wert haben. Zumindest sind sie in der Überzahl. Jede Figur ist so klein, dass sie in der Hand des Meisters komplett verschwindet. Der Bauer ist nicht so kunstvoll geschnitzt wie der Läufer oder der Springer, er hat bloß eine Kugel auf dem Kopf. Es ist ihm nicht erlaubt, eine Figur, die ihm direkt gegenübersteht, vom Brett zu schubsen. Er darf Zug um Zug voranschreiten, aber nie zurück.«

Es war bereits spät, der Großvater hatte seine Arbeit beendet und war zu Bett gegangen, doch der Junge machte kein Auge zu. Wenn es um Schach ging, konnte er die ganze Nacht aufbleiben.

»Pawn ähnelt den Bauern, er ist klug und zurückhaltend. Er hockt zwar immer nur unauffällig an seinem Platz, aber beim Schach hat er eine wichtige Funktion, genau wie die Bauern. Ich finde den Namen, den der Meister für den Kater ausgesucht hat, sehr passend. Wenn ich Pawn im Arm habe, sehe ich immer alles ganz klar vor mir und weiß, welchen Zug ich als Nächstes spielen muss. Pawn kennt natürlich nicht die Spielregeln, trotzdem habe ich manchmal das Gefühl, dass er sogar mehr weiß als der Meister.«

Der Junge strich über die Wand. Ach, wenn Miira den Kater nur streicheln könnte …

»Aber weißt du, die Figur, die mich am meisten beschäftigt, ist der Läufer. Ich weiß auch nicht, warum. Immer wieder springt er mir ins Auge. Die beiden Läufer stehen zwar wie die Türme und die Springer jeweils auf einem weißen oder schwarzen Quadrat, aber sie müssen sich bei jedem Zug an die Farbe ihres Ausgangsfeldes halten. Für sie gibt es nur weiße oder schwarze Bahnen, von Anfang bis Ende. Sie sind zwar Kameraden, begegnen aber werden sie sich nie. Obwohl sie so rasant über die Diagonalen ziehen, wirken sie irgendwie einsam. Manchmal möchte ich sie fast trösten.«

Der Junge ließ seinen Blick noch einmal über das leere Schachbrett streifen, das sein Großvater für ihn an die Decke gemalt hatte. Er erinnerte sich noch genau an die Züge des Pinsels, dessen Spitze an einem Lineal entlanggeglitten war. Auch nachdem er das Licht gelöscht hatte, blieb dieses Bild auf seinen Augenlidern zurück. Die Quadrate wurden von der Dunkelheit verschluckt, das Spielfeld breitete sich aus wie ein weites Meer, in dessen unergründliche Tiefen der Junge hinabtauchte.

»Wenn man sich auf dem Schachbrett befindet, kann man viel weiter reisen als mit dem Flugzeug«, flüsterte er Miira mit geschlossenen Augen zu.

Jeden Tag nach der Schule besuchte der Junge den Bus, um das Schachspielen zu erlernen.

»Hallo, mein Junge!« rief ihm der dicke Fahrer vom Bett aus zu, sobald er in den Bus stieg. Die Sprungfedern ächzten und quietschten, wenn der Meister sich erhob. Er klappte das Buch, das er gerade las, zu und holte erst einmal für sie beide etwas zum Naschen. Bei allem, was er tat, brauchte er etwas Süßes, das er selbst zubereitet hatte. Dazu reichten ihm der Campingkocher und ein Topf, um die tollsten Sachen zu zaubern. In seinem Küchenschrank lagerte ein riesiger Vorrat von Keksen aller Geschmacksrichtungen, mit Schokostückchen, Ingwer, Rosinen oder Walnüssen. Außerdem liebte er Rührkuchen, Soufflés, frittiertes Gebäck mit dunklem Zuckerguss und vor allem Buttercremetorte. Es gab nichts, was er in seinem Bus nicht zubereiten konnte.

Wenn er die Schultern einzog, schaffte es der Busfahrer spielend leicht, den Tisch zu decken und jedem ein Getränk zu servieren. Für gewöhnlich aß er zehn Mal so viel wie der Junge, und erst wenn sein Hunger gestillt war, rieb er sich tatendurstig die Hände. Diesen Moment liebte der Junge. Der Meister hatte noch Krümel an seinem Mund, der Bus wurde von der Sonne durchflutet, und der Garten lag in friedlicher Stille. Jetzt wird erst einmal ausgiebig Schach gespielt, verhieß seine Miene.

Mit einer lässigen Bewegung streute er die Figuren aus einem dunkelbraunen Lederbeutel aufs Brett und holte die Schachuhr hervor. Es war eine Spezialuhr mit zwei Zifferblättern und zwei Knöpfen, mit der die jeweilige Bedenkzeit der beiden Spieler angezeigt wurde. Wird nach einem Zug die eine Uhr gestoppt, setzt sich die zweite in Gang. Der Meister legte von Anfang an Wert darauf, mit dem Jungen auch Partien zu spielen, bei denen die Bedenkzeit genau festgelegt war. Auch der Junge mochte die spannungsgeladene Atmosphäre mit der tickenden Uhr lieber als jene gemütlichen Partien, wo der Zeit keine Beachtung beigemessen wurde.

Ebenso wie das Schachbrett waren auch die Figuren ziemlich abgegriffen. Dem weißen Turm fehlten die Zinnen, und ein schwarzer Springer hatte eine tiefe Schramme. In den riesigen Händen des Meisters jedoch machten sie sich vortrefflich. Sobald er eine Figur aufnahm, gab diese sofort jeden Widerstand auf. Im Gegensatz zu dem Jungen. Selbst die kleinen Bauern ragten zwischen seinen Fingern hervor und fühlten sich dabei sichtlich unbehaglich. Auch nachdem der Junge gesetzt hatte, wirkte die Figur noch irgendwie verängstigt.

Zuerst hatte der Junge geglaubt, es würde reichen, wenn er die Wege der Figuren auswendig lernte. Aber schon bald begriff er, dass es damit nicht getan war. Geduldig brachte ihm der Meister alles Schritt für Schritt bei. Dabei ging er nicht systematisch vor, sondern erklärte immer nur jene Züge, die ihm gerade in den Sinn kamen. Im Nachhinein betrachtet, ähnelten seine Beschreibungen Sternbildern, die sich über die Weite des Firmaments erstreckten und dort ein wundervolles Muster bildeten.

Anfangs machte der Junge oft Fehler, ließ die Möglichkeit einer Rochade verstreichen oder die Gelegenheit, einen Bauern *en passant* zu schlagen. Doch der Meister wurde nie ungeduldig, sondern wies ihn mit ruhiger Stimme auf den Fehler hin:

»Hoppla, so würde ich nicht setzen.«

Aber es klang nicht wie ein Tadel, sondern eher wie eine Entschuldigung, als wollte er sagen: Tut mir leid, aber in der Welt des Schachs gelten nun einmal diese Regeln.

So verlor der Junge die Angst, Fehler zu machen, und konnte unbeschwert aufspielen. Dadurch, dass er die Figuren nach eigenem Gutdünken setzen durfte, konnte er sich Schritt für Schritt auf die Überquerung des großen Schachozeans vorbereiten.

Dabei liebte er es, vorgegebene Aufgaben zu lösen. Der Meister suchte aus den Lehrbüchern, die bei ihm im Regal standen, angemessen schwierige Konstellationen heraus und stellte sie auf dem Schachbrett nach.

»Wie viele Züge sind nötig, um den schwarzen König mit dem weißen Turm matt zu setzen?«

»Hast du eine Idee, wie man in dieser Stellung ein Remis herbeiführen kann?«

Obwohl der Meister die Lösung bereits wusste, versetzte er sich in die Lage des Jungen und dachte mit ihm gemeinsam über die Lösung nach. Beide hockten vor dem Brett, die Arme auf identische Weise verschränkt, wobei ihnen zur gleichen Zeit ein Seufzer entfuhr. Dem Jungen war bewusst, dass der Meister ihm weit überlegen war, aber wenn er ihm so gegenübersaß, empfand er eine große Freude.

Natürlich hatte der Junge auch Schwächen.

Ihn plagte ein schlechtes Gewissen, wenn er die ihm zur Verfügung stehende Bedenkzeit voll ausschöpfte, weil er genau wusste, dass der Meister nie etwas dagegen sagen würde. Deshalb bemühte er sich, ihn nicht unnötig lange warten zu lassen. Er wollte ihm keinen Verdruss bereiten und zwang sich zur Eile. Manchmal war er so um die Gefühlslage seines Meisters besorgt, dass er einen unbedachten Zug machte.

»Was soll das denn?«

Dem Meister entging nichts. Ihm war sofort klar, ob ein Zug wohlüberlegt war oder nicht.

»Nun ja … ich wollte eigentlich …«

Wenn der Junge um eine Antwort verlegen war, stellte der Meister die Figur wieder auf das Ausgangsfeld zurück.

»Du darfst eine Figur nicht bloß aufs Geratewohl setzen, verstehst du? Denk gut nach! Allein darauf kommt es an. Der Zufall wird dir nie zu Hilfe eilen. Erst wenn man verloren hat, darf man aufhören nachzudenken. Lass dir deinen letzten Zug noch einmal durch den Kopf gehen.«

Während sie Schach spielten, kauerte Pawn unter dem Tisch und spitzte die Ohren. Manchmal strich er mit dem Schwanz um das Bein des Jungen, oder er leckte an den Zehen des Meisters.

Ich werde an nichts anderes mehr denken und jeden Zug genau abwägen, sagte sich der Junge und spielte fortan selbstbewusster.

»Darf ich Pawn auf den Schoß nehmen?«

Der Junge wusste selbst nicht genau, warum er diesen Wunsch verspürte, aber während er nachdachte, suchte seine Hand unwillkürlich nach dem Kater.

»Meinetwegen.«

Der Meister zeigte sich nachsichtig, worauf der Junge unter den Tisch krabbelte und Pawn zu sich heranzog.

Auf der Unterseite des Tisches waren Lackspuren und

wellenförmige Maserungen auf der unbehandelten Holzoberfläche zu sehen. Nachdem er Pawn unter dem Kinn gekrault hatte, streichelte er ihn mehrmals vom Kopf bis zum Schwanz. Er spürte den Körper des Katers wie seinen eigenen: die Knochen der Wirbelsäule, die Kontraktion seines Herzens, die Muskeln, die Blutzirkulation. Durch die Wärme des Tieres fühlte er sich geborgen. Plötzlich überkam ihn das Gefühl, nicht er würde den Kater, sondern der Kater würde ihn im Arm halten und liebkosen. Er machte sich ganz klein, um in diesem Gefühl vollends aufzugehen. Seine Lippen waren verschlossen wie bei seiner Geburt, nichts Überflüssiges konnte hindurchdringen. Es herrschte eine unbefleckte, reine Stille.

In diesem Moment konnte der Junge durch die Holzmaserung hindurchschauen und das Spielfeld erkennen. Er hatte die genaue Position jeder einzelnen Figur vor Augen.

»Jetzt habe ich es«, rief er und schoss im gleichen Moment unter dem Tisch hervor, um mit seinem weißen Springer den schwarzen Bauern auf c6 zu schlagen. Diesmal blieb sein Meister stumm, und der Kater kauerte reglos unter dem Tisch, als wüsste er über seine Rolle bei der Lösung des Problems genau Bescheid.

Seitdem pflegte der Junge, sobald er mit einer verzwickten Situation konfrontiert wurde, unter den Schachtisch zu krabbeln. Dort konnte er, während er Pawn streichelte, das Spielfeld von unten betrachten. Er verschwendete keinen Gedanken daran, ob es sich dabei um einen Regelverstoß handeln könnte. Schließlich hinderte ihn sein

Meister nicht daran, und seine Konzentrationsfähigkeit verbesserte sich dadurch offenkundig. Mit der Zeit dehnten sich die Phasen, in denen er unter dem Tisch verweilte, immer weiter aus. Zuerst blieb er nur so lange, bis er sich für einen Zug entschieden hatte, aber dann wurden daraus zehn und später fünfzehn Züge, bis er schließlich über die Hälfte der Partie abtauchte.

Durch dieses Abtauchen offenbarten sich die Fähigkeiten noch deutlicher. Anfangs schob der Meister es auf das kindliche Gemüt des Jungen, der zwar Schach spielen, aber auch mit dem Kater spielen wollte, doch dann wurde er eines Besseren belehrt. Der Junge konnte sich die Position jeder Figur merken, so als hätte er sämtliche Züge in einem fotografischen Gedächtnis gespeichert. Nicht der Anblick des Schachbretts, sondern gerade dessen Abwesenheit schärfte seine Wahrnehmung. Die Melodie auf dem Schachbrett erklang ohne die Figuren subtiler und tiefgreifender. Und der Meister ließ den Jungen gewähren, weil er selbst an dieser Musik teilhaben wollte.

Hätte jemand in den Bus hineingeschaut, wäre er bestimmt verblüfft gewesen. Ein dicker Mann sitzt vor einem Schachbrett, wohingegen der Platz ihm gegenüber leer bleibt. Den riesigen Kopf auf seine Hand gestützt, denkt er über seinen letzten Zug nach. Plötzlich schießt ein Junge unter dem Tisch hervor, versetzt in Windeseile eine der Figuren, drückt auf die Uhr und verschwindet wieder. Eine Katze miaut. Der Dicke lehnt sich mühsam über das Schachbrett und macht seinen nächsten Zug. So wandern die Figuren auf dem Brett hin und her.

Die wichtigste Begabung, die der Meister bei dem Jungen erkannte, bestand darin, dass sein Schüler aus eigenen Fehlern lernte. Wie jeder Anfänger tappte er schnell in eine Falle, aber im Gegensatz zu den anderen, die sich sofort daraus befreien wollen, kroch er förmlich in sie hinein, um ihre Form und Beschaffenheit zu erkunden. So fiel er nie zwei Mal ins selbe Loch.

Eines Tages schenkte der Meister ihm ein Notizheft. Es war kleiner und dünner als die üblichen Schulhefte, und sein Umschlag schimmerte hellblau. Alle Seiten enthielten leere, durchnummerierte Tabellen. Sie sahen aus wie Prüfungsbögen.

»Das ist ein Notationsheft«, sagte der Meister. »Darin kannst du die einzelnen Partien aufzeichnen. Wenn du von nun an gegen jemanden antrittst, dann notiere dir den Spielverlauf. Seite für Seite wird so deine Geschichte erzählt.«

»Das ist wirklich für mich?« rief der Junge.

»Aber gewiss doch.«

Ungläubig strich der Junge über das Heft.

»Vielen Dank.«

Es dauerte ein wenig, bis er in der Lage war, sich dafür zu bedanken, denn er war es nicht gewohnt, Geschenke zu empfangen.

»Allein durch das Heft werde ich das Gefühl haben, dass ich beim Schachspielen Fortschritte mache.«

»So, nun pass auf! Zuerst trägst du das Datum ein und die Namen der Spieler, für Weiß und für Schwarz. In den durchnummerierten Spalten notierst du dann die einzelnen Züge. Die Figuren werden mit Buchstaben aus dem Alphabet bezeichnet und das Zielfeld mit den entsprechenden Koordinaten. ›K‹ steht für den König, ›D‹ für die Dame, ›L‹ für die Läufer, ›S‹ für die Springer und ›T‹ für die Türme. Es ist nicht kompliziert, und die Koordinaten kennst du ja, oder? Waagerecht werden Felder von ›a‹ bis ›h‹ bezeichnet, senkrecht von ›1‹ bis ›8‹. ›x‹ zeigt an, dass man eine Figur geschlagen hat. Ach ja, die Bauern haben keinen eigenen Buchstaben.«

Wegen der überschwänglichen Freude des Jungen war der Meister sehr gerührt und hatte sofort die Notation erklärt, um seine Verlegenheit zu überspielen.

»Und wieso haben die Bauern keinen Buchstaben?« fragte der Junge.

»Die Bauern sind die Seele dieses Spiels, sie brauchen kein persönliches Zeichen. Bauern sind einfach Bauern, oder?«

»Ja!« Der Junge stimmte ihm mit einem entschiedenen Nicken zu.

»Nun, wollen wir dann mit unserer ersten richtigen Partie beginnen?«

Der Meister rieb sich verheißungsvoll die Hände.

»Die Aufzeichnung einer Partie nennt man übrigens *Notation*. Dadurch lässt sich jedes Spiel jederzeit wiederholen, denn es wird nicht nur das Resultat, sondern jeder Zug protokolliert. So bekommt man durch die Bewegungsmuster ein lebendiges Bild der Partie und weiß um die Eleganz, die Raffinesse oder die Souveränität der beiden Kontrahenten. Selbst wenn diese bereits gestorben sind. Eine Notation überlebt jeden Schachspieler, und für jeden Schachspieler ist die Notation ein notwendiger Beweis seiner Existenz.«

Der Meister leerte den Beutel mit den Schachfiguren über dem Brett aus. Der Junge hatte zwar kaum etwas von dem verstanden, was sein Lehrer ihm gerade erzählt hatte, aber er freute sich auf die Partie, die nun gleich beginnen würde.

Er eröffnete mit einem weißen Bauern, den er von e2 nach e4 zwei Felder vorrückte.

e4. Der Junge notierte mit Bleistift seinen Zug in der ersten Zeile auf der ersten Seite des Hefts. Vorsichtig schrieb er das kleine »e« und dann die Ziffer »4«, damit ihm kein Fehler unterlief.

Jedem normalen Menschen mochten sie wie beliebige Buchstaben und Zahlen erscheinen. Für den Jungen jedoch waren es Zeichen mit einer tiefgreifenden Bedeutung. Es handelte sich um nichts Geringeres als seinen ersten Schritt als Schachspieler. Wie gebannt starrte er auf den Eintrag. Auch wenn er die Bedeutung von Raffinesse und Souveränität noch nicht verstand, spürte er die besondere Ausstrahlung, die von den beiden Zeichen ausging. Und ihm war klar, dass diese Zeichen deshalb so strahlten, weil es sich um Spuren handelte, die er hinterlassen hatte, für immer, sogar für die Zeit nach seinem Tod. Er wusste bereits sehr viel, mehr als sein Meister ahnte. Und mehr, als er selbst ahnte.

4

Das Wetter war heiter an jenem Sonntag gegen Ende des Winters. Der Schnee war von einem leichten Wind über das Meer fortgetrieben worden, und der Himmel war klar. Wie jedes Wochenende eilte der Junge nach dem Frühstück den Weg am Kanal entlang zum Busdepot. Boote dümpelten auf dem Wasser, am Himmel segelten Möwen, in der Ferne erklangen Schiffssirenen. Die betriebsbereiten Busse standen tropfnass vor der Waschanlage und funkelten wie neu. Sogar der sonst verwahrlost aussehende Hof hinter dem Wohnheim lag im Frühling verheißenden Sonnenlicht. Die Palmwedel und Pawns Decke, die an einem Busfenster zum Trocknen aufgehängt war, wehten sachte im Wind.

»Guten Morgen«, rief der Junge und stieg leichtfüßig die Stufen hoch.

»Hallo, mein Junge.«

Der Bus war bereits von einem süßen Duft erfüllt. Pawn rekelte sich unter dem Schachtisch, um sich gleich wieder zusammenzurollen und die Augen zu schließen.

Zeit seines Lebens sollte der Jungen an diesen Sonntag zurückdenken. Er verstaute die Erinnerung daran tief in seinem Herzen. Wenn er sich einsam oder verlassen fühlte, ließ er die Partie, die an jenem Tag in dem von der Sonne gewärmten Bus stattfand, im Geiste wiederauferstehen und fand Trost in der Freude am Schachspiel, so wie es ihn sein Meister gelehrt hatte.

Sie spielten am frühen Nachmittag, nachdem sie reichlich Kuchen gegessen hatten. Die Eröffnungsphase der Partie verlief ereignislos. Der Meister war kein Gegner, der von selbst zum Angriff überging. In dieser Hinsicht war er das genaue Gegenteil des ertrunkenen Busfahrers, der immer sehr offensiv gespielt hatte, ohne dabei Opfer zu scheuen. Die Vorgehensweise des Meisters erinnerte eher an eine Spinne, die behutsam ihr Netz spann. Ruhig und ohne überflüssige Drohgebärden umkreiste er den gegnerischen König. Er wartete, bis sein Gegenüber sich provozieren ließ. Wenn dieser es vor Ungeduld nicht mehr aushielt und mit ein, zwei Zügen zum Angriff überging, zog er unbemerkt die Fäden immer enger. Fäden, die so hauchfein waren wie Pawns Schnurrhaare. Anfangs dachte man nie an eine Falle, doch dann war man plötzlich umzingelt, und jede Rettung kam zu spät.

Der Junge verfing sich oft in diesem Netz. Sosehr er sich auch vornahm, auf der Hut zu sein, am Ende siegte seine Ungeduld, und er tappte in die Falle, die ihm sein Gegner gestellt hatte.

Auch an jenem Tag verlief das Spiel ähnlich. Während der Meister seine Verteidigungslinien zusammenzog, versuchte der Junge mehrmals einen Durchbruch. Doch der Meister wehrte alle Angriffe problemlos ab und spann unbeirrt seine Fäden. An seinen Fingern klebten noch Kuchenkrümel.

Dann, nach dem fünfzehnten Zug, wurde die Partie lebhafter. Der Junge tauchte unter den Schachtisch, legte sein Notationsheft auf den Boden, hob Pawn auf seinen Schoß und ging abermals zum Angriff über. Aber die Stellung des Meisters bot keine Lücke, wieder einmal hatte er es geschafft, ein veritables Bollwerk zu errichten. Während der Junge den Kater streichelte, starrte er auf die Unterseite des Schachbretts.

Unerbittlich standen sich die feindlichen Linien gegenüber. Der Meister zog seinen Turm von a8 auf d8. Der Junge brauchte nicht mehr jedes Mal unter dem Tisch hervorzuschauen, sondern wusste, ohne auf das Brett zu blicken, allein durch die leichte Vibration des Tisches, welche Figur der Meister wohin gesetzt hatte. War es der Beginn einer groß angelegten Attacke, wollte er seine Stellung sichern, oder war es ein Köder, um ihn in die Falle zu locken? Der Junge spielte alle Möglichkeiten im Kopf durch. Man muss ihn herausfordern, sagte ihm seine innere Stimme. Wenn er jetzt zögerte, würde er seinen Läufer verlieren, und damit war auch die Chance vertan, wenigstens ein Remis herauszuholen.

In dem Augenblick, als er mit dem Läufer angreifen wollte, fing der Kater an zu miauen. Die Laute, die aus seinem kleinen Maul entwichen, ließen seine Schnurrhaare erzittern und schwebten einige Augenblicke unter dem Tisch wie ein unsichtbarer Ballon. Der Junge, der angestrengt die Unterseite des Schachbretts anstarrte, hatte plötzlich den Eindruck, er könne die Figuren auf dem Brett deutlich vor sich sehen. Alles um ihn herum nahm deutlichere Formen an, selbst Pawns Miauen glaubte er mit Händen greifen zu können.

Er überdachte seinen geplanten Angriff mit dem Läufer und entschied spontan, mit ihm seine Verteidigung zu stärken. Zum ersten Mal wurde ihm bewusst, welche bedeutende Rolle einer Figur zukommt, die kurz davorsteht, geschlagen zu werden. Befand sie sich in Gefahr, konnte sie ungeahnte Kräfte entwickeln. In diesem Moment glich sein Läufer einem Schmetterling, der durch ein Spinnennetz schlüpft, um vom Nektar einer Blume zu kosten. Das Gespinst hing so nah vor den Augen des Jungen, dass es vom Flügelschlag des Falters erzitterte.

Von da an änderte sich die Situation. Die Figuren des Meisters verloren zusehends ihren kristallklaren Klang, der sich nun durch den Schatten des Zögerns verfärbte. 21 Züge, 22 Züge, 23 Züge ... keiner von beiden wollte nachgeben. Und dann geschah das Unglaubliche: der Meister ließ sich aus der Reserve locken und ging zum Angriff über. Einen Moment lang stutzte der Junge. Er grub seine kribbelnden Fingerspitzen in Pawns Fell, um seine Aufregung zu bändigen. Die frisch gewaschene und in der Sonne getrocknete Decke des Katers verströmte einen herrlichen Duft.

Die Sonne stand mittlerweile hoch am Himmel, im Bus war es gleißend hell. Die Lichtstrahlen fielen durch die getönte Scheibe des Dachfensters und formten lange gelbe, blaue und dunkelrote Bänder, die bis unter den

Schachtisch gelangten. Der Morgenwind hatte sich gelegt, und die Fahne am Bus hing schlaff am Mast herunter.

Als der Junge mit dem Kater im Arm die hereinflutenden Lichtstreifen sah, erfasste ihn ein wundersames Gefühl, das er nie zuvor erlebt hatte. Ihm war, als schwimme er in einem Meer, das sich auf dem Dach des Kaufhauses befand.

Er war weit unter der Wasseroberfläche, obwohl der Meeresgrund immer noch in unermesslicher Tiefe lag. Es herrschte eine durchdringende Kälte, er jedoch empfand keinerlei Furcht. Ganz im Gegenteil, er fühlte sich seltsam unbeschwert. Er hatte das Gefühl, nur noch aus Lippen zu bestehen, Lippen, die sich perfekt aneinanderschmiegen, als hätte nie ein Arzt Gott ins Handwerk gepfuscht. Und er ist nicht allein. Indira und Miira durchschwimmen mit ihm das Meer. Neben ihm, mit flatternden Ohren und schwingendem Rüssel, paddelt der Elefant, ohne seine eiserne Fußfessel, losgelöst vom Betondach des Kaufhauses. Miira schwimmt im Innern einer großen Luftblase an Indiras Seite. Sie ist scheu und zurückhaltend wie immer, aber man kann deutlich ihr liebliches Lächeln erkennen. Der Junge schloss die Augen und ließ sich mit der Strömung treiben, um seine Gefährten nicht zu verlieren. Da tauchte auf einmal der schwarze König des Meisters vor seinen geschlossenen Lidern auf. Aber er war nicht so wie sonst.

Der König, eigentlich durch raffinierte Verteidigungslinien geschützt und souverän seine Stellung haltend, wirkte auf einmal hilflos und ängstlich. Der Junge erkannte, dass das fein gewebte Spinnennetz an einer Stelle gerissen war. Ein Faden hing lose herab, und durch diesen Riss blies dem König ein eisiger Wind entgegen.

»Schach!«

Der Junge schob seine Dame auf f7 und kroch wieder unter den Tisch.

Nach einer Weile hörte er auf dem Schachbrett ein Geräusch, das er noch nie vernommen hatte. Es klang besonnen, aber anders als die üblichen Züge. Als der Junge den Kopf hervorstreckte, ahnte er, dass etwas Besonderes geschehen war. Der Meister hatte seinen schwarzen König auf das Brett gelegt.

Es war das erste Mal, dass er gegen den Meister gewonnen hatte. Vier Jahre nach ihrer ersten Begegnung in dem Busdepot.

»Du hast mich besiegt, mein Junge«, erklärte der Meister.

»Ist das wahr?«

Der Meister lächelte.

Der Junge schaute erstaunt den gestürzten König an, als hätte er gerade erst erfahren, dass es beim Schach darauf ankam, den Gegner matt zu setzen. Das anfangs mit zweiunddreißig Figuren bevölkerte Brett war verwaist. Von den Königen abgesehen, gab es nur noch die beiden Damen und jeweils einen Turm und einen Bauern. Auf den leeren Feldern war nichts mehr von dem leidenschaftlichen Kampf zu spüren, der zwischen den Figuren ausgetragen worden war, es herrschte eine überbordende Stille. Der Junge wusste nicht, ob er sich über den Sieg freuen sollte oder nicht.

»Aber … aber in meinen Gedanken sind plötzlich Indira und Miira aufgetaucht … Das sind meine Freunde, sie wollten mir helfen.«

»Aber nein. Niemand hat dir geholfen, das hast du ganz alleine geschafft. Das war eine großartige Leistung, mein Junge«, sagte der Meister. »Herzlichen Glückwunsch.«

Er reichte ihm über das Brett hinweg seine riesige Hand. Diese Geste gab dem Jungen das Gefühl, er dürfe mit Recht stolz auf sich sein. Der gestürzte König mitsamt seinen Vasallen, die ihre Pflicht erfüllt hatten, das abgenutzte Schachbrett, auf dem noch Kuchenkrümel lagen – alles zeugte vom Triumph des ins Sonnenlicht getauchten Jungen.

»So, nun trag das Ergebnis in dein Notationsheft ein«, drängte ihn der Meister, worauf der Junge seinen letzten Zug – Df7 – eintrug und das »1:0 für Weiß« einkreiste.

Diese Aufzeichnung wurde zu einem Schatz, an dem er sich zeit seines Lebens erfreuen sollte. Da er über die Jahre hinweg immer wieder diese Seite aufschlug, löste sich irgendwann der Heftfaden, und mit der Zeit verfärbte sich das Papier.

Aus heutiger Sicht war es nichts weiter als eine banale Notation, bei der sich sogar einige Fehler eingeschlichen hatten. Der Junge verzeichnete noch viele bedeutsame

Partien, doch er blätterte gern zu der Stelle zurück, wo schwarz auf weiß stand, wie er den Meister zum ersten Mal besiegt hatte.

In dieser Partie herrschte gewiss eine gehörige Portion jugendlicher Übermut, sie zeugte aber auch von einer Bereitschaft zu empfangen. Die weißen Figuren preschen vor wie ungezähmte Jungtiere, die in der Prärie herumtollen, während der schwarze König unerschütterlich die Stellung hält wie ein Patriarch, den nichts aus der Ruhe bringt. Verglichen mit den berühmten Partien der Großmeister war diese natürlich noch ungelenk und holprig in der Melodie, die sämtliche Züge miteinander verband, aber zumindest schmeichelte sie den Ohren. Wie unfertig das Spiel des Jungen auch gewesen sein mochte, das Orchester seiner Figuren erzeugte einen Klang, der einen tief im Herzen traf und Sehnsucht nach einer noch schöneren Partitur weckte. In seiner Notation konnte man dies bereits spüren.

Er brauchte nur das Heft auf dieser Seite aufzuschlagen, und schon stieg ihm der süße Duft aus dem Bus in die Nase. In diesem Augenblick hatte er das Bedürfnis, sich vor den Figuren zu verneigen, die mit jedem Zug allein ihre Mission erfüllen wollen. Die Erinnerung daran, wie sein Meister ihm gratuliert hatte, gab ihm das verlässliche Gefühl, für immer einen Freund zu haben. Jedes Mal, wenn er sein Heft zuklappte, liebte der Junge Schach noch mehr als zuvor.

Zuerst waren die Großeltern sehr argwöhnisch, als ihr Enkel Tag für Tag zum Wohnheim der Busgesellschaft ging. Aber als sie erfuhren, dass der Junge dort Schach lernte, hatten sie keine Einwände mehr und ließen ihn gewähren. Sie waren sogar froh, dass das sonst so schweigsame Kind nicht nur redseliger wurde, sondern auch einen Freund gefunden hatte. Zuvor hatten sie sich besorgt gefragt, ob ihr Enkel wegen seiner Lippen keine Freunde hatte, mit denen er herumtoben konnte. Natürlich war der Meister viel zu dick für solche kindlichen Vergnügungen, aber auf dem Schachbrett ging es ja auch hoch her. Die Großeltern wollten ihren schachbegeisterten Enkel so gut wie möglich unterstützen, aber da sie nicht wussten, wie sie das anstellen sollten, blieb ihnen nichts anderes übrig, als ihn in Ruhe zu lassen. Ein einziges Mal hatte der Junge versucht, ihnen die Regeln beizubringen, um neue Gegner zu haben. Dies sollte mithilfe eines Reiseschachspiels mit Magneten und eines illustrierten Lehrbuchs geschehen, das er sich von seinem Meister ausgeliehen hatte: »Schach für Anfänger«. Leider waren alle Versuche umsonst.

»Es gewinnt der Spieler, der als Erster den gegnerischen König ausschaltet«, erklärte er.

»Meinst du, so?«

Sein kleiner Bruder nahm die Könige vom Brett, die der Junge gerade erst aufgestellt hatte.

»Nein, so doch nicht. Man muss die anderen Figuren bewegen, um ihn einzukreisen.«

Aber wie oft er es ihm auch klarzumachen versuchte,

der Kleine ließ sich von seinem Prinzip nicht abbringen: Warum all die Umstände, wenn es doch viel schneller ginge, die Figur einfach wegzunehmen?

Seine Großmutter bemühte sich immerhin, den Anweisungen ihres Enkels zu folgen.

»Dieser stämmige Kerl heißt ›Turm‹. Er darf sich nach Belieben fortbewegen, längs und quer. Diagonal ziehen darf man mit ihm nicht, aber dafür ist er sehr nützlich, ob er sich nun in einer Ecke befindet oder mitten auf dem Spielfeld. Das hier ist der Läufer. Er ist der Berater von Dame und König und meine Lieblingsfigur. Er kann sich frei bewegen, im Gegensatz zu fast allen anderen Figuren darf er diagonal ziehen. Die Figur da, die wie ein Pferd ausschaut, ist der Springer. Er kann über die anderen Figuren hinwegspringen, sogar um die Ecke. Aber nur ein Feld zur Seite gehen. Man muss also Geduld haben mit ihm. Doch wer ihn klug für seine Zwecke einzusetzen weiß, für den fliegt er durch die Lüfte wie Pegasus. Ich bin noch weit davon entfernt, mit ihm geschickt umzugehen. Und, findest du das Spiel interessant?«

»Ja, doch.«

Seine Großmutter nickte übertrieben. Aber sie schaute nicht auf das Brett, sondern auf ihr Tuch, auf dem sie herumknetete, als wollte sie aus all den Falten ein Schachmuster machen.

»Leg doch mal das Tuch beiseite und schau dir das Brett an. Siehst du, wie die Figuren nebeneinander stehen?«

»Hm, ja, das sehe ich. Mein Gott, wie viele das sind!

Und du kannst dir merken, wie alle laufen? Das ist beeindruckend. Es gibt bestimmt nicht viele Menschen auf der Welt, die ein so schwieriges Spiel beherrschen. Und zu denen gehörst du. Wir können wirklich stolz auf dich sein. Lei … Lau … wie hieß die Figur doch gleich? Es wäre ja schon allerhand, wenn man sich wenigstens den Namen einer Figur merken könnte. Aber du fürchtest dich weder vor dem Turm noch vor diesem Pferdchen, sondern schließt mit allen Freundschaft, damit sie dir helfen können. Du bist ein guter Junge, das weiß ich.«

Seine Großmutter nestelte an ihrem Tuch. Verkrusteter Rotz, getrockneter Kalkstein und einige undefinierbare Krümel hingen zwischen den Falten. Sie war voller Bewunderung für ihren Enkel, für die Spielregeln interessierte sie sich nicht.

Der Einzige in der Familie, bei dem ein Hoffnungsschimmer bestand, war sein Großvater, aber der bewunderte nicht das Spiel an sich, sondern nur das Zubehör.

»Aha, das ist also ein Schachbrett. Wenn du mir das gleich gezeigt hättest, hätte ich das Muster in deinem Alkoven noch besser hinbekommen.«

»Deine Zeichnung ist sehr gut zu gebrauchen. Sie ist groß genug, und der Kontrast zwischen den weißen und schwarzen Feldern stimmt auch. Das Brett des Meisters kann man sogar als Tisch verwenden.«

»Als Tisch?«

Das Wort ließ ihn aufhorchen.

»Ja, die Platte besteht aus einem Schachbrett.«

»Ist das Muster aufgeklebt?«

»Ich glaube nicht. Es wurden Holzplättchen für die weißen und schwarzen Felder eingelassen. Das kann man trotz der abgenutzten Oberfläche noch gut erkennen. Hast du so ein Möbelstück schon einmal gesehen?«

»Nein. Ich würde es gerne restaurieren.«

»Es ist abgegriffen und voller Schrammen, aber wenn du es in die Hände bekommst, ist es hinterher bestimmt nicht mehr wiederzuerkennen. Die vielen Kratzer sind nämlich Spuren von den Spielern, die sich darauf gemessen haben. Man darf sie nicht beseitigen, denn sie sind wertvolle Andenken an die Verstorbenen.«

»Da bin ich deiner Meinung. Alle Gebrauchsspuren erinnern an die Menschen, die das Möbelstück benutzt haben. Wenn ich etwas repariere, ist es, als würde ich mit dem ehemaligen Besitzer plaudern.«

In diesem Augenblick verstand der Junge, dass sein Großvater so wortkarg war, weil er sich im Gespräch mit den Toten befand. Das war einleuchtend.

»Wenn die Beine mal wackeln sollten, kannst du sie ja wieder herrichten«, sagte er, denn nun war er überzeugt, dass sein Großvater die Spuren des ertrunkenen Busfahrers als Andenken wahren würde.

»Du kannst dich auf mich verlassen«, erwiderte der Großvater und zündete sich eine Zigarette an. Dann band er sich die Arbeitsschürze um.

»Obwohl das Spielfeld so klein ist, scheint Schach ja eine wichtige Angelegenheit zu sein«, murmelte der Großvater anerkennend vor sich hin. Dann strich er seinem Enkel sanft über den Kopf und verschwand in seiner Werkstatt.

Mit den Toten zu kommunizieren, daran war der Junge gewöhnt. Mit ihnen konnte er sich besser verständigen als mit lebenden Personen. Er glaubte sogar, dass seine flaumbewachsenen Lippen eigens dafür geschaffen waren.

In den Lehrbüchern, die ihm sein Meister geliehen hatte, faszinierten ihn vor allem die Geschichten über berühmte Schachspieler. In endlosen Nächten ließ er ihr bewegtes Leben Revue passieren und spielte aus dem Gedächtnis auf seinem Schachbrett an der Decke die Partien nach, die in die Geschichte eingegangen waren.

Der Junge staunte über die Schönheit von Staunton, der auch Schauspieler war, ließ sich von der Harmonie beeindrucken, die das kometenhaft in der Schachwelt erschienene Wunderkind Morphy an den Tag legte, und bedauerte den am Ende seines Lebens seelisch erkrankten Steinitz, der die Strategien des Spiels unter wissenschaftlichen, nicht unter ästhetischen Gesichtspunkten analysiert hatte. Letzterer hatte einmal behauptet, dass er gegen Gott antreten und ihm einen Bauern als Vorgabe zugestehen würde, worin sich für den Jungen das ganze Ausmaß seines tragischen Schicksals zeigte. Aber er war auch von der Strenge begeistert, mit der Botwinnik keinen noch so kleinen Fehler tolerierte, oder von der Ruhe, die Marcel Duchamp anstrebte, wenn er die Figuren in Bewegung setzte.

Mehr noch beflügelten die Notationen der Partien seine Fantasie. Aus ihnen konnte er auf den Charakter der Spieler schließen. Ob es ein Zauderer oder ein Zyniker war oder eine gutmütige Seele, ob gesellig oder eigenbrötlerisch. Aber nicht nur ihren Charakter, sondern auch die Art und Weise, wie sie die Figuren berührten, ihren Tonfall, ja sogar ihre Statur konnte er darin erkennen. Es machte keinen Unterschied, ob die Großmeister vor dreihundert Jahren gespielt hatten oder Zeitgenossen waren. Auf dem Schachbrett über seinem Bett waren die Toten und die Lebenden gleichrangig.

Einigen von ihnen stellte er seine Freundin Miira vor. Sie alle waren sehr angetan von ihr.

»Hey du«, riefen ihr manche mit einem frechen Augenzwinkern zu, während andere ihr manierlich die Hand gaben. Miira lächelte jedes Mal schüchtern.

Wie kam es, dass Notationen, in denen die Partien lediglich durch Symbole erfasst wurden, so aufschlussreich waren? Der Junge wunderte sich darüber und fragte seinen Meister.

»Wenn Schach bloß ein Spiel für den Kopf wäre, wären die Notationen tatsächlich nur schnöde Zeichen«, erwiderte der Meister. »Aber der Sieg hängt nicht allein nur von der Intelligenz des Spielers ab.«

»Braucht man auch Glück?«

»Nein, damit hat das nichts zu tun. Selbst in Partien, bei denen Spieler glauben, sie hätten Glück gehabt, ist es nicht zufällig vom Himmel gefallen, sondern wurde herbeigeführt. Auf dem Schachbrett kommt die gesamte Persönlichkeit eines Spielers zum Ausdruck, sobald er die Figuren berührt«, erklärte der Meister in feierlichem Tonfall.

»Da spielt vieles eine Rolle: seine Philosophie, seine seelische Verfassung, seine Bildung, sein Charakter, sein Begehren, sein Gedächtnis, seine Zukunft, einfach alles. Hier lässt sich nichts verbergen. Schach ist wie ein Spiegelbild, das einen Menschen mit all seinen Eigenheiten zeigt.«

Für den Jungen waren die Erklärungen zwar etwas schwierig, aber als das Wort »Spiegelbild« fiel, konnte er immerhin nachvollziehen, dass es den jeweiligen Spieler getreu abbildete. Dabei kam ihm die Bemerkung seines Großvaters in den Sinn, dass Schach eine bedeutsame Angelegenheit sei, und er fand dies sehr treffend.

Der Spieler, der es ihm am meisten angetan hatte, war der russische Großmeister Alexander Alexandrowitsch Aljechin. Zunächst stolperte der Junge über den Ausdruck »Poet auf dem Schachbrett«. Bislang hatte er über keinen anderen Spieler gelesen, der mit einem solch merkwürdigen Namen bedacht worden war. Er wusste nicht einmal, was genau das Wort »Poesie« bedeutete, aber wenn die Stille beschworen wurde, die wie morgendlicher Nebel aus Aljechins Notationen steigt, oder die Lieblichkeit von Blütenblättern, die eine frische Brise erzittern lässt, wenn von brausenden Winden, die durch die Steppe jagen, die Rede war und von der Einsamkeit des Mondes am dunklen Firmament, dann musste es sich dabei um etwas sehr Kostbares handeln. Jeder Zug von

Aljechin war wie ein Vers, der tief in die Seele des Jungen eindrang.

Seine Schwärmerei hatte aber noch einen anderen Grund. Der Schachgroßmeister war ein großer Katzenliebhaber. Als der Junge ein Foto entdeckte, auf dem Aljechin im rechten Arm eine Katze hält, während er mit der linken Hand eine Figur versetzt, konnte er einen erstaunten Ausruf kaum unterdrücken.

Der Tisch mit dem Schachbrett steht am Fenster, neben einem Heizkörper. Aljechin spielt mit Schwarz. Sein Gegner sieht aus wie ein Gelehrter. Das Spiel hat gerade begonnen, denn nur wenige Figuren haben die Grundstellung verlassen, aber schon kündigt sich ein Gedicht an, dessen Verse bald geschmiedet werden. Aljechin, breitschultrig und von imposanter Statur, sitzt schräg auf dem Stuhl, die Beine lässig übereinandergeschlagen. Seine Aufmachung – der Anzug, die Manschettenknöpfe und die Lederschuhe – wirkt elegant. Und seine hohe Stirn verleiht ihm ein geradezu nobles Aussehen, ganz wie es sich für einen Poeten geziemt.

Und die Katze ... Sie ist schwarz-weiß gefleckt wie Pawn, sitzt auf Aljechins rechtem Arm, spitzt die Ohren und schaut noch ernster auf das Schachbrett als der Großmeister. Als wollte sie ihr Vorrecht betonen, dass sie vor jedem anderen seine Verse lesen darf. Oder als würde sie versuchen, den Gegner mit ihrem Blick zu verwirren. Sie heißt Caissa, wie die Schutzgottheit des Schachs.

Aljechin starb auf mysteriöse Weise in einem portugiesischen Hotel, direkt neben einem Schachbrett. Über die

Todesursache gibt es seit jeher Spekulationen, die von einem Herzinfarkt über Ersticken bis hin zu Mord reichen. In dem Buch war auch ein Foto abgebildet von der Szenerie, in der man den Verstorbenen vorgefunden hatte.

Das Schachbrett befand sich auf einem Tisch, daneben stand leeres Hotelgeschirr. Der Junge bedauerte, dass alle Figuren noch in der Ausgangsposition verharrten. Hätte wenigstens der weiße Läufer auf e4 oder der schwarze Springer auf f6 gestanden, wären das Aljechins letzte Worte gewesen. Was für ein Gedicht hätte er wohl im Angesicht des Todes auf dem Schachbrett hinterlassen? Der Junge ging in Gedanken etliche Konstellationen durch.

Das letzte Foto zeigte sein Grab auf dem Friedhof Montparnasse in Paris, doch jedes Mal, wenn der Junge diese Seite aufschlug, machte ihn der Anblick unendlich traurig. Das auf der Grabplatte eingelassene Schachbrett war verdreht. Eigentlich hätte in der rechten unteren Ecke ein weißes Feld sein müssen, aber hier waren sie auf beiden Seiten schwarz. So konnte Aljechin unmöglich Schach spielen. Ein Strauß Blumen schmückte das Grab und eine Skulptur seiner geliebten Katze, aber das tröstete den Jungen wenig. Wenn das Schachbrett so verdreht war, dann hatte man dem Poeten des Schachs keinen Respekt entgegengebracht. Und das, obwohl Aljechin ein Genie gewesen war, dem es zustand, mit Gott im Himmel Schach zu spielen. Denn nur Gott wusste um die Schönheit der Verse, die der Mensch beim Schachspiel erschafft.

Der Gedanke daran quälte den Jungen so sehr, dass er schlaflose Nächte verbrachte. Um Aljechin zu trösten, blätterte er immer wieder dessen Notationen durch.

Und dann machte er eine Entdeckung, die ihm wieder Mut machte. Die Urform des Läufers hieß *al-fil*, was auf Arabisch »Elefant« bedeutet. Nun verstand er endlich, warum er intuitiv immer schon die Läufer geliebt hatte, denn so konnte auch Indira ihren Platz auf dem Schachbrett finden.

Der Junge hatte eine große Sorge, die er jedoch niemandem anvertrauen konnte. Der Meister wurde immer dicker. Sein Hals war vollends unter seinem Doppelkinn verschwunden, die Augen hatten sich zu dünnen Schlitzen verengt, sein Hosenbund ließ sich nicht mehr zuhaken und wurde gerade noch so von einem Gürtel zusammengehalten. Dies wirkte sich zwar nicht auf die Schachlektionen aus, aber der Anblick seines Bauchs, der jedes Mal gegen das Schachbrett stieß, wenn er am Zug war, löste bei dem Jungen die Befürchtung aus, dass die Hand seines Meisters irgendwann nicht mehr an die Figuren heranreichen würde.

Mit seiner jetzigen Leibesfülle war er im Vergleich dazu, wie er sich früher im Bus bewegt hatte, ziemlich eingeschränkt. Die prächtige Truhe mit den arabesken Verzierungen wie auch der Sockel mit der Büste der Göttin waren ihm jetzt nur noch im Weg und wurden dadurch zu bloßem Tand. Selbst die einfachsten Tätigkeiten fielen ihm sichtlich schwer. Das Teewasser aufsetzen, die

Kuchenteller aus dem Küchenschrank nehmen oder das Besteck auflegen – bei jedem Handgriff stieß er sich irgendwo an. Augenscheinlich taten ihm die Gelenke weh, denn er strich sich oft mit schmerzverzerrtem Gesicht über Knie und Hüften. Schon bei der kleinsten Bewegung geriet er außer Atem. Wenn er sich von seinem Schlaflager erhob, quietschten die Sprungfedern so laut, dass der Junge erschrocken aufhorchte, weil er glaubte, der Meister würde vor Schmerzen stöhnen.

Trotz allem brachte er es nicht übers Herz, ihn zu ermahnen, wenn er mitansehen musste, wie der dicke Mann freudig über die Süßigkeiten herfiel. Immer weiter verfeinerte der Meister seine Backkünste, sein Repertoire umfasste jetzt auch schon türkische Biskuits und indonesischen Wackelpudding. Für ihn gehörten Süßigkeiten zum Schach dazu, sie waren wie Spielfiguren, mit denen man den König matt setzen konnte.

Eines Tages geschah etwas Ungewöhnliches. Aus dem Wohnheim für Junggesellen kam ein uniformierter Fahrer zum Bus herübergelaufen und klopfte an die Scheibe. Erstaunt blickte der Junge vom Schachbrett auf. Der Meister öffnete das Fenster und wechselte ein paar Worte mit dem Mann.

»Tut mir leid, mein Junge. Ich muss kurz weg, komme aber gleich wieder.«

Da er als Hausmeister tätig war, wäre es verwunderlich gewesen, wenn der Meister nichts anderes getan hätte, als unentwegt Schach zu spielen, aber der Junge erlebte nun zum ersten Mal, wie er den Bus verließ. Beim

Herabsteigen der Stufen beugte er vorsichtig die Knie und stieß dann, sich an der Stange festhaltend, die Tür auf. Sein Schnaufen war deutlich zu hören.

»Warte, ich halte sie dir auf«, rief der Junge und sprang herbei.

»Tut mir leid, mein Junge«, sagte der Meister verlegen und kniff die Augen noch enger zusammen.

Er braucht sich doch nicht zu entschuldigen, dachte der Junge. Ängstlich beobachtete er, wie sein Meister sich durch die Tür quetschte. Er musste sich ziemlich verrenken, um zuerst seinen Kugelbauch, dann das rechte Bein und die rechte Schulter, gefolgt vom linken Bein und der linken Schulter, durch die Türöffnung zu bugsieren. Der Junge stemmte mit aller Kraft die Tür auf, um noch ein bisschen mehr Platz zu schaffen. Als schließlich auch der riesige Hintern des Mannes durch die Tür war, stieß der Junge einen erleichterten Seufzer aus.

Der Fahrer, der zuvor sein Anliegen vorgetragen hatte, war längst verschwunden, sodass der Meister allein über das Gelände zum Wohnheim hinüberging. Obwohl er sein Schachbrett verlassen hatte und nun nicht mehr durch die Enge des Busses behindert wurde, sah er von Weitem noch schwerfälliger aus. Sein Gang wirkte unsicher, mehrmals verlor er einen seiner Gummischlappen. Bei jedem Schritt wogte sein dicker Bauch hin und her.

Was war aus dem Mann geworden, der mit präzisen, besonnenen Bewegungen Schach spielte? Von hinten erinnerte die Silhouette des Meisters an ein Schachbrett kurz vor dem Ende der Partie. Die gespannte Atmosphäre des erbitterten Kampfes hat sich gelegt, die meisten Figuren haben den Schauplatz verlassen, sodass auf dem leeren Schlachtfeld eine traurige Leere herrscht. Beim Schach beginnt jede Partie furios und endet einsam. Die Wange an die Fensterscheibe gedrückt, schaute der Junge seinem Meister hinterher, bis er im Wohnheim verschwunden war.

5

Nachdem der Junge seinen Meister zum ersten Mal besiegt hatte, machte er zusehends Fortschritte. Natürlich gewann er nicht ständig, aber selbst wenn er verlor, hatte er das Gefühl, immer sein Bestes gegeben zu haben. So war es nie eine Niederlage, bei der man blutete, bis man zusammenbrach, ohne vorher den Schlag des Gegners bemerkt zu haben. Inzwischen gelang es ihm, die eigene Blutspur zurückzuverfolgen und die Wunde zu heilen. Auf diese Weise mehrten sich die Partien, die er gegen den Meister gewann.

Eines Tages hatte der Junge zum ersten Mal Gelegenheit, gegen jemand anders zu spielen. Er war mit seiner Großmutter und seinem kleinen Bruder in der Stadt unterwegs, und im Kaufhaus fand ein Schachturnier für Kinder statt, an dem er teilnahm, nachdem er all seinen Mut zusammengenommen hatte.

Seine Gegner waren Kinder, die gerade erst gelernt hatten, wie man die einzelnen Figuren zu setzen hatte, und die von ihren Vätern tatkräftig unterstützt wurden. Keines von ihnen war sonderlich begabt oder stellte für den Jungen eine Herausforderung dar. Er gewann ohne Probleme all seine Partien. Der Veranstalter war bestürzt, dass das Turnier so rasch vorüber war und der Sieger viel früher feststand als geplant. Der Junge erhielt als Preis einen Einkaufsgutschein.

»Es ist großartig, dass du das Turnier gewonnen hast! Ich bin sehr stolz auf dich.«

Der Junge wusste gar nicht, wie ihm geschah. Es war ihm fast peinlich, dass seine Großmutter so aufgeregt war.

»Aber das ist doch keine große Sache«, wehrte er ab, doch sie wollte sich gar nicht beruhigen.

»Wie deine Mutter sich gefreut hätte, wenn sie noch am Leben wäre«, schluchzte sie und betupfte sich die feuchten Augen mit ihrem Tuch.

»Hey, jetzt können wir Spielsachen kaufen«, rief sein kleiner Bruder, als er den Gutschein sah.

»Das kommt nicht infrage! Dein Bruder hat sich den Preis redlich verdient. Er darf entscheiden, was damit geschieht.«

Die Großmutter nahm das Tuch von den Augen und schlug nun einen strengen Ton an.

»Hörst du? Der Preis gehört dir allein. Kauf bloß nicht irgendwelchen Unfug! Behalte den Gutschein, bis du etwas Ordentliches findest, was dieser ehrenvollen Auszeichnung würdig ist«, sagte sie und nahm seine Hand.

Der Junge wollte gerade erwidern, dass er die Worte »ehrenvolle Auszeichnung« übertrieben fand, verkniff sich jedoch diese Bemerkung und betrachtete die Hände der Großmutter, die fast so klein wie seine eigenen waren, aber ausgedörrt und runzlig.

»Hast du schon mal vom Pazifik-Schachklub gehört, mein Junge?« fragte der Meister einige Tage später. Er war sich bewusst, dass der Zeitpunkt gekommen war, wo sein Schüler den Bus verlassen musste, um sich zu verbessern.

»Das ist der traditionsreichste Schachverein in der Stadt. Hast du nicht Lust, dich für die Aufnahmeprüfung anzumelden?«

»Warum?«

»Wenn du dort Mitglied bist, kannst du unter vielen verschiedenen Gegnern wählen. Außerdem darfst du an Turnieren teilnehmen.«

»Darauf kann ich verzichten«, sagte der Junge, nachdem er einige Momente darüber nachgedacht hatte. Was immer es sein mochte, er hatte keine Lust, sich auf unbekanntes Terrain zu begeben.

»Aber ich komme gerne hierher. Es bedeutet mir sehr viel, gegen dich zu spielen.«

»Das freut mich zu hören. Aber du solltest dich nicht auf einen einzigen Gegner beschränken. Es gibt so viele verschiedene Spieler. Willst es nicht wenigstens ausprobieren?«

Damit dem Jungen die Entscheidung nicht zu schwer fiel, wandte der Meister sich ab und machte sich beiläufig am Wassertank zu schaffen, der über dem Fahrersitz hing.

»Das Turnier neulich im Kaufhaus hat mir aber überhaupt keinen Spaß gemacht.«

»Ach, das war doch Kinderkram. Die Mitglieder des

Schachklubs sind ein ganz anderes Kaliber. Das sind alles ausgezeichnete Spieler. So wie du, mein Junge. Die sind viel stärker als ich. Wenn du dich verbessern willst, musst du gegen stärkere Gegner antreten, sonst wirst du nichts dazulernen. Schach ist ein Meer, das weiter und tiefgründiger ist, als du glaubst.«

Der Junge starrte auf den Rücken des Meisters, der den gesamten Gang ausfüllte. Sein zu knapp gewordenes Hemd war so weit hochgerutscht, dass die Unterwäsche herausschaute.

»Kann denn jeder diesem Klub beitreten?«

»Nein, es gibt einen Test.«

»Was denn für einen Test?«

»Eine Schachprüfung. Man spielt gegen eines der Mitglieder und muss es besiegen. Aber das sollte für dich kein Problem sein. Ich bin sicher, dass du es schaffst.«

»Das macht mir Angst. Allein zu diesem Verein zu gehen und mich von fremden Leuten überprüfen zu lassen …«

»Aber ich lass dich doch nicht im Stich. Selbstverständlich begleiten wir dich, Pawn und ich.«

Der Meister drehte sich um und schaute dem Jungen direkt in die Augen. Und auch der Kater spitzte die Ohren und kam unter dem Schachtisch hervor.

Der Junge stimmte schließlich zu, sich der Aufnahmeprüfung zu unterziehen. Zwar sah er noch immer keinen Sinn darin, aber er wollte seinen Meister nicht enttäuschen. Seitdem er den Bus zum ersten Mal betreten hatte, um das Spiel zu erlernen, hatte ihn der Meister nie um etwas gebeten. Nun war es an der Zeit, sich erkenntlich zu zeigen.

Am Tag der Prüfung brachen sie früh auf. Der Bus, es war eine andere Linie als die zum Kaufhaus, brachte sie zum Stadtpark, wo das Hotel Pazifik mit den Vereinsräumen des Schachklubs lag.

Die drei – der riesige Mann mit dem kleinen Jungen und dem Kater im Korb – zogen die Blicke der Leute auf sich. In einem funktionstüchtigen Bus zu sitzen war dem Meister sichtlich unheimlich, denn er schaute ziemlich ängstlich drein. Allein schon die Fahrscheine zu kaufen und sich an den Fahrgästen vorbei zur hintersten Sitzbank zu drängeln – es war der einzige Platz, wo er aufgrund seiner Leibesfülle hinpasste – nahm viel Zeit in Anspruch. Der Junge stützte ihn am Arm, um ihn möglichst problemlos dorthin zu führen, aber es half nicht sonderlich. So einen dicken Mann hatten die anderen Fahrgäste noch nie gesehen, das verrieten ihre Blicke, mit denen sie ihn neugierig musterten. Es gab auch welche, die ungehalten reagierten, wenn der Meister sie mit seinem Bauch anstupste.

»Verzeihen Sie bitte«, entschuldigte sich der Meister höflich. Pawn saß still in seinem Korb und schaute ängstlich nach oben, um zu sehen, was da draußen vor sich ging.

Der Gedanke, dass der Meister um seinetwillen den verächtlichen Blicken der Leute ausgesetzt war, quälte den Jungen. Der Schachklub wurde ihm dadurch noch verhasster. Am liebsten hätte er den anderen Fahrgästen ins Gesicht gesagt, dass dieser Mann ein Schachgenie sei.

Dass er mit Holzfiguren Muster weben konnte, die so schön waren wie ein Spinnennetz nach einem Regenschauer. Immerhin war er dadurch so abgelenkt, dass ihm während der Busfahrt nicht übel wurde.

Es war ein vornehmes, traditionsbewusstes Hotel, wo man vom Portier mit einer ehrerbietigen Verbeugung empfangen wurde. Im Foyer, das mit dicken Teppichen ausgekleidet war und in dem funkelnde Kronleuchter an der Decke hingen, verkehrten ausschließlich elegant gekleidete Leute.

»So, mein Junge, jetzt geht es los«, sagte der Meister und hob den Korb hoch. Der Junge wusste nicht, was ihm außer Schachspielen noch bevorstand, aber er nickte gehorsam. Die drei steuerten zielstrebig den Schachklub im Untergeschoss an.

Der eingravierte Namenszug auf dem Messingschild, das an dem hölzernen Portal prangte, sollte wohl »Pazifik-Schachklub« heißen, denn wegen der verschnörkelten Schrift konnte ihn der Junge kaum entziffern. Sie klopften an, und sogleich wurde ihnen die Tür geöffnet. Erschrocken wich der Junge einen Schritt zurück. Alles sah auf den ersten Blick völlig anders aus, als er es sich vorgestellt hatte. Er hatte eine Art Übungshalle erwartet, in der eine Reihe von Spielern an Schachtischen saß, aber in dem schummrigen Raum mit seiner gediegenen Ausstattung entdeckte er kein einziges Schachbrett. In dem geräumigen Salon gab es mehrere Ledersofas, hier und da standen Vasen mit Blumenarrangements, und die deckenhohen Regale waren mit Büchern vollgestopft. An den Wänden hingen Ölgemälde, Zierteller und Hirschgeweihe, sodass man sich fragte, was das alles mit Schach zu tun haben mochte. Ein kalter Luftzug empfing sie, der mit dem süßen Duft im ausrangierten Bus des Meisters nicht das Mindeste gemein hatte.

»Herzlich willkommen. Treten Sie ein. Es ist alles vorbereitet«, sagte ein älterer Herr, der aus dem Halbdunkel auf sie zutrat. Das Hinterzimmer, in das er sie führte, war ein wenig kleiner. Und tatsächlich war alles vorbereitet. In der Mitte des Raumes stand ein weiß gedeckter Tisch, auf dem sich ein Schachbrett, eine Schachuhr und eine Karaffe Wasser mit Gläsern befanden. Daneben hatte sich ein Schiedsrichter aufgebaut, ringsherum saßen die Zuschauer.

Alle Blicke waren unverhohlen auf den Jungen gerichtet. Einige der Zuschauer tuschelten miteinander. Sämtliche Herren trugen Krawatten und hatten Pomade im Haar. Sie tranken Kaffee und pafften Zigarren. Der dicke Mann mit seinem zu knappen Hemd über der heruntergerutschten Hose und der Junge in seiner abgetragenen Kleidung wirkten in dieser Umgebung wie Fremde.

»Geh nur, mein Junge. Hab keine Angst. Du schaffst das schon«, flüsterte ihm der Meister zu. Im Korb hörte man das Kratzen von Pawns Krallen. Um seine beiden Begleiter zu beruhigen, versuchte der Junge zu lächeln, aber es reichte nur zu einer verkniffenen Grimasse.

Als er nach Aufforderung des älteren Herrn, der sie empfangen hatte, am Tisch Platz nahm, sah er zum ersten Mal seinen Gegner. Er war im selben Alter, ein Junge mit heller Haut und wohlgeformten Lippen, der sehr klug aussah. Seine marineblaue Hose hatte Bügelfalten, und die Brusttasche seines Blazers zierte das goldene Abzeichen des Klubs. Er musterte den Jungen, stutzte einen Moment, als sein Blick auf dessen Lippen fiel, blieb aber ungerührt auf seinem Stuhl sitzen.

Was den Jungen jedoch am meisten irritierte, waren das Schachbrett und die Figuren. Sie waren spiegelblank, ohne einen Kratzer, jede Figur wirkte so kostbar, dass man sie kaum anzufassen wagte. Es war merkwürdig, dass es sich hierbei um das gleiche Spiel handeln sollte, wie er es aus dem Bus kannte. Er war völlig ratlos, wie er es anstellen sollte, diese Figuren von der Stelle zu rücken. Sein Herz klopfte wie wild, kalter Schweiß stand auf seiner Stirn, und ihm wurde schlecht. Der ältere Herr machte ihn mit den Einzelheiten der Prüfung vertraut, aber der Junge bekam nichts davon mit. Ehe er sich's versah, hatte sein Gegner mit Weiß das Spiel eröffnet. Zögerlich schob der Junge seinen Bauern ein Feld vor. Der fühlte sich so kalt und abweisend an, als wäre er gar keine Schachfigur.

Dem Jungen war schleierhaft, nach welchen Gesichtspunkten man seinen Gegner ausgewählt hatte, aber es stellte sich bald heraus, dass der andere Junge ihm ebenbürtig war. Er konzentrierte sich voll und ganz auf das Spiel, so als würde sein Kontrahent gar nicht existieren. Trotz seines unhöflichen Benehmens waren seine Spielzüge von kraftvoller Schönheit und Eleganz.

Seine grazilen Hände strotzten vor Selbstvertrauen. Sie wirkten wie ein Ornament, das perfekt zum Ensemble der Schachfiguren passte. Der Junge musterte seine eigenen dürren Finger. Verglichen damit waren die des anderen Jungen wie geschaffen fürs Schachspielen. Was für ein Talent er doch haben musste. Mit jedem Zug wurde der Junge verzagter.

Sein Gegner hatte sofort die Initiative ergriffen. Sein Spiel war ganz anders als das des Meisters. Er überquerte einsturzgefährdete Brücken und ging resolut zum Angriff über, ohne sich jemals in Gefahr zu bringen. Es gab Situationen, in denen er mit angehaltenem Atem seine Position festigte. Aber selbst dann bewahrte er Ruhe. Seine Züge waren manchmal waghalsig, aber nie ungestüm, sie waren Teil eines Plans, der keine Angriffsfläche bot.

Der Junge, der seine Ruhe wiederfinden wollte, strich sich über den Flaum seiner Lippen, aber das hatte eher den gegenteiligen Effekt. Der Stuhl mit den Armlehnen war hart und außerdem zu hoch für ihn, sodass seine Beine in der Luft baumelten. Sein Rücken schmerzte. Der Junge dachte bei sich, dass sein Großvater diesen Stuhl bestimmt umgebaut hätte, und plötzlich hatte er Angst, er könne nie wieder in seinen Alkoven zurückkehren. Auch das Ticken der Schachuhr und das Kritzeln des Bleistifts, mit dem der Schiedsrichter den Spielverlauf notierte, verunsicherten ihn. Aber am meisten irritierte ihn die spärliche Beleuchtung. Da sie im Kellergeschoss waren, gab es keine Fenster, sondern nur das schwache

Licht der Lampe über dem Tisch. Wie sehr er auch die Augen zusammenkniff, der Junge konnte die Umrisse der Figuren bloß schemenhaft erkennen. Er sehnte sich nach den Sonnenstrahlen, die den Bus durchfluteten. Nach süßem Zuckerduft, den abgegriffenen Figuren, der weichen Hand seines Meisters.

Der Junge bekam keine Gelegenheit, seine Fähigkeiten unter Beweis zu stellen, sondern wurde von seinem Gegner regelrecht vorgeführt. Der zog sein Spiel unverändert durch. Souverän manövrierte er seine Figuren auf dem Schachbrett herum, anmutig betätigte er die Stoppuhr, zielsicher verfolgte er seine Strategie. Unter den Zuschauern machte sich Enttäuschung breit. Egal, was der Junge auch versuchte, nichts wollte ihm gelingen.

Doch dann geschah es.

»Nicht so hastig, mein Junge«, dröhnte die vertraute Stimme des Meisters durch den Raum. Man hörte missbilligendes Zischen im Publikum, aber der Junge schaute trotzdem auf. Der Meister war der Einzige im Raum, der sich nicht auf das Schachbrett konzentrierte, sondern nur den Jungen ansah. Sein Ausdruck war wie immer, gelassen und voller Würde. Stimmt, ich darf nichts überstürzen, sagte sich der Junge. Es besteht kein Grund zur Eile. Schach ist ein Meer, das weiter und tiefgründiger ist, als man glaubt.

Der Meister und der Junge nickten einander zu. Dann zog der Meister sachte die Decke vom Korb. Der Kater sprang mit einem Satz heraus, schlüpfte durch die Beine der Zuschauer und verschwand unter dem herabhängenden Tischtuch. Zugleich sprang auch der Junge von seinem Stuhl auf und kroch zu Pawn unter den Tisch.

Alle schauten sich entgeistert an. Der Schiedsrichter hatte aufgehört zu kritzeln und starrte mit offenem Mund auf den Tisch. Unruhe machte sich breit. Der ältere Herr setzte die Brille ab und erhob sich von seinem Platz. Der Gegner des Jungen verzog ungläubig das Gesicht und tippte nervös mit den Fingernägeln auf den Rand des Schachbretts.

»Er hat wohl aufgegeben.«

»Nein, noch schlimmer, er ist einfach geflüchtet.«

»Sehr sonderbar, so etwas hat es hier in unserem Klub noch nie gegeben.«

Überall erhoben sich empörte Stimmen, in die sich höhnisches Gelächter mischte. Inmitten des Tumults schoss plötzlich der Junge unter dem Tisch hervor, setzte seinen Springer, drückte auf die Uhr und verschwand wieder. Sofort hatte sich der Sekundenzeiger auf der Uhr wieder in Bewegung gesetzt. Durch das Ticken wurde allen Anwesenden klar, dass der Junge weder aufgegeben hatte noch geflüchtet war, sondern dass das Spiel weiterging. Sein Gegner riss das Tischtuch hoch und starrte den Jungen an, aber da die Uhr lief, war er gezwungen, sich auf seinen nächsten Zug zu konzentrieren.

Die Holzmaserung des Tischs und das Parkett am Boden hatten keinerlei Ähnlichkeit mit der vertrauten Umgebung im Bus. Aber da nun Pawn an seiner Seite war, hatte der Junge keinen Grund mehr zur Sorge. Er kauerte sich hin, um zur Ruhe zu kommen und die bisherige

Partie zu überdenken. Jetzt, da er sich dem Blick der Zuschauer entzogen hatte, wurde ihm bewusst, wie kleinmütig seine Spielweise bislang gewesen war. Zugleich nahm er auch einen Schatten über der Stellung seines Gegners wahr, der bisher so brillant gespielt hatte.

Sein Gegner machte den nächsten Zug. Die Geräusche der Figuren waren hier weniger gut zu hören als unter dem Schachtisch im Bus. Aber auf dem Spielfeld, das nun unterhalb des Tischs auftauchte, war deutlich die weiße Dame zu sehen, die mutig vorgerückt war. Der Junge grub seine Finger in das Fell des Katers, damit er seinen Pulsschlag spüren konnte. »Indira, hilf!« flüsterte er, nahm seinen Läufer und versperrte der vorstoßenden Dame den Weg.

Ein Raunen ging durch den Saal. Der Meister, der immer noch den Korb auf seinem Schoß hielt, seufzte erleichtert. Noch vermochte niemand zu beurteilen, ob dieser Zug die Lage des Jungen verbessern würde oder ob es bloß seine letzten verzweifelten Rettungsversuche waren. Aber der Meister wusste, das Blatt hatte sich gewendet. Stand der Junge bislang so unter Druck, dass es keinen Ausweg zu geben schien, konnte er nun auf einen Befreiungsschlag hoffen.

Wie gebannt starrten die Zuschauer auf den Tisch. Hinter dem Tuch zeichnete sich die schmächtige Gestalt des Jungen ab, sein Spiel aber war nun kraftvoll und mutig. Sein Gegner war sichtlich bemüht, keinen Gedanken daran zu verschwenden, was genau zu seinen Füßen vor sich ging.

Unter dem Tisch herrschte Stille. Man hörte lediglich die Bewegungen der Figuren und das Ticken der Schachuhr. Pawn gab keinen Laut von sich, während er sich an die Brust des Jungen schmiegte. Die beiden verschmolzen zu einer Einheit, die auf dem Grund des Meeres dahintrieb.

»Er spielt wie Aljechin«, sagte einer der Zuschauer.

»Aber nicht wie ein Poet auf dem Brett, sondern wie ein Poet unter dem Brett«, meinte ein anderer.

Keiner ermahnte die beiden zur Ruhe.

Der Junge hatte einen Vers geschrieben, der diesem Namen alle Ehre machte. Hatte sich die erste Hälfte der Partie noch wie Katzenmusik angehört, erklang die zweite wie eine Sinfonie. Er hatte seine Figuren neu in Stellung gebracht und ließ sie eine beschwingte Melodie spielen. Und bald schon wunderte sich niemand mehr über diese merkwürdige Begegnung, bei der nur einer der Kontrahenten vor dem Schachbrett saß.

Die beiden Jungen lieferten sich einen verbissenen Kampf. Das Schlachtfeld war nun von den Trümmern, die der Junge in der ersten Hälfte der Partie hinterlassen hatte, befreit. Am Ende zog die weiße Dame vor auf h5. Der Junge kroch unter dem Tisch hervor, setzte sich manierlich auf seinen Stuhl und ließ den Kater zu seinem Meister zurücklaufen. Dann legte er den schwarzen König um und gestand somit seine Niederlage ein. Nach einer Weile ertönte im Saal leiser Beifall.

Es war an jenem Tag, dass der Junge als Poet unter dem Schachbrett den Spitznamen »Kleiner Aljechin« erhielt. Jedoch wurde die Notation dieser Partie nie ins Archiv des Pazifik-Schachklubs aufgenommen. Nicht weil der Junge verloren hatte, sondern weil er disqualifiziert worden war.

In Bezug auf die Aufnahmeprüfung hat die Jury nach eingehender Beratung beschlossen, dass Ihr Benehmen während der Schachpartie dem Ansehen unseres Klubs erheblichen Schaden zugefügt hat. Wir möchten Sie mit diesem Schreiben davon in Kenntnis setzen, dass wir den Ausgang der ersten Partie als regelwidrig ansehen und das Ergebnis annullieren. Für die Aufnahme in unseren Klub bleiben die Kriterien – zwei von drei Partien müssen gewonnen werden – unverändert bestehen. Wir wünschen Ihnen für die kommenden beiden Spiele viel Erfolg. Jedoch möchten wir Sie höflich bitten, bei Ihrem nächsten Besuch in unserem Klub den Anstand zu wahren …

Als der Meister ihm den Inhalt des Briefes vorgelesen hatte, war der Junge weder überrascht, noch ärgerte er sich darüber. Er akzeptierte stillschweigend, dass die Teilnahme an weiteren Partien für ihn unmöglich geworden war. Wenn es als regelwidrig angesehen wurde, dass er während der Partie unter den Tisch kroch, würde er dafür jedes Mal disqualifiziert werden. Für ihn war das schlimmer, als zu verlieren.

»Tut mir leid«, sagte er zum Meister.

»Was denn?«

»Na, dass ich nicht in den Klub aufgenommen werde.«

»Ach, das ist nicht so wichtig«, beruhigte ihn der Meister, während er mit einem Schneebesen herumhantierte. Er versuchte sich gerade an einem neuen Kuchenrezept, und Eischnee flog durch die Kochnische.

»Ja, stimmt. Aber es war unverzeihlich, dass ich mich bei der Partie so blamiert habe.«

Der Junge schüttelte Mehl mit Puderzucker durch ein Sieb. Mehlstaub legte sich sanft über den Tisch. Pawn, der sich in eine Ecke neben dem Bücherregal verkrochen hatte, dachte vermutlich, er werde nicht gebraucht, solange die Schachpartie nicht begann.

»Auf jeden Fall bist du ein wenig aus dem Gleichwicht geraten.«

»Nicht nur ein wenig.«

»Ich hatte gehofft, du könntest die Stellung halten und ein Remis herausholen. Aber die Zeit reichte eben nicht. Du warst schon zu arg in der Bredouille.«

Mit vereinten Kräften verrührten sie den Teig mit dem Eischnee. Der Meister gab acht, dass der Eischnee nicht zerdrückt wurde und schön luftig blieb, während der Junge die Schüssel festhielt. Über dem Fahrersitz knisterte der Ofen, in dem gerade die Backform vorgeheizt wurde.

»Ich werde dich nie davon abhalten, unter den Schachtisch zu kriechen«, sagte der Meister. »Ich weiß ja, dass du dich nicht versteckst, weil du deinen Gegner ignorieren willst, sondern im Gegenteil, weil du so sein Spiel besser wahrnimmst. Habe ich recht?«

Der Junge nickte und schaute zu, wie der Teig an der Spitze des Gummispatels immer geschmeidiger wurde.

»Allerdings war der andere Junge ziemlich gut. Ich habe erfahren, dass er Jugendmeister ist. Aber das Kerlchen war auch ganz schön selbstbewusst.«

»Deshalb konnte er mich ja überrumpeln. Ich habe mich von ihm einschüchtern lassen.«

»Aber jeder würde bei einem starken Gegner am liebsten die Flucht ergreifen. Bei dir war es am Anfang auch so. Aber das macht nichts. Du musst dich in solchen Momenten darauf besinnen, dass man Schach eben nicht allein spielt.«

Der Meister goss den Teig in die Backform und klopfte mit ihr gegen den Tisch, damit die Luft entwich.

»Die Poesie auf dem Schachbrett gelangt nur durch Weiß *und* Schwarz zur Vollkommenheit, also erst, wenn sich die Figuren beider Kontrahenten bewegen.«

»Hm.«

»Je stärker dein Gegner ist, umso eher entsteht ein neues, wundervolles Gedicht.«

Schon bald stieg ihnen der süße Kuchenduft in die Nase, der sich flugs im ganzen Bus verteilte.

Der Ofen lief auf vollen Touren. Der Junge sog den Duft mit einem tiefen Atemzug ein.

»Ich tauche doch nur ab, um mit den Figuren des Gegners zusammenzuspielen …«

»Eben darum. Weshalb sollte das verboten sein? Das verstehe ich nicht.«

Der Meister zerriss den Brief und warf ihn in den Papierkorb. Sein Hemd und seine Haare waren mit weißem Mehl bestäubt.

»Beim Schachspielen überkommen mich eine Menge merkwürdiger Gefühle«, sagte der Junge. »Wenn ich der Meinung bin, dass ich gut spiele und die Partie tatsächlich gewinne, heißt das nicht unbedingt, dass der andere Fehler macht. Die Kraft der gegnerischen Figuren hallt wie ein Echo in meinen wider, bis sie in Einklang stehen. Das ergibt eine ganz neue Melodie, die man nie zuvor gehört hat. Wenn ich ihr lausche, dann weiß ich, dass auf dem Brett über mir alles in Ordnung ist. Besser kann ich es leider nicht erklären.«

»Oh, das verstehe ich. Ich verstehe es sogar sehr gut.«

Der Meister reckte den Daumen in die Höhe.

»Die kraftvollsten Züge sind nicht zwangsläufig die besten. Auf dem Schachbrett ist das Gute wertvoller als bloße Kraft. Du bist auf dem richtigen Weg.«

Der Junge reckte ebenfalls seinen kleinen Daumen hoch. Mit einem Mal war alles Unglück – die Niederlage, die Disqualifikation, die missglückte Aufnahme in den Klub – vergessen.

»So, unser Kuchen ist fertig. Wollen wir ein Stück probieren?«

»Ja, gern!« rief der Junge vergnügt. Auch Pawn hatte inzwischen den Duft wahrgenommen und strich um die Beine des Meisters herum.

6

Eines Tages, als der Junge sich auf dem Heimweg von einem Kunden seines Großvaters befand, dem er Zierschrauben vorbeigebracht hatte, entdeckte er im Park an der Brücke ein halbes Dutzend Männer. Selbst von Weitem erkannte er, dass sie um ein Schachbrett herumstanden. Neugierig eilte er über die Uferpromenade in den Park.

Ihre Art zu spielen war ganz anders als die des Meisters und des Jungen im Klub. Das Brett war schmutzig, und die Figuren waren in einem desolaten Zustand, was vor allem der fehlenden Sorgfalt der Spieler zuzuschreiben war, denn sie ließen Zigarettenasche darauf fallen und verschütteten ständig Bier. Die Männer lümmelten sich auf Stühlen, die sie dem Aussehen nach aus der nahe gelegenen Schule entwendet hatten. Sie sprachen laut und lachten höhnisch, obwohl die Partie in vollem Gang war.

Auch das Spiel selbst war höchst seltsam. Man hätte meinen können, sie seien eher damit beschäftigt, Zigaretten zu rauchen, anstatt sich eine sinnvolle Strategie zurechtzulegen, denn sie spielten rasend schnell. Offenbar dachten sie überhaupt nicht nach. Sie griffen nach ihren

Figuren, schleuderten die des Gegners vom Feld und scherten sich nicht darum, ob diese auch ordentlich auf ihrem Platz standen. Sie attackierten in einem fort, eine wohlüberlegte Verteidigungsstrategie schien ihnen fremd zu sein. Das permanente Aneinanderstoßen der Figuren hörte sich für den Jungen an, als würde ein Bulldozer an ihnen vorbeirattern.

»Die Dame nicht so weit vorziehen!« entfuhr es dem Jungen, der sich unter die Zuschauer gemischt und das Treiben einige Zeit beobachtet hatte. Die Männer drehten sich zu ihm um.

»Wie kommst du darauf?« nuschelte, die Zigarette im Mund, der Mann, der gerade mit seiner Dame gezogen hatte.

»Wenn man sie nur ein Feld auf e7 vorzieht, kann man den Turm ins Spiel bringen«, erwiderte der Junge zaghaft, aus Angst, den Mann zu verärgern.

»Oho!« rief der Mann. »Du hast also Ahnung von Schach, was?«

Der Junge nickte.

»Wir würden ja sehr gerne mit dir eine Partie spielen, aber leider sind wir nicht zum Vergnügen hier.«

»Ist das ein Schachturnier?«

Die Männer prusteten los.

»Nein, nicht so etwas Kompliziertes. Der Gewinner bekommt Geld, das ist alles. Deshalb kann ein Früchtchen wie du, das kein Geld hat, auch nicht mitmachen.«

»Aber ich habe Geld bei mir.«

Der Junge konnte es sich selbst nicht erklären, weshalb

er sich zu dieser unbedachten Bemerkung hatte hinreißen lassen. Reizte es ihn, diese Art von Schach, die ihm bislang unbekannt war, kennenzulernen? Oder war er bloß gekränkt, wie ein Kleinkind behandelt zu werden? Auf jeden Fall fühlte er sich von dem Mann, der so unüberlegt mit seiner Dame gezogen hatte, herausgefordert.

»Hier!« sagte er und zog den Einkaufsgutschein, den er für seinen Turniersieg im Kaufhaus erhalten hatte, aus der Hosentasche. Er hatte ihn die ganze Zeit über bei sich getragen, um ihn bei Gelegenheit einlösen zu können.

Schallendes Gelächter ertönte. Die umstehenden Männer waren höchst erfreut über das Angebot und drängten den Spieler, es anzunehmen. Der Wert des Gutscheins war sicher geringer als ihr Wetteinsatz, aber der Mann erklärte sich einverstanden.

So ergab es sich, dass die beiden gegeneinander spielten, wobei der Junge wie üblich unter dem Tisch Platz nahm. Das erheiterte die Männer nur noch mehr.

»Na, Kleiner, du bist wohl etwas schüchtern, was?«

»Kannst du nur Schach spielen, wenn du Käsefüße riechst?«

Die Männer konnten sich gar nicht mehr einkriegen vor Lachen. Und paradoxerweise wurden sie immer aufgekratzter, je besser der Junge spielte.

Für Blitzschach erwies sich seine übliche Position zwar als umständlich, aber ihm war es wichtiger, seine bewährte Spielweise beizubehalten, als sich dem Stil des Gegners anzupassen. Egal, wie schnell sein Gegner seine

Figuren setzte, der Junge konnte das Geräusch deutlich unter dem Tisch hören und hatte die jeweilige Spielsituation sofort vor Augen.

Die aggressive Spielweise des Mannes, der nicht eher ruhte, bis er alles aus einer Figur herausgeholt hatte, mochte zwar kraftvoll anmuten, aber der Junge entdeckte schnell ihre Schwachstellen. Obwohl die anderen Männer den Jungen zunächst wegen seines Versteckspiels als Feigling verhöhnt hatten, pfiffen sie begeistert durch die Zähne, als ihnen klar wurde, wie gekonnt dieser sein Spiel aufzog. Die Attacken des Mannes, der immer hastiger an seiner Zigarette zog, wurden von Mal zu Mal unkontrollierter.

Der Junge achtete darauf, dass er nicht gegen den Tisch stieß und dabei die Figuren umwarf, und ließ sich von seinem Gefühl leiten. Wie immer galt es, einen Mittelweg zu finden, egal, ob es sich nun um eine Partie handelte, die er wahrscheinlich gewinnen würde, oder um eine, bei der ihm nicht der geringste Fehler unterlaufen durfte. Sobald man übermütig spielt oder den Gegner vorführen will, kann es passieren, dass man selbst in Probleme gerät, und zwar schneller, als man denkt. Im Gefühl des sicheren Sieges sollte man darauf achten, der natürlichen Harmonie des Spiels zu vertrauen.

Mit diesem Wissen verharrte der Junge unter dem Tisch. Vom Kanal her wehte eine frische Brise, und seine vom harten Boden aufgescheuerten Knie brannten. Aus der Ferne hörte man das Hupen der Autos, die die Brücke überquerten. Aber auf der Unterseite des Tisches, wo ebenfalls ein Abzeichen der Grundschule klebte, hatte der Junge deutlich den besten Weg vor Augen. Der Mann schmiss die Zigarette auf den Boden und trat sie aus. Er hatte kapituliert.

Das Geld, das der Junge gewonnen hatte, war eine beträchtliche Summe, reichte aber nicht aus, um den Modellbaukasten zu kaufen, den sein kleiner Bruder sich so sehr wünschte. Am Samstagmittag ging er stattdessen mit ihm zusammen in das Restaurant des Kaufhauses.

Seiner Großmutter hatte er gesagt, er würde mit seinem Bruder zusammen den Meister besuchen. Natürlich hatte er Gewissensbisse wegen dieser Lüge. Aber wenn er zwei Kinderteller und das Fahrgeld bezahlte, würde das Geld nicht reichen, um auch sie einzuladen. Das redete er sich zumindest ein. Doch in Wirklichkeit sollte sie nichts davon erfahren, weil er sich nicht sicher war, ob die Verwendung als Spieleinsatz das war, was der Großmutter vorschwebte, als sie ihm empfahl, den Gutschein erst nach reiflicher Überlegung einzulösen. Der Geldschein, den er von dem Mann erhalten hatte, war schmutzig und roch nach Schnaps. Die ganze Zeit über hatte der Junge das Gefühl, durch diesen Schein vom rechten Weg abzukommen. Aber die ausgelassene Stimmung seines Bruders vertrieb schnell seine Bedenken.

»Oh, ist das toll!« rief der Kleine immer wieder und hielt seine Hand fest umklammert. Vor der Vitrine konnten sie sich nicht sattsehen an all den ausgestellten Speisen und überlegten hin und her, was sie bestellen sollten.

Schließlich entschieden sie sich doch für das Kindermenü. Zum ersten Mal in ihrem Leben betraten sie das Kaufhausrestaurant. Es herrschte ein furchtbares Gedränge, vor der Kasse für die Essensmarken hatte sich eine lange Schlange gebildet. Die beiden setzten sich ans Fenster, von wo aus man die Gedenktafel für Indira sehen konnte. Die Augen des Kleinen leuchteten, als das Essen serviert wurde. Vor lauter Ehrfurcht traute er sich zunächst gar nicht anzufangen.

»Oh, ist das toll!« rief er abermals.

Zuerst zog er das Fähnchen heraus, das in seinem Reis steckte, und verstaute es andächtig in seiner Hosentasche.

»Meins kannst du auch haben«, sagte der Junge und schob ihm seinen Teller hin.

»Oh, danke!« Der Kleine lachte vergnügt, während er die kleine Fahne vom Teller seines Bruders pickte und zwischen den Fingern drehte.

»Das schmeckt gut, oder?« sagte der Junge nach jedem Bissen, woraufhin sein Bruder eifrig mit dem Kopf nickte. Insgeheim wurde er aber noch immer von seinem schlechten Gewissen geplagt.

Auf dem Dach tummelten sich eine Menge Kinder, aber Indiras Gedenkschild wurde von niemandem beachtet, und auch die Bank, auf der sie sonst immer saßen, war leer.

»Du darfst niemandem verraten, dass wir hier waren«, beschwor der Junge seinen Bruder. »Das nächste Mal, wenn ich noch mehr Geld gewinne, lade ich auch unsere

Großeltern ein. Aber solange bleibt das unser Geheimnis, versprichst du mir das?«

»Versprochen!« rief der Kleine vergnügt und spießte mit seiner Gabel eine frittierte Garnele auf.

»Du hast also um Geld Schach gespielt.«

Am Tonfall seines Meisters hörte der Junge sofort, dass es sich um etwas Anstößiges handelte, worauf er sich mit den Männern im Park eingelassen hatte.

»Ja, das stimmt.« Er nickte freimütig.

»Und, hast du gewonnen?«

»Ja.«

»Hm.«

Der Meister rieb sich das stoppelige Kinn und stieß einen tiefen Seufzer aus. Verärgert wirkte er nicht, eher ratlos. Sein Anblick betrübte den Jungen sehr. Seitdem er seinen Gutschein als Einsatz beim Schach hergegeben hatte, plagte ihn sein schlechtes Gewissen. Es war, als laste eine schwere Bürde auf ihm. Und jetzt quälte ihn der Gedanke, wie der Meister von der Sache erfahren haben konnte. Ob sein kleiner Bruder doch alles verraten hatte? Ihm wurde richtig schwer ums Herz.

Der Meister kratzte sich am Kopf, zog seinen Gürtel hoch und stocherte dann mit dem Löffel in der Zuckerdose herum. Nachdem er einige Sekunden gezögert hatte, begann er endlich zu sprechen:

»Ich bin dir nicht böse, weil du Geld gewonnen hast.«

Er sah immer noch die Zuckerdose an.

»Wenn ein berühmter Großmeister Schach spielt, bekommt er dafür auch Geld. Daran ist nichts auszusetzen. Die Zuschauer kommen schließlich auf ihre Kosten, wenn sie dabei sein dürfen, wenn auf einem Schachbrett Gemälde entstehen, wenn Verse geschmiedet oder Sinfonien komponiert werden. Sie sind dafür dankbar, verstehst du?«

»Ja, ich verstehe.«

Die Stimme des Jungen zitterte.

Der Meister rührte weiter in der Zuckerdose herum.

»Aber wenn diese Männer im Park um Geld spielen, hat das nichts mit Dankbarkeit zu tun. Ihnen geht es nur ums Geld. Für sie ist Schach ein Mittel, um sich zu bereichern. Sie kümmern sich nicht um die Schönheit des Spiels, sondern wollen nur gewinnen. Das ist ihr einziges Ziel.«

Zuckerkrümel rieselten vom Rand der Dose auf den Tisch herab.

»Und deshalb …«

Der Meister las die Kristalle mit der Zeigefingerkuppe auf und leckte sie ab, bevor er den Blick hob und dem Jungen in die Augen schaute.

»… möchte ich dir sagen, dass es mir missfällt, wenn du auf solchen Brettern spielst. Diese Kerle sind bloß auf ihren Vorteil aus. Aber denk daran, dass man Schach immer zu zweit spielt. Beide Gegner musizieren gemeinsam. So makellos deine Züge auch sein mögen, wenn der andere trübe Klänge erzeugt, ist das Spiel verdorben. Es wäre schwer zu ertragen, wenn du dich für so etwas hergeben würdest. Du bist zu Größerem fähig. Deine Bestimmung ist es, auf einem Schachbrett Gedichte zu schreiben, davon bin ich überzeugt. Und deshalb solltest du nicht …«

»Ich habe verstanden.«

Der Junge hielt es nicht mehr aus und warf sich dem Meister in die Arme.

»Ich werde so etwas nie wieder tun! Nie wieder! Bitte verzeih mir. Ich wollte dich nicht enttäuschen. Wieso war ich nur so dumm, mich darauf einzulassen? Es tut mir so leid.«

Der Junge vergrub sein Gesicht in der Brust des Meisters und schluchzte laut. Der gewaltige Druck, der die ganze Zeit seine Seele belastet hatte, entlud sich in einer Flut von Tränen.

»Du bist nicht dumm, mein Junge.«

Der Meister drückte ihn fest an sich.

»Doch, das bin ich. Obwohl du dir solche Mühe gegeben hast, mir Schach beizubringen … so dumm, ohne nachzudenken … und mein kostbarer Preis … über den sich meine Großmutter so gefreut hat … hinter ihrem Rücken habe ich ihn benutzt … bloß für ein schnelles Spiel ohne Würde … oh, es tut mir so leid!«

Er schluchzte so heftig, dass er kaum sprechen konnte. Das Hemd des Meisters war von seinen Tränen völlig durchnässt.

Der Meister strich ihm tröstend übers Haar und flüsterte: »Es wird alles gut, du brauchst dich nicht zu entschuldigen.«

Aber die Worte des Meisters brachten den Jungen noch mehr zum Weinen.

»Wofür hast du denn das Geld ausgegeben?« fragte der Meister leise.

»Für ein Kindermenü … im Kaufhaus … mit meinem kleinen Bruder zusammen …«

»Ach so. Das ist fein. Darüber hat sich dein Bruder bestimmt gefreut, oder?«

Der Körper seines Meisters war so weich und warm, dass der Junge die Augen schloss und sich langsam beruhigte. Wieder hatte er das Gefühl, als sinke er auf den Boden des Meeres.

Draußen dämmerte es bereits. Am liebsten wäre er für immer in den Armen seines Meisters geblieben. Aus seinen geschlossenen Lidern trat nur noch selten eine Träne hervor.

Sein ganzes Leben lang sollte sich der Junge fragen, wieso er an jenem Abend so hemmungslos geweint hatte. War es eine Art Vorahnung gewesen? Eine Vorahnung, dass es der letzte Abend war, den er zusammen mit dem Meister in seinem Bus verbrachte? Wenn er daran dachte, überkam ihn eine so große Trauer, dass ihm der Atem stockte und er am ganzen Körper zu zittern anfing.

Doch dann hörte er von irgendwoher eine vertraute Stimme.

»Nicht so hastig, mein Junge.«

Die Stimme war sanft, aber deutlich vernehmbar, sodass er hochschreckte und sich unweigerlich umschaute.

Was hätte er in diesem Moment dafür gegeben, wieder elf Jahre alt zu sein, sich an die Brust seines Meisters zu schmiegen und seinen Tränen freien Lauf zu lassen.

Als er am nächsten Tag auf dem Heimweg von der Schule den Betriebshof überquerte und durch die Lücke im Zaun stieg, um den Meister zu besuchen, merkte er sofort, dass etwas nicht stimmte. Auf dem Gelände herrschte nicht die übliche Stille. Stattdessen vernahm er ein unheimliches Raunen, das immer lauter wurde, je näher er kam. Dann sah er die Menschenmenge. An den Fenstern des Wohnheims drängten sich die Neugierigen, sogar oben auf dem Dach hatten sich Leute versammelt … manche von ihnen schauten durch ein Opernglas und machten sich Notizen. Von überall her strömten die Schaulustigen auf das Gelände, Männer schleppten TV-Kameras, bauten Scheinwerfer auf oder redeten in ein Mikrofon. Einige der Zuschauer waren vergnügt, andere entsetzt. Ein paar beteten sogar. Sämtliche Augen waren auf den Bus gerichtet.

Der Junge wollte zwischen den Beinen der Erwachsenen hindurchschlüpfen, aber in dem Gewühl war kein Durchkommen.

»Würden Sie mich bitte durchlassen? Ich muss zu meinem Schachunterricht.«

Aber wie sehr der Junge auch bitten mochte, es beachtete ihn niemand.

»Verzeihen Sie, aber mein Lehrer wartet auf mich. Wir müssen Schach spielen …«

Schließlich gelang es ihm, durch die Beine der Anwesenden zu krabbeln. Von Weitem sah der Bus aus wie immer. Die bunten Fenster funkelten im Sonnenlicht, man konnte den Fahrersitz mit dem Armaturenbrett erkennen und das verdorrte Laub auf dem Boden. Aber aus irgendeinem Grund war um den Bus herum ein Seil gespannt, als Absperrung, damit niemand näher kam. Direkt neben dem Bus stand mit rasselndem Motor ein Bagger mit einem riesigen Greifarm. Er war viel größer als der Bus und überragte stolz den Sagobaum.

»Das ist aber nicht der rechte Augenblick, um Schach zu spielen«, sagte jemand hinter ihm. »In dem Bus liegt ein toter Mann.«

In diesem Moment heulte der Motor des Baggers auf. Wie auf Kommando setzte sich die Menschentraube in Bewegung. Der Junge wurde angerempelt und weggestoßen.

»Bitte alle zurücktreten!«

Ein Polizist blies in seine Trillerpfeife.

»Gleich geht's los.«

»Womit fangen sie denn an?«

»Na, ich denke, mit der Tür, oder?«

»Aber was ist, wenn sie den Toten zerquetschen?«

Das Raunen, das durch die Menge ging, wurde von dem Motorengeräusch übertönt. Mit aufgeschürften Händen und Knien stand der Junge da und versuchte verzweifelt, einen Blick auf seinen Meister zu erhaschen. Irgendwo hinter den Scheiben des Busses musste er doch sein. Der Bagger heulte erneut auf und hob drohend seinen Greifarm.

»Halt!« schrie der Junge und stürzte auf den Bus zu. »Da ist noch jemand drin …«

»Hiergeblieben, Kleiner!«

Sogleich hatte ihn jemand am Kragen gepackt und zurück hinter das Seil gehoben. Mit seinen verdreckten Hosenbeinen versuchte der Junge erneut, hinüber zum Bus zu laufen, doch die Schaulustigen standen nun wieder so dicht, dass er keinen Zentimeter vorwärtskam.

»Bitte, hört auf damit! Mein Meister … So helft ihm doch!«

Aber niemand achtete auf den Jungen. Nur ein Mann drehte sich um und erklärte: »Der Bus muss aufgebrochen werden, anders kriegt man den Toten nicht heraus.«

Doch der Junge schüttelte energisch den Kopf, als wollte er die Stimme vertreiben. »Der Meister ist nicht tot, er muss doch mit mir Schach spielen.«

»Doch. Der Unglückliche ist gestern Nacht gestorben, wahrscheinlich an Herzversagen.«

In diesem Augenblick fraß sich der Greifarm durch die Tür. Die Zuschauer schrien auf, und das Blitzlichtgewitter der Kameras brach los. Der Junge spürte, wie die Erde unter seinen Füßen bebte.

Als würde der Bus versuchen, Widerstand zu leisten, schaukelte er ein paar Mal hin und her, dann aber gab er auf. Die Karosserie verzog sich, die Tür brach auf und die Scheiben zersprangen. Dann sackte der Bus zusammen wie ein schwer verwundeter Elefant in der afrikanischen Savanne.

Dennoch bohrte sich der Greifarm gnadenlos weiter

ins Innere des Busses. Aus den klaffenden Teilen hingen Drähte heraus, die Vorhänge hinter den Scheiben waren zerrissen. Staubpartikel flogen durch die Luft, ab und an unterbrochen von einem sprühenden Funkenregen. Allseits hörte man entzückte Schreie, als handelte es sich um ein bizarres Naturspektakel. Kameramänner fuchtelten an Blenden herum, Reporter redeten ununterbrochen in Mikrofone.

Nur der Junge verhielt sich still. Irgendwann drang kein Laut mehr in seine Ohren, weder das Dröhnen des Greifarms noch die Schmerzenslaute des Busses. Hilflos musste er mit ansehen, wie die Balken aus Olivenholz und der libanesische Stuck, der des Meisters ganzer Stolz war, zerstört wurden. Darunter begraben lagen die Scherben der Kuchenteller und des Teeservices. Die Büste der Göttin und die Kommode mit den arabesken Verzierungen erlitten das gleiche Schicksal. Erst als die Flanke des Busses weitgehend entfernt war, ließ der Greifarm des Baggers endlich von ihm ab. Genau in diesem Moment sprang ein kleines Wesen aus dem Bus und verschwand im nahen Gebüsch. Niemand von den Schaulustigen, die gespannt auf die Bergung des Leichnams warteten, hatte den vorbeihuschenden Schatten bemerkt. Nur dem Jungen stockte der Atem.

»Pawn!« schrie er aus Leibeskräften. »Pawn, komm zurück!«

Über die Bergung des Leichnams berichteten die Zeitungen und das Fernsehen dann doch eher verhalten. Verglichen mit dem Tumult, den es auf dem Betriebshof gegeben hatte, wahrten die Berichterstatter eine gewisse Diskretion. Dabei war die Angelegenheit doch sehr kurios. Dass Baufahrzeuge benötigt wurden, um mit Gewalt die Leiche eines Mannes aus einem alten Bus zu bergen, der dort eines natürlichen Todes gestorben war … Nachdem man den Bus aufgebrochen hatte, stand man vor dem Problem, dass man den zweihundertfünfzig Kilogramm schweren Toten mit menschlicher Kraft nicht bewegen konnte. Also holte man einen Kran zu Hilfe. Der Leichnam des Meisters wurde mit Gurten eng zusammengeschnürt, um ihn hochziehen zu können.

Das Bild glich dem von Indira, als man ihr Hinterteil in eine Fahrstuhlkabine zwängen wollte, die längst zu klein geworden war. Doch der Einzige in der Zuschauermenge, der um die Ähnlichkeit der beiden Szenen wusste, war der Junge.

Als der Tote endlich aus dem Wrack geborgen war, verspürten einige der Zuschauer den Drang zu applaudieren. Sie besannen sich jedoch und bohrten hastig ihre Hände in die Taschen. Der Kran riss den Toten mit aller Kraft in die Höhe, was dazu führte, dass der Leichnam sich zu drehen anfing, eine halbe Drehung im Uhrzeigersinn, eine halbe Drehung gegen den Uhrzeigersinn.

Die Zuschauer hielten den Atem an. Hoffentlich riss nicht das Seil, weil es das Gewicht nicht mehr tragen konnte. Irgendwann hatten alle Anwesenden vergessen, dass es sich bei dem umherbaumelnden Paket um einen menschlichen Körper handelte. Weder sein Gesicht war zu sehen noch seine Hände, die so exquisite Kuchen gebacken hatten und mit Schachfiguren raffinierte Fallen stellen konnten. Der Tote war unkenntlich geworden. Er sah aus wie eine in der Luft baumelnde, riesige Opfergabe an den Himmel.

Langsam schwenkte der Arm in Richtung eines Lastwagens, der hinter dem Zaun bereitstand. Dabei streifte der Körper des Toten den Sagobaum, ein paar Zweige brachen ab und seine Hose riss auf. Auch die Menge bewegte sich in Richtung Betriebshof. Keiner wollte verpassen, wie der Leichnam auf die Ladefläche gehievt wurde. Einige der Fernsehleute kletterten über die Mauer, um schneller zu sein. Andere Schaulustige zwängten sich durch das Loch im Zaun. Die Lücke, die einst genau die richtige Größe für einen Jungen hatte, war im Nu aufgerissen. In keiner Zeitung, in keinem Fernsehbeitrag gab es ein Bild von dem Jungen, wie er alleingelassen neben dem Bus stand. Als er ins Innere trat, sah er das ganze Ausmaß der Zerstörung. Die Kochplatte, der Wassertank, die Kuchenteller, der Schneebesen und die Zuckerdose waren zerbrochen. Überall lagen Scherben herum. Doch der Junge wusste genau, welche Scherbe zu welchem Gegenstand gehörte und wozu dieser dem Meister gedient hatte. Alles tauchte vor seinem inneren Auge auf, er konnte sogar den süßen Duft wahrnehmen, der den Bus einst erfüllte.

Ungeachtet der zahllosen Glassplitter, die sich in seine Schuhsohlen bohrten, ging er bis zum hinteren Ende des Busses, wo er das Schachbrett fand. Es stand da, inmitten des schrecklichen Durcheinanders, mit Metallspänen und Staub bedeckt, aber unversehrt und gelassen. Der Junge kniete sich hin und sammelte die auf dem Boden verstreuten Figuren ein. Bauer, Dame, Springer, Turm, Läufer, König … Jeden wischte er sorgfältig ab, bevor er sie in die Hosentasche steckte. Als er alle zweiunddreißig Figuren beieinander hatte, nahm er auch Pawns Decke, die zusammengerollt unter dem Schachtisch lag. Von dem Tumult jenseits des Zauns drang kein Laut an sein Ohr.

Es dämmerte bereits, und die Menge der Schaulustigen hatte sich längst verlaufen, als der Junge immer noch im Wrack des Busses stand, mit ausgebeulten Hosentaschen und dem Schachbrett unterm Arm. Er stand reglos, wie aufgesogen von der allumfassenden Stille.

»Pawn«, rief der Junge in die Dämmerung hinein. Aber er bekam keine Antwort.

7

Was der Junge nach dem Tod seines Meisters am meisten fürchtete, war das Größerwerden: Der Körper wächst, die Schultern werden breiter, die Muskeln entwickeln sich, die Schuhe sind irgendwann zu klein, die Finger werden dicker, und der Adamsapfel tritt hervor.

Die Vorahnung dieser zu erwartenden Veränderungen zog ihn in einen Sumpf der Angst. Alles, was er mit dem Größerwerden verband, verwandelte sich für ihn in ein Schreckensszenario. Wenn er auf der Straße einen zwei Meter großen Mann erblickte, wurde er leichenblass, ihm wich das Blut aus den Adern, und seine Knie begannen zu schlottern. Ihm war übel, als in den Fernsehnachrichten von einem Fest berichtet wurde, auf dem man die größte Pizza der Welt gebacken hatte. Weil der Meister zu groß geworden war, wurde sein Tod als Spektakel inszeniert. Indira hatte aus dem gleichen Grund ihr Leben auf dem Kaufhausdach verbracht. Und falls er zu groß wurde, würde er nicht mehr unter den Schachtisch passen.

Großwerden ist eine Tragödie.

Diese Erkenntnis hatte sich tief in sein Herz gegraben.

Gleich einer ewig eiternden, schlecht verheilenden Wunde prägte sie von nun an sein Leben.

Um die bevorstehenden Veränderungen seines Körpers zu unterdrücken, verbrachte der Junge fast den ganzen Tag unter dem Schachtisch und trauerte um seinen Meister. Er hatte den Tisch aus dem Buswrack geborgen und zu sich nach Hause gebracht. Anstatt ihn hinter sich herzuziehen und die Tischbeine auf dem Asphalt zu verkratzen, hatte er ihn in der Dunkelheit behutsam am Kanalufer entlanggetragen. Eigentlich war das Möbelstück viel zu schwer für einen Elfjährigen gewesen, seine im Tumult vor dem Bus malträtierten Hände hatten ihm wehgetan, die Knie waren aufgeschürft, und sein ganzer Kopf war mit grauem Staub bedeckt. Am Himmel war kein einziger Stern zu sehen gewesen. Er hatte die vom Kanal heraufziehende Kälte gespürt. Alle zehn Meter war er stehengeblieben und hatte sich die müden Arme gerieben. Ab und zu waren ihm Passanten entgegengekommen, die ihn verwundert angesehen hatten, aber niemand hatte ihm Hilfe angeboten. Als hätten sie sich lediglich verwundert gefragt, was der Knirps wohl mit diesem Ding wollte? Als er endlich zu Hause eingetroffen war, hatte er den Tisch neben seinen Alkoven gestellt, sich daruntergelegt und war völlig entkräftet eingeschlafen.

Seitdem pflegte der Junge, sobald er von der Schule nach Hause kam, sich unter dem Tisch zu verkriechen. Er achtete darauf, dass kein Teil seines Körpers zwischen den Tischbeinen hervorlugte. Er aß die Speisen, die ihm seine Großmutter brachte, rollte sich zusammen und schlief ein. Oder er steckte den Kopf zwischen die Knie und weinte leise vor sich hin. Er verspürte nicht die geringste Lust, die Schachfiguren aufzustellen, und er gab auch niemandem Antwort, der ihn darauf ansprach.

Die Großeltern waren krank vor Sorge, vermieden es jedoch, ihren Enkel in seinem Unterschlupf zu stören. Der Großvater trat mehrmals am Tag ins Zimmer, aber anstatt mit dem Jungen zu reden, polierte er schweigend den Tisch mit Wachs. Die Großmutter nähte ihm aus Pawns Decke einen Beutel für die Schachfiguren, damit seine Hosentaschen nicht immer so ausgebeult waren. Und sein kleiner Bruder bot ihm sogar seinen Nachtisch an. Da jedoch der süße Duft den Jungen nur noch mehr an den Meister erinnerte und sein Herz bekümmerte, lief es am Ende darauf hinaus, dass der Kleine enttäuscht über die Zurückweisung zwei Portionen aß, seine und die seines Bruders. Niemand konnte den Jungen aufmuntern.

Was der Großmutter am meisten Angst machte, war die Vorstellung, die Lippen ihres Enkels könnten wieder genauso zusammenwachsen wie zu seiner Geburt. Außer bei den Mahlzeiten öffnete er fast nie den Mund, und selbst da nur einen kleinen Spalt. Der Flaum klebte an der Schleimhaut, und die Narben auf Ober- und Unterlippe lagen derart zusammen, dass sie sich an die Zeit seiner Geburt erinnert fühlte. Abends kniete sie vor dem Bett ihres Enkels nieder und steckte ihm den Zeigefinger zwischen die Lippen. Nachdem sie sich vergewissert hatte, dass sie noch nicht zusammengewachsen waren, drückte sie ihr Tuch so fest, als wollte sie ein Dankesgebet sprechen.

»Schlaf gut«, sagte sie leise.

Noch die Wärme ihres Zeigefingers auf den Lippen spürend, schlief der Junge ein.

Wann seine Trauerzeit sich ihrem Ende nähern würde, wusste niemand so recht, nicht einmal der Junge selbst. Seine Großeltern konnten nichts weiter tun, als über ihn zu wachen, wenn er unter dem Tisch hockte und den Schachbeutel umklammert hielt, als brütete er ein Ei der Traurigkeit aus. Alle warteten darauf, dass etwas geschah. Angestrengt lauschten sie, um den Moment, in dem die Schale aufbrach, nicht zu verpassen.

Es war an einem Sonntagabend, als der Junge die Schnur des Beutels aufzog und die Figuren auf das Schachbrett stellte. Für seine Großeltern war dies das Zeichen, dass die Trauer ihres Enkels bald ein Ende nehmen würde. Die Familie beobachtete mit angehaltenem Atem, wie er jede Figur auf ihrem angestammten Feld postierte. Alle schienen sofort bereit, Stellung zu beziehen, dem Feind ins Auge zu blicken und dann in den Kampf zu ziehen.

Seit diesem Tag schlief der Junge wieder in seinem Alkoven. Auch die Mahlzeiten nahm er wieder gemeinsam mit seiner Familie am Esstisch ein. Nichtsdestotrotz blieb der Platz unter dem Tisch für ihn der Ort, wo er sich seinem Meister am nächsten fühlte. Wenn er das Buch mit den Schachaufgaben aufschlug, war ihm, als hörte er die Stimme des dicken Mannes, der wohlgelaunt seinen nächsten Zug ankündigte.

Nach der Entsorgung des Buswracks hatte man auch die inzwischen vertrocknete Sagopalme gefällt. In der Stadt ging das Gerücht um, dass die sterblichen Überreste des Hausmeisters in seine ferne Heimat gebracht und dort bestattet worden seien. Aber der Junge wollte nichts davon hören. Nie wieder sollte er das Gelände des Busdepots betreten.

Es brauchte eine Weile, bis ein Zeichen ihm offenbarte, dass er nun nicht mehr zu trauern brauchte – ein Zeichen, das ihm von einer unsichtbaren Macht im Himmel gesandt wurde.

Der Junge hörte in seinem elften Lebensjahr auf zu wachsen. Wie sehr er sich geistig auch weiterentwickeln mochte, sein Körper verharrte in der Größe, die dem Platz unter dem Tisch angemessen war.

Niemand bedauerte diese Tatsache. Der Junge war zutiefst erleichtert, dass er der Tragödie des Größerwerdens entkommen konnte. Erst als ihm bewusst wurde, dass er klein bleiben würde, wurde er erwachsen.

Die einzige Ausnahme bildeten seine Lippen. Als der Junge eines Tages merkte, dass der feine Flaum nun dunkel und kräftig nachwuchs, bekam er einen riesigen Schreck. Das üppig sprießende Haar war wild gelockt, und der Junge musste plötzlich an die Achselhaare des ertrunkenen Fahrers denken, den er im Schwimmbad gefunden hatte. Dieses Haargewusel hatte eine solche Lebenskraft ausgestrahlt, als lebte der Mann noch. Hastig zog der Junge die Hosenbeine hoch und inspizierte die Haut an seinen Waden, von der ein Teil seine Lippen bildete, aber sowohl die Narbe als auch die umliegenden Stellen waren immer noch mit einem zarten Flaum bedeckt. Nichts deutete auf irgendeine Veränderung hin.

Was, wenn seine Lippen eine Art Vorbote dafür waren, dass nun auch er zu wachsen begann? Vielleicht rächten sie sich dafür, dass man sie einst gewaltsam getrennt hatte? Wie sollte er sich davor schützen? Der Junge bekam es mit der Angst zu tun. Voller Sorge griff er zur Schere und schnitt sich die Barthaare ab, so wie es einst seine Schulkameraden getan hatten. Die abgeschnittenen Haare, die unangenehm an seinen Lippen klebten, schob er wütend mit der Zunge weg.

Der Versuch, seinen Haarwuchs zu bändigen, war jedoch vergebens. Er konnte so viele Haare abschneiden, wie er wollte, sie wuchsen im Nu wieder nach und wurden mit jedem Mal dichter und kräftiger, als wollten sie ihn für seine Naivität verspotten. Die frischen Stoppeln waren derart lästig, dass er sogar Probleme hatte, sich beim Schachspielen zu konzentrieren. Je mehr er die Unterseite des Bretts anstarrte, umso heftiger schmerzten seine Lippen, bis er vor lauter Unkonzentriertheit die Spielzüge durcheinanderbrachte.

Schließlich gab er seinen Widerstand auf und ließ den Bart auf seinen Lippen wachsen. Er vermied es, sich über seine Körperbehaarung Gedanken zu machen, allerdings wurde ihm bald schon klar, dass es mit seinen Lippen eine besondere Bewandtnis hatte. Sie waren der einzige Teil von ihm, der ein natürliches Wachstum durchmachte. Die aus den Lippen sprießende Wadenbehaarung war die eines Mannes, während sein Körper der eines Kindes blieb.

Nachdem es keinen Bus mehr gab, wurde das Untergeschoss des Pazifik-Hotels zum Schauplatz seiner Schachkünste. Wenn er an den Streit um die Aufnahmeprüfung dachte, hätte er es eigentlich nicht für möglich gehalten, dass er dort jemals wieder spielen würde.

Als ihn eines Tages ein älterer Herr zu Hause aufsuchte, konnte der Junge sich nicht gleich an ihn erinnern, doch es war derselbe Mann, der damals die Prüfung durchgeführt hatte. Auch diesmal war er tadellos gekleidet, mit Pomade im Haar und dem glänzenden Klubabzeichen am Revers. Der Generalsekretär musterte den Jungen, um herauszufinden, ob er tatsächlich nicht gewachsen war, vermied es aber, auf die Wadenbehaarung seiner Lippen zu starren. Der Junge war damals fünfzehn Jahre alt.

»Ich bin doch ausdrücklich disqualifiziert worden«, sagte er.

»Ja, ich weiß. Es war eine äußerst bedauerliche Entscheidung. Der Tod des Hausmeisters tut mir außerordentlich leid. Verzeihen Sie, dass ich Ihnen erst heute mein Beileid aussprechen kann«, erwiderte der Mann und verneigte sich formell. »Eigentlich ist auch nicht der Pazifik-Schachklub der Anlass meines Besuchs. Ich möchte Sie vielmehr für den ›Klub am Grunde des Meeres‹ gewinnen.«

Der Junge wusste nicht, was er sagen sollte.

»Die Satzung des Pazifik-Schachklubs wird Ihren besonderen Stil nie billigen. Aber meines Erachtens könnten Sie Ihre Fähigkeit im Klub am Grunde des Meeres unter Beweis stellen.«

In einem Winkel der Küche lauschte die Großmutter, besorgt an ihrem Tuch knetend, dem Gespräch.

»Dieser Klub am Grunde des Meeres, was ist das?«

Statt die nachvollziehbare Frage zu beantworten, räusperte sich der Generalsekretär ausgiebig, um Zeit zu gewinnen.

»Hat Ihr Stil etwas damit zu tun, dass Sie sich Ihrem Gegner nicht zeigen wollen? Oder möchten Sie Ihren Gegner nicht sehen? Oder beides? Das Brett nicht im Blick zu haben ist ja wie beim Blindschach ein schwerer Nachteil. Was versprechen Sie sich davon, wenn Sie sich trotzdem unter dem Tisch verstecken? Hat das etwas mit der Katze zu tun?«

Der Generalsekretär ließ den Jungen gar nicht zu Wort kommen und stellte eine Frage nach der anderen. War das eine Idee des Hausmeisters gewesen? Hatte er dafür ein Spezialtraining absolviert? Würde er tatsächlich besser unter dem Tisch spielen als vor dem Brett? Hatte er eine statistische Auswertung all seiner Partien zur Hand? Mochte er enge Räume? Konnte er sich im Dunkeln zurechtfinden?

Es waren Fragen, auf die der Junge keine Antwort wusste. Er hatte noch nie einen Gedanken daran verschwendet, warum er lieber unter dem Tisch spielte. Für ihn war dies so selbstverständlich wie die Regel, dass der Bauer jedes Mal nur ein Feld vorrücken durfte.

»Nun gut.«

Da der Junge weiterhin beharrlich schwieg, nickte der Generalsekretär, als machte er sich seinen eigenen Reim darauf, und kam auf sein eigentliches Anliegen zu sprechen.

»Was würden Sie davon halten, eine Puppe zu bedienen, die Schach spielen kann? In unserem Klub am Grunde des Meeres.«

»Eine Puppe?« fragte der Junge verdutzt.

»Genau. Eine mechanische Puppe. Sie haben doch bestimmt schon einmal vom ›Schachtürken‹ gehört, einem Schachautomaten, den der ungarische Baron von Kempelen im Jahre 1789 konstruiert hat. Die Puppe war in eine türkische Tracht gekleidet und konnte vortrefflich Schach spielen. Zum ersten Mal wurde er am Wiener Hof Maria Theresia vorgestellt. 1809 spielte sogar Napoleon gegen ihn. Natürlich war die Puppe nur vorgeblich ein Automat. Im Inneren verbarg sich ein Mensch.«

Der Generalsekretär schaute sich ungeniert im Zimmer um und ließ seinen Blick zwischen dem Schachtisch und dem Alkoven mit dem Spielfeld an der Decke hin und her wandern.

»Ja, die Geschichte kenne ich. Aus einem Buch.«

»Nun, dann sind wir uns ja einig.«

Der Generalsekretär schlug ein Bein über das andere und strich sich übers Kinn.

»Was die Leute vom Schach erwarten, ist mannigfaltig

und komplex. Für viele ist es ein reiner Zeitvertreib, während andere höhere Ansprüche haben. Manchen genügt es, mit einer Person aus Fleisch und Blut zu spielen, anderen nicht. Seit jeher hegen Schachliebhaber die Vorstellung, dass das Geheimnis des Spiels jenseits des menschlichen Geistes zu finden ist. Der ›Schachtürke‹ ist auf solche Illusionen zurückzuführen, denn nur allzu gerne möchte man Schach gegen ein außerirdisches Wesen spielen. Wobei ich keinen Schachcomputer meine. Der ist ja nichts weiter als eine schnelle Rechenmaschine. Das Geheimnis des Schachs ist von einer sehr romantischen Aura umgeben, meinen Sie nicht auch?«

Der Junge nickte.

»Nun zur Frage, weshalb unser Klub eine Dependance auf dem Grund des Meeres braucht. Das lässt sich ganz einfach erklären. Während der Pazifik-Schachklub ein Verein mit strengen Regeln ist, der sehr auf Etikette achtet und Schachturniere auf hohem Niveau ausrichtet, will man im Klub auf dem Grunde des Meeres Abenteuerreisen in die Untiefen des Schachs unternehmen. Auf das Geschwätz, dass es sich dabei um ein albernes Possenspiel handle, sollte man nichts geben, schließlich kann man es niemandem verdenken, seine romantischen Vorstellungen vom Schachspielen auszuleben.«

»Aber was ist mit der Puppe, die ich bedienen soll?«

»Ach, das hat keine Eile.«

Abermals räusperte sich der Generalsekretär und tat so, als führte er die Teetasse, die ihm die Großmutter inzwischen gebracht hatte, zum Mund.

»Im Klub am Grunde des Meeres besteht seit jeher ein reges Interesse an diesen mechanischen Puppen, und kürzlich hat die Tochter des Vorsitzenden ein berühmtes Exemplar gestiftet. Der Automat ist sehr klug. Wenn man ihm einen Füller in die Hand drückt, schreibt er Briefe. Er wird gerade zum Schachspieler umgerüstet. Anstatt zu schreiben, soll er Figuren bewegen können. Ein versierter Automatenbauer hat sich bereits an die Arbeit gemacht. Die Puppe soll genauso gut Schach spielen können wie ein Mensch. Das ist ein aufregendes Projekt, nicht wahr? Und niemand wäre besser geeignet, dieser Puppe Leben einzuhauchen, als Sie, mein Bester!«

Durch den selbstherrlichen Tonfall des Generalsekretärs verunsichert, schlug der Junge die Augen nieder. Er war sprachlos.

»Ihnen ist sicher auch bekannt, dass der Schachtürke später in einem Museum in Philadelphia ausgestellt wurde, wo er 1854 einem Feuer zum Opfer fiel. Im Alter von 85 Jahren. Schade um ihn, denn solche Puppen können durchaus mehrere Hundert Jahre alt werden. Wer weiß, vielleicht ist er ja durch den ständigen Kontakt mit echten Schachspielern mit der Zeit so anhänglich geworden, dass er sich wie ein Mensch fühlte und auch im selben Alter sterben wollte? Jedenfalls sind Sie wie geschaffen dafür, sich mit einem Automaten zu vereinen. Alle Welt wird die Wiederkehr des berühmten Schachtürken bejubeln. Sie besitzen nicht bloß die nötige Begabung, sondern auch die richtige Größe, um der Puppe eine Seele zu geben …«

In diesem Moment lächelte der Generalsekretär zum ersten Mal. Die Hände vor der Brust verschränkt, starrte er auf die Lippen des Jungen und versuchte, ein Lachen zu unterdrücken.

So wurde der Junge also vom Klub am Grunde des Meeres engagiert, wo er fortan als »Kleiner Aljechin« auftrat.

Seinem Namen entsprechend befand sich der Verein eine Etage unter dem Pazifik-Schachklub, also im zweiten Untergeschoss des Hotels. Wenn man den Zigarrenschrank auf der Westseite des Raums, in dem die Aufnahmeprüfungen abgehalten wurden, beiseiteschob, kam eine Tür zum Vorschein, durch die man in das untere Stockwerk gelangte. Es gab kein Messingschild mit dem Namen des Klubs und auch keine Klingel. Nur die Tür aus Walnussholz mit einem dunklen, verrosteten Schlüsselloch.

Man musste also im Besitz des Schlüssels sein. Freien Zugang hatten allein der Generalsekretär, die Tochter des Vorsitzenden sowie ein paar einflussreiche Personen aus dem Vorstand. Selbst Mitglieder konnten nur im Beisein des Generalsekretärs ins Untergeschoss gelangen.

Der Junge hingegen musste den Hintereingang des Hotels benutzen. Dann nahm er die Wendeltreppe im Heizungsraum, womit gewährleistet war, dass er nie einer anderen Person begegnete. Man hatte ihn auch nie darüber in Kenntnis gesetzt, ob seine Gegner ausschließlich aus dem Pazifik-Klub stammten, ob sie einander kannten oder ob sie eine besondere Erlaubnis brauchten.

Er hatte auch keine Ahnung, wie viele Personen zugangsberechtigt waren und was sie hierfür zahlen mussten.

Ursprünglich hatte in diesem Untergeschoss der Hotelpool gelegen. Das Becken in der Mitte des Raums gab es immer noch, aber natürlich ohne Wasser. Der Putz bröckelte von den Wänden, die Wasserrohre hatten Risse, etliche Fliesen fehlten. Das Becken war zwar hellblau getüncht, aber die Farbe war schon sehr verblichen und voll mit unheimlichen Fleckenmustern. Die Decke war für einen Raum im zweiten Untergeschoss unerwartet hoch, sodass es laut hallte, wenn nur eine Schachfigur zu Boden fiel. Verglichen mit dem vornehmen Pazifik-Klub eine Etage höher war die Atmosphäre hier unten am Grunde des Meeres nüchtern, fast unterkühlt. Hier gab es keine flauschigen Teppiche oder von der Schachunion verliehene Urkunden an den Wänden. Lediglich das Quadrat mit den vierundsechzig schwarz-weiß bemalten Feldern am Boden des Beckens deutete darauf hin, dass man sich in einem Schachverein aufhielt.

Der Klub am Grunde des Meeres war nur in Betrieb, wenn der Klub darüber geschlossen hatte. Ohne Ausnahme. Dienstags den ganzen Tag über und die übrigen Tage jeweils von Mitternacht bis zum Morgengrauen. So lief das auf dem Wasser dahingleitende Segelboot nie Gefahr, den Kurs des unter Wasser schwebenden U-Boots zu kreuzen.

Die hufeisenförmig um das Becken herum angeordneten ehemaligen Umkleidekabinen dienten heute natürlich anderen Zwecken. Wenn man die Wasserhähne in den

Duschen aufdrehte, ertönte kein Rauschen, und die Registrierkasse am Kiosk war leer.

Dem Jungen wurde die ehemalige Damendusche zugewiesen, wo man den Schachautomaten installiert hatte. Er kam nie dahinter, was für eine Art von Schach in den anderen Räumen gespielt wurde. Vermutlich Simultanschach, Blitzschach, *Fischer Random Chess*, analytisches Schach oder dergleichen, aber er bekam nie Gelegenheit, sich zu vergewissern. Vom Generalsekretär hatte er strikte Anweisung erhalten, den Automaten unter keinen Umständen zu verlassen. So blieb er für seine Gegner unsichtbar, die sich der Illusion hingaben, tatsächlich gegen eine Puppe zu spielen.

Ein Zugeständnis, das der Junge dem Generalsekretär abgerungen hatte, war die Verwendung des Schachtischs, den er aus dem Bus gerettet hatte, und der Figuren des Meisters. Für ihn wäre es undenkbar gewesen, dass die Puppe an einem anderen Tisch sitzen würde. Das abgenutzte Brett mit den leicht beschädigten Figuren bildete zwar einen auffälligen Kontrast zu der kunstvollen Mechanik der Puppe, aber da der Junge darauf beharrte, willigte der Generalsekretär schließlich ein.

Zunächst musste der Schachtisch zu einer beweglichen Kiste umfunktioniert werden: Die Beine wurden mit Ahornholz verkleidet, und es wurde ein Boden eingelegt, der auf der Unterseite Rollen hatte. Die dem Publikum zugewandte Front besaß eine Tür, die man, wenn sie nicht verriegelt war, öffnen und schließen konnte. All diese Arbeiten erledigte der Großvater des Jungen. Auch das war eine seiner Bedingungen gewesen. Wie gewöhnlich hatte der alte Mann meisterhaft gearbeitet. Die Bretter aus Ahornholz fügten sich harmonisch in den Tisch ein, als wären sie immer schon ein Teil von ihm gewesen, und die Tür ließ sich geräuschlos öffnen. Der Junge konnte seinen Stolz nicht verhehlen, während der Alte einfach bloß dankbar war, helfen zu können.

Verglichen mit den Verhältnissen im Bus war der ihm zur Verfügung stehende Platz nun ziemlich eingeschränkt. Da den Zuschauern vor und nach der Partie das Innere des Automaten gezeigt werden sollte, musste sich der Junge hinter einem eigens dafür vorgesehenen Vorhang verkriechen. Zwar tüftelte der Puppenbauer ein platzsparendes Getriebe aus, aber das Versteck war trotzdem winzig.

»Ist der Schachtisch des Hausmeisters nicht doch ein bisschen zu klein für Sie?« fragte der Generalsekretär besorgt.

»Nein, das ist kein Problem«, erwiderte der Junge.

Er hob die Schultern und zog den Bauch ein, bevor er hinter den Vorhang schlüpfte. Dort krümmte er sich extrem zusammen, wobei er seinen Kopf zwischen die Knie klemmte.

»Hier, schauen Sie, so geht es.«

Der Generalsekretär und der Puppenbauer trauten zunächst ihren Augen nicht, klatschten dann aber voller Begeisterung. Als der Junge sich an die Holzwand schmiegte, dachte er an Miira, die unter ähnlichen Bedingungen leben musste.

Das Gesicht der Puppe war dem von Alexander Aljechin nachempfunden, dem jungen Aljechin, aus der Zeit, als er mit einem Sieg gegen den Kubaner José Raúl Capablanca den Weltmeistertitel errang. Das Haar zurückgekämmt, im maßgeschneiderten Anzug. Die Puppe hatte sogar die gleichen Manschettenknöpfe wie ihr Vorbild. Der Kopf war aus Zypressenholz gefertigt, der Torso aus Kirschbaum und die Hand, welche die Figuren bewegte, aus feinem Quittenholz. Die farbigen Glasaugen waren starr auf das Brett gerichtet, aber tief in ihrem Inneren schimmerte ein warmes Licht, als schauten sie verzückt in die Ferne. Im rechten Arm hielt die Puppe eine Katze. Es war eine schwarz-weiß gefleckte, klug aussehende Katze, die mit gespitzten Ohren der Sinfonie lauschte, die auf dem Schachbrett gespielt wurde. Es war eine weitere Bedingung des Jungen gewesen, dass die Katze aussehen sollte wie Pawn.

Wohin mochte der Kater wohl verschwunden sein? Diese Frage kam ihm erneut in den Sinn, als er die Holzkatze zum ersten Mal sah. Pawn war nach seiner Totenwache beim Meister nur mit knapper Not aus dem zerstörten Bus entkommen, und doch war es ein würdevoller Abgang gewesen, als hätte er eingesehen, dass seine Aufgabe endlich erfüllt war. Wieso hatte er Pawn nicht helfen können? Unwillkürlich streckte er seine Hand nach dem Buckel der Katze aus, die noch nach unbehandeltem Holz roch.

»Verzeih mir«, flüsterte er.

Die Puppe trug selbstverständlich den Namen »Kleiner Aljechin«. Der Mechanismus in ihrem Inneren war weitaus komplizierter, als der Junge zunächst angenommen hatte. Über eine Unmenge von Zahnrädchen und Federn aus Walrosshaaren, die ineinandergriffen oder sich gegenseitig abstießen, übertrug sich die Dynamik auf die Arme und kontrollierte deren Bewegungen bis in die Spitze des kleinen Fingers. Als er das erste Mal in den Kasten kroch, verschlug ihm der prachtvolle Anblick der Apparatur fast den Atem. In jedem Detail spiegelte sich die Feinheit, Eleganz und Dynamik von Aljechins Genie wider. Es genügte, den Bedienungshebel ganz sachte zu berühren, um das hoch komplizierte Getriebe in Gang zu setzen, was wiederum die Dunkelheit im Kasten in Schwingung versetzte. Der Junge spürte, dass alle Mühe, die es ihn kostete, sich in den Automaten zu zwängen, sich lohnen würde. Wie der bescheidene, unscheinbare Eröffnungszug einer Partie, der sich in eine gefährliche Waffe verwandeln konnte.

Verzückt und äußerst vorsichtig, um auf keinen Fall etwas zu beschädigen, berührte der Junge die Apparatur. Doch so ausgefeilt die Mechanik auch sein mochte, letztlich lag es an ihm, die Puppe zum Leben zu erwecken. Der Hebel, den er zu bedienen hatte, verzweigte sich an der Spitze in einer Art Dreizack, der über eine hölzerne Nockenwelle durch den linken Arm mit der Hand aus Quittenholz verbunden war. Durch Öffnen und Schließen der drei Zinken konnte die Hand der Puppe nach den Figuren greifen und auf das gewünschte Feld verschieben. Nur, sich diese Technik anzueignen war schwieriger als das Erlernen der Schachregeln selbst. Da er das Spielbrett nicht vor Augen hatte, wusste der Junge zunächst nicht, mit wie viel Kraft er den Hebel bewegen musste, damit die Puppe mit einer Figur von g1 nach f3 zog, von d5 nach h5 oder von e6 nach a2. Zwar konnte er die Position einer jeden Figur durch sein jahrelanges Training präzise bestimmen, aber die Bewegungen der Puppe waren nicht so leicht nachvollziehbar. Im Schach gilt die Regel, wenn man eine eigene Figur willentlich berührt, muss man auch ziehen. Der Junge wollte derart peinliche Fehler vermeiden und verwandte viel Zeit darauf, die Bedienung des Apparats perfekt zu beherrschen.

Natürlich war das Lauschen auf die Geräusche der Figuren nach wie vor sehr wichtig. Die Feinabstimmung des Hebels erfolgte nach dem charakteristischen Klacken auf dem Brett. Aber der Junge musste auch eine Strategie im Kopf haben, wie er die Partie gewinnen wollte, während er, den Blick auf einen Punkt in der Dunkelheit gerichtet, den Zügen seiner Gegner lauschte. Wenn er derart konzentriert in dem Kasten saß, kam es ihm manchmal so vor, als würde ein Loch, das höchstens so groß war wie eine Pupille, sich in der Dunkelheit öffnen und ihn verschlingen. Dann wurde ihm immer schwindelig und er fürchtete, ohnmächtig zu werden.

Der Automat konnte außer dem Setzen der Figuren noch eine einzige Geste vollführen. Wenn man auf einen Knopf neben dem Hebel drückte, zwinkerte die Puppe mit den Augen. Dieses Augenzwinkern war viel langsamer als bei einem lebenden Menschen und sollte zeigen, dass die Puppe angestrengt nachdachte. Merkwürdigerweise beherrschte der Junge diesen Vorgang sofort, ohne viel üben zu müssen.

Nur eins bereitete ihm Verdruss. Er konnte nicht allein spielen, sondern war auf Hilfe angewiesen. Beispielsweise war es ihm durch die eingeschränkte Bewegungsfreiheit der Puppe unmöglich, die Schachuhr zu betätigen. Und er konnte keine gegnerische Figur schlagen, weil es ihm nicht gelang, zwei Figuren auf einmal zu greifen und sie so gegeneinander auszutauschen. Nachdem der Automat seine Figur auf das eroberte Feld gestellt hatte, konnte er die geschlagene Figur des Gegners nur minimal zur Seite schieben. Er brauchte also jemanden, der im entscheidenden Augenblick die Figur vom Brett nahm.

Nach der Lehre des Meisters war Schach eine Sinfonie, bei der zwei Seelen miteinander verschmolzen, um etwas Neues entstehen zu lassen. Hier aber hatte zwangsläufig eine dritte Person ihre Finger im Spiel, was für den Jungen dasselbe war, als würde ein kleines Kind in seinem Notationsheft herumkrakeln.

»Keine Sorge«, beruhigte ihn der Generalsekretär. »Durch eine dritte Person wird der Spielverlauf einer Partie nicht im Geringsten beeinflusst. Es soll Ihnen doch nur jemand helfen, mein Lieber. Diese Person wird die geschlagenen Figuren vom Brett nehmen und die Schachuhr bedienen, nichts weiter. Es ist so, als würde man einem genialen Pianisten jemanden zur Seite stellen, der für ihn die Noten umblättert. Sie wird übrigens auch die Notationen eintragen und somit offiziell die Aufgabe des Schiedsrichters übernehmen. Daran gibt es ja nichts auszusetzen. Es gehört einfach dazu. Wir haben da jemanden, der bereits für unseren Klub tätig ist. Eine ehrenwerte Person, die ihren Pflichten seit jeher gewissenhaft nachgekommen ist. Ich werde sie Ihnen vorstellen.«

Und so begegnete der Junge einer alten Freundin.

8

Als das Mädchen die ehemalige Damendusche betrat, war der Junge wie vom Donner gerührt. Überrascht rief er aus:

»Miira, endlich hast du es geschafft, aus dem Mauerspalt zu entkommen!«

Eine breite Stirn und ein spitzes Kinn, leuchtend schwarze Augen, lange Wimpern, glänzende Lippen, eine perlweiße Haut, das glatte Haar zu Zöpfen gebunden ... so hatte er sich Miira immer vorgestellt.

»Hallo, es freut mich, dich kennenzulernen.« Als sie ihn begrüßte, war er wie hypnotisiert. Fassungslos stand er da und konnte kaum glauben, dass die Stimme, die sonst durch die Dunkelheit zu ihm drang, nun so nah war.

Als ihr Blick seine Lippen streifte, schlug sie sofort die Augen nieder. Aber er spürte, dass sie es aus reiner Schüchternheit tat. Sie war sehr mager, hatte kein überflüssiges Gramm Fett am Leib. Dadurch wirkten ihr Hals, ihre Finger und Waden zierlicher als bei anderen Mädchen, die er bisher gesehen hatte. Wie sie still und stumm dort stand, in ihrem hellblauen Kleidchen, dessen Farbe sich von den Fliesen im Duschraum kaum unterschied, sah es aus, als würde sie gleich wieder in die Wand hineingesogen werden.

Auf der linken Schulter des Mädchens saß eine Taube, die in ihrer scheuen Zurückhaltung noch unwirklicher aussah als sie selbst. Sie hatte einen fleischfarbenen Schnabel, zwei dürre Krallen und die gleichen schwarzen Augen wie das Mädchen – der Rest war in makellosem Weiß. Selbst wenn sich das Mädchen verneigte oder den Kopf zur Seite drehte, bewegte sich die Taube nicht. Ohne einen Laut von sich zu geben, starrte sie mit eingezogenen Flügeln vor sich hin.

Das Mädchen war die Tochter eines Zauberkünstlers, der früher im Pazifik-Hotel gearbeitet hatte. Sie war als seine Assistentin aufgetreten, doch seit dem tödlichen Unfall ihres Vaters arbeitete sie im Klub am Grunde des Meeres. Sie war vom Bankettsaal in der obersten Etage des Hotels ins Untergeschoss versetzt worden. Ihr Vater hatte sich bei einem Teleportationsversuch stranguliert. Er war mit seiner Fliege im Getriebe einer im Fußboden versenkbaren Gondel hängen geblieben. Das Mädchen und der Vogel, den es von seinem Vater geerbt hatte, wurden ein unzertrennliches Paar. Die eigens für Zaubertricks gezüchtete Taube war nur halb so klein wie ihre Artgenossen, damit sie sich auf dem Boden eines Zylinderhuts verstecken konnte.

Der Junge bewunderte dieses seltsame Gespann. Beide hatten die ungewöhnliche Gabe, sich an einem Ort aufzuhalten, ohne dass die Anwesenden davon überhaupt Notiz nahmen. Was ihrer zukünftigen Aufgabe sehr zupasskam.

Fortan studierte der Junge mit ihnen zusammen die Bedienung des Schachautomaten ein. Nach Mitternacht zogen sie sich in die ehemalige Damendusche zurück, wo sie verschiedene Methoden ausprobierten, wie man am besten die Hand der Puppe bewegen konnte, um danach blitzschnell die Figuren des Gegners vom Brett zu entfernen. So als wären sie eine harmonische Einheit.

»Noch ein wenig nach rechts. Noch ein bisschen. Oh, jetzt hast du beinahe den Läufer umgestoßen. Du musst vorsichtig sein!«

Wenn er sich im dunklen Innenraum des Automaten, in den nur durch den Türspalt ein schwacher Lichtstrahl drang, zusammenkrümmte und beim Hantieren des Hebels ihrer Stimme lauschte, hatte er das gleiche behagliche Gefühl wie in seinem Alkoven kurz vor dem Einschlafen. Vor allem aber war er froh, dass er Miira aus ihrem Mauerspalt hatte befreien können. Wie töricht doch seine Bedenken gewesen waren, dass eine dritte Person ihre Finger im Spiel haben würde.

Ihre Stimme besaß einen so anmutigen, sanften und geheimnisvollen Klang, als gehörte sie einem überirdischen Wesen. Eine Stimme, die sich für jemanden, der jahrelang zwischen zwei Häusern eingezwängt war, geziemte. Zuweilen bildete sich der Junge ein, es sei die Taube, die eben zu ihm gesprochen hatte, und er verspürte den Wunsch, unter dem Tisch hervorzukriechen, um nachzuschauen. Aber dann war seine Konzentration gestört und er vertat sich bei der Bedienung der Puppe.

»Es geht offenbar besser, wenn man die Figuren von oben mit der Hand ergreift. Ja, ungefähr so. Du brauchst sie gar nicht so stark zu verschieben. Es reicht ein Wink mit den Fingerspitzen, damit ich weiß, welche Figur die Puppe schlagen möchte.«

Ihre Anweisungen waren sehr präzise. Mit der Zeit lernte der Junge, die Geräusche, die er auf den Feldern vernahm, mit der Bewegung des Hebels zu koordinieren. Er spürte genau, welche Handbewegung der Automat ausführte und was das Mädchen daraufhin tat. In dem Moment, wo er die Figur in einer fließenden Bewegung auf das gewünschte Feld verschieben konnte, war es, als ertöne auf dem Grund des Meeres ein vielstimmiger Akkord.

Vor lauter Freude drückte der Junge dann sachte den Knopf neben dem Hebel, aber er wusste nie, ob das Mädchen das Blinzeln der Puppe bemerkte.

»Darf ich dich Miira nennen?« fragte der Junge eines Tages, nachdem sie ihre Übungen beendet hatten.

Das Mädchen dachte kurz nach und sagte dann: »Dafür wird es wohl einen Grund geben.«

In der ehemaligen Damendusche war es für gewöhnlich sehr kalt. Die Kälte drang durch die gesprungenen Fliesen und verteilte sich dann im ganzen Raum. Die Trennwände, Vorhänge und Seifenhalter in den Kabinen waren entfernt worden, es gab bloß noch die Reihe von Wasserdüsen an der Wand, die allesamt aussahen wie herunterhängende Köpfe. Im Abfluss lagen längst vertrocknete Haare.

Die Puppe stand mitten im Raum. Immer wenn sie ihr

Tagespensum absolviert hatte, lag ihre linke Hand in ihrem Schoß. Dann sah es aus, als ruhte sie sich aus. Der Junge saß neben dem Mädchen auf einem der weißen Plastikstühle, die aus der Zeit zu stammen schienen, als der Hotelpool noch in Betrieb war. Sie waren allein, und vom fortwährenden Trubel im Pazifik-Klub war hier nichts zu hören.

»Nun gut, einverstanden«, sagte sie.

Die Taube auf ihrer Schulter zuckte mit den Augen und blickte den Jungen an. Aber wie sehr er sich auch reckte, sein Blickfeld reichte nur bis zum Hals des Mädchens.

»Danke«, sagte der Junge, wobei er das unheimliche Gefühl hatte, eigentlich mit der Taube zu sprechen.

»In der Zeit, als ich mit meinem Vater gearbeitet habe, habe ich alle möglichen Namen bekommen, aber ›Miira‹ hat mich noch niemand genannt. Es klingt einzigartig. Als wäre ich aus einem tausendjährigen Schlaf erwacht.«

Sie lachte, sprang vom Stuhl auf und reckte sich. Die Taube drohte dabei von ihrer Schulter zu fallen. Doch sie krallte sich an Miiras Schlüsselbein fest. Zu dieser Stunde stieg draußen bereits der Morgennebel vom Kanal auf.

Der erste Gegner für den Kleinen Aljechin war die Tochter des Vorsitzenden. Als Mäzenin des Klubs, die den Schachautomaten gestiftet hatte, war sie die beste Wahl für diese denkwürdige Premiere.

Am Tag des Eröffnungsspiels wurden in dem umfunktionierten Duschraum die Plastikstühle um die Puppe herumgestellt und in einer Ecke des Raumes Schokolade und Kaffee serviert.

Auf dem runden Tischchen neben dem Schachbrett stand die Schachuhr, daneben lag das Notationsblatt. Die Glasaugen der Puppe waren weit geöffnet und starrten abwesend in den Raum.

Schon vor der offiziellen Öffnungszeit um ein Uhr morgens trafen die ersten Zuschauer ein. Von der eleganten Atmosphäre des Pazifik-Schachklubs war hier unten nichts zu spüren. Es war eben nur ein Duschraum, die Schokolade war eine sehr billige Sorte und der Kaffee ein Instantgebräu. Die Zuschauer kamen verstohlen die Treppe herunter, als wären sie darauf bedacht, keine Spuren zu hinterlassen. Niemand tauschte Blicke aus oder sprach ein Wort. In dem Duschraum herrschte absolute Stille, so wie es sich für einen Klub am Grunde des Meeres gehörte.

Der Junge war frühzeitig, schon lange bevor die ersten Gäste eintrafen, in den Automaten gekrochen, um sich auf die Partie vorzubereiten. Er entspannte seine Glieder und versuchte, den Duft der Schokolade, der den Raum erfüllte und ihn an den Meister erinnerte, zu ignorieren. Er nahm prüfend jede einzelne Figur in die Hand und flüsterte: »Indira, steh mir bei!«

Er dachte sich, wenn er schon nicht die Figuren direkt berührte, könnte er sich wenigstens mithilfe des Hebels ihr Gewicht einprägen, um so eine Verbindung zu seinem Gegner zu schaffen. In der Dunkelheit vor seinen Augen tauchte das Bild des Meisters auf, und die Nerven des Jungen beruhigten sich.

»Keine Sorge, ich bin bei dir«, hatte ihm Miira ins Ohr geflüstert, als er in die Puppe gekrochen war. Und jetzt konnte er deutlich die Stimme seines Meisters hören.

»Nicht so hastig, mein Junge!«

»Haben Sie Ihre Plätze eingenommen, meine Herrschaften? Dann können wir beginnen.«

Die theatralisch anmutende Stimme des Generalsekretärs hallte durch den Raum. Dann folgten langatmige Erklärungen über die Herkunft des Schachautomaten und den Ablauf der bevorstehenden Partie. Miira und der Junge hatten sich mit dem Generalsekretär beraten, wie man am besten die Spannung aufbauen konnte. Dabei machten sich ihre Erfahrungen als Assistentin ihres Vaters bezahlt. Und doch musste sie die unauffälligste Erscheinung im Raum sein, denn die Zuschauer sollten unbedingt das Gefühl haben, hier sei tatsächlich eine Maschine am Werk und niemand anders.

»Dann wollen wir uns zunächst davon überzeugen, dass es sich hier um einen echten Automaten handelt«, sagte der Generalsekretär und schob die Puppe mitsamt dem Schachtisch ein wenig nach hinten. Dies war für den Jungen das Signal, hinter den schwarzen Vorhang zu schlüpfen. Er war inzwischen geübt darin, seine Glieder zu verbiegen und den Atem anzuhalten, damit der Vorhang sich nicht bewegte.

Beim Öffnen der Klappe fiel zwar grelles Licht ins Innere, aber da er die Augen geschlossen hielt, blieb er ruhig. Trotz der Schmerzen, die ihm seine Position bereitete, hatte er ein Ohr dafür, wie die Zuschauer den Mechanismus im Inneren des Automaten bewunderten. Und er erkannte unter den schemenhaften Umrissen, die sich hinter dem Vorhang abzeichneten, die zarte Silhouette von Miira.

»Verzeihung, wenn ich Sie bitten dürfte, nichts zu berühren …« Immer wieder musste der Generalsekretär die Zuschauer ermahnen, die Apparatur nicht anzufassen.

»Und wenn Sie bitte nicht die Katze streicheln würden!«

Alle wollen Pawn liebkosen, dachte der Junge, der seine bedrückende Lage duldsam ertrug. Bei der Generalprobe hatte er es fünfundvierzig Sekunden hinter dem Vorhang ausgehalten, weshalb der Generalsekretär die Klappe bereits nach einer halben Minute wieder verschloss, so wie sie es vereinbart hatten. Der Junge schob daraufhin den Vorhang beiseite und kroch auf seinen angestammten Platz neben dem Getriebe, wobei er darauf achtete, sich möglichst geräuschlos zu bewegen.

Draußen im Saal kam nun ein wenig Unruhe auf. Klackernde Absätze kamen auf die Puppe zu. Das musste die Tochter des Vorsitzenden sein, die nun vor dem Brett ihren Platz einnahm. Es wurde gelost. Die Dame erhielt Weiß, der Kleine Aljechin spielte mit Schwarz.

Der Junge hatte vom Generalsekretär die strikte Anweisung bekommen, mit seinem Gegner keine Nachsicht walten zu lassen. In diesem Punkt hielte man es hier unten im Klub am Grunde des Meeres genauso wie in der oberen Etage: Es sollte stets ein seriöser und fairer Wettkampf sein. Das zu wissen, beruhigte den Jungen. Seit der Zeit im Bus seines Meisters mochte sich zwar vieles geändert haben, aber was hier in einer ehemaligen Damendusche ausgetragen wurde, war eine ganz normale Schachpartie. So wie er sie immer mit seinem Meister gespielt hatte.

Der Kleine Aljechin begrüßte die Dame mit einem Handschlag. Die Berührung ihrer Handflächen übertrug sich auf die Nockenwelle und fühlte sich erschreckend kalt an. Wortlos setzte die Dame ihren ersten Bauern auf e4, worauf der Kleine Aljechin mit Sf6 antwortete. Der schwarze Springer sprang aus der hinteren Reihe vor und klackte millimetergenau auf das Feld. Applaus brandete auf, als wären die anwesenden Zuschauer begeistert vom ersten Zug der Puppe.

Der Junge stellte bald schon fest, dass die Tochter des Vorsitzenden gar nicht so jung war. Ihre Kurzatmigkeit, ihr Räuspern und das zittrige Klappern ihrer Figuren zeigten ihm sogar, dass sie schon ziemlich betagt sein musste. Außerdem gab es noch etwas, was ihm auffiel. Unabhängig davon spielte sie aber auf hohem Niveau.

Von Anfang an verhielt sie sich besonnen, und das, obwohl unter den Zuschauern eine große Erwartungshaltung herrschte. Seelenruhig zog sie in der Eröffnungsphase der Partie mit ihren Figuren, bis sie sich dann urplötzlich von ihrer tollkühnen Seite zeigte. Dies traf den Kleinen Aljechin zwar nicht unvorbereitet, jedoch kam er in Verzug, weil er natürlich für das Manövrieren der Puppe mehr Zeit brauchte.

Trotzdem gelang es dem Jungen bald, mit seinem Läufer die ersten Bauern zu schlagen. In dem Augenblick, als der Kleine Aljechin den Arm hob, wusste Miira sofort, wohin der Läufer sollte, und legte den weißen Bauern, der auf b4 stand, beiseite. Ihre Hände berührten einander, als der schwarze Läufer den Platz des weißen Bauern einnahm. Miiras Hand war fast transparent, und ihre Fingerabdrücke konnte man kaum von der Maserung des Quittenholzes unterscheiden. Niemand im Publikum nahm ihre Anwesenheit wahr, ja, die Zuschauer bemerkten nicht einmal die Taube auf ihrer Schulter. Diskret machte Miira sich daran, den letzten Zug zu protokollieren.

Der Junge holte tief Luft und griff mit der rechten Hand in die Hosentasche, um sich mit dem Schachfigurenbeutel die Schweißperlen von der Stirn zu wischen. Der Stoff war angenehm glatt und weich. Fast war es, als säße der Kater bei ihm auf dem Schoß, so wie damals unter dem Schachtisch des Meisters, wo er mit gespitzten Ohren dem Klacken der Figuren lauschte. Fast war es, als würde er den Jungen wieder auf seinen Entdeckungsreisen auf dem Ozean des Schachs begleiten.

Die Spielweise der Dame war ungeachtet ihres fortgeschrittenen Alters voller Elan. Sie ließ sich nicht davon beeindrucken, dass der Kleine Aljechin Druck auf das Zentrum der Partie ausübte, sondern manövrierte ihre Figuren tollkühn über das ganze Brett, als würde sie eine Skipiste hinabsausen oder mit einem Drachenflieger vom

Himmel segeln. Ihre Züge überraschten den Kleinen Aljechin, da sie so gar nicht zu dem zittrigen Geräusch der Figuren passten. Es war das erste Mal, dass er gegen jemanden antrat, der auf diese Art und Weise die Grenzen des Schachbretts zu sprengen schien.

Am bemerkenswertesten war, wie die Dame ihre Türme einsetzte. In ihrer Rolle als Verteidiger durchpflügten sie kraftvoll das Brett und schufen so Freiraum für ihre Mitstreiter. Sobald die klobigen Spielfiguren in die Hände der Dame gerieten, strotzten sie nur so vor Dynamik, um ihrem Gegner eine ungeheure Furcht einzuflößen. Aber der Kleine Aljechin ließ sich nicht einschüchtern. Er verstärkte seine Frontlinie und hielt so eine gewisse Balance aufrecht. Das Spiel wogte hin und her, eine Entscheidung war nicht abzusehen.

Auch die Zuschauer, die anfangs noch aufgeregt auf jede Bewegung der Puppe geachtet hatten, waren inzwischen ganz ruhig und verfolgten wie gebannt die Partie. Niemand kam auf den Gedanken, sich einen Kaffee zu holen oder ein Stück Schokolade in den Mund zu schieben. Mit jedem Zug wurde deutlicher, dass der Schachautomat dem Namen Aljechin keine Schande bereitete.

War das Spiel der Tochter des Vorsitzenden anfangs noch ruppig und unbefangen, wurde es gegen Ende der Partie immer anmutiger. Die Zeit des Herumtollens war vorbei, nun ging es um alles. Die Spannung war jetzt mit Händen zu greifen. Die weißen Figuren zitterten weniger, und auch die Bewegungen des Kleinen Aljechin wurden ruhiger. Da opferte seine Gegnerin die weiße Dame und rückte mit dem Turm vor auf h8. Die zum Zerreißen gespannte Luft begann zu vibrieren, was bis in die Dunkelheit unter dem Brett zu spüren war. Der Kleine Aljechin fühlte mit den Fingerspitzen den an den äußersten Rand des Spielfeldes gleitenden Turm. Es war nicht länger der tollkühne Turm von vorhin. Diese Maske hatte er nun abgelegt, und er zeigte sein wahres Gesicht. Auf dem Brett hatte er eine Linie gezogen, die nicht mehr angetastet werden konnten. Im Raum herrschte eisige Stille.

Der Junge hielt sich Pawns Beutel vor die Brust und grub seine behaarten Lippen in die Falten des weichen Stoffs, um den vertrauten Geruch des Katers einzusaugen. Die Gelenke taten ihm weh, und seine Glieder waren taub bis ins Mark, aber diese Linie, die sich durch die Finsternis schnitt, war von einer Schönheit, die ihn seine Schmerzen vergessen ließ. Wenn ein Turm eine derart vollendete Bewegung ausführen kann, dann gibt es ganz bestimmt auch einen passenden Zug, um ihn zu Fall zu bringen, sagte er sich.

Die Dunkelheit um ihn herum wurde immer dichter und fing an, ihm wie Blei auf den Schultern zu liegen. Er legte sachte die Finger an den Hebel und bewegte zuerst seine Dame auf a7, dann bei seinem nächsten Zug den König auf c7 und schließlich seinen Läufer auf b7. Bei diesem letzten Zug war ihm, als würde er mit Indira gemeinsam durch die Lüfte schweben. Zwar wurde dadurch nicht die majestätische Stille zerstört, die um den weißen Turm herum herrschte, aber er führte dazu, die Machtverhältnisse auf dem Spielfeld zu klären.

In der Dunkelheit des Automaten wirbelten die ineinandergreifenden Zahnrädchen und zogen die große Triebfeder auf, um die Züge, die sich der Junge ausgedacht hatte, in die Fingerspitzen aus Quittenholz zu übertragen. Jede einzelne Komponente der Apparatur verrichtete schweigend ihren Dienst. Das fast unmerkliche Geräusch, wenn die Hand die Figur aufs Feld setzte und losließ, schwebte im Raum wie ein Seufzer.

»Ich habe verloren.«

Nachdem der weiße König matt gesetzt war, herrschte eine Weile Schweigen, bevor tosender Beifall ausbrach. Es war nicht so sehr die Anspannung, die sich darin entlud, sondern der ehrfürchtige Applaus galt vor allem den Spuren, die die beiden Gegner auf dem Brett hinterlassen hatten. Diese würden noch lange zu sehen sein.

Die Stimme der alten Dame klang heiser und ihr Atem rasselte vor Anstrengung. Sie gratulierte dem Kleinen Aljechin, wie es die Etikette gebot. Nach fast zweistündigem Kampf glühte ihre anfänglich eiskalte Hand nun vor Hitze. Der Junge bedauerte, dass er ihr nicht persönlich danken konnte. Stattdessen drückte er vorsichtig auf den Knopf neben dem Hebel. Dankbar zwinkerte der Kleine Aljechin seiner Gegnerin zu.

»Nun, meine Herrschaften, darf ich Sie in die ehemalige Männerumkleide bitten. Wir haben dort allerlei Erfrischungen für Sie bereitgestellt. Cognac, Bourbon, Wodka und Rum. Bitte machen Sie es sich bequem. Zu meinem Bedauern muss ich ihnen mitteilen, dass das Fotografieren leider streng verboten ist. Wie Sie sehen können, ist der Apparat sehr empfindlich, sodass es ebenfalls untersagt ist, die Puppe zu berühren.« Die Stimme des Generalsekretärs, der die Zuschauer ermahnte, drang diesmal nicht in den Kasten des Kleinen Aljechin.

Die Notation seines grandiosen Debüts, die der alten Dame als Andenken überreicht wurde, war nach ihrem Tod verschollen und tauchte nie wieder auf. Außer den Personen, die an jenem denkwürdigen Tag in der Damendusche anwesend waren, wusste niemand von dieser außergewöhnlichen Partie. Im Gegensatz zum Pazifik-Schachklub, der alle Aufzeichnungen in einem Safe aufbewahrte, um sie als Dokumente seiner glorreichen Geschichte sorgsam zu schützen, blieb eine Etage tiefer keine einzige Aufzeichnung erhalten. Es gab weder eine Vereinssatzung noch ein Mitgliederverzeichnis oder einen Spielplan. Es existierte nichts, was in irgendeiner Weise mit dem Klub am Grunde des Meeres in Verbindung gebracht werden konnte. Die Notationen waren auf gewöhnlichem Papier ohne Wasserzeichen oder goldenes Klubwappen vermerkt. Man steckte sie nach der Partie in einen neutralen Umschlag, den man den Mitgliedern überreichte. In dem ehemaligen Schwimmbad gab es nirgendwo Schränke mit Schubladen, wo man Kopien davon aufbewahren konnte. Sobald die Zuschauer auf dem Heimweg waren, fand sich kein einziges Zeugnis mehr, kein einziger Beweis, was für eine unvergessliche Partie hier gespielt worden war. Man konnte meinen, der Klub am Grunde des Meeres existierte überhaupt nicht.

Erst nachdem sämtliche Zuschauer verschwunden und die Plastikstühle weggeräumt waren, durfte der Junge aus seinem Versteck hervorkriechen. Seine Glieder waren so steif, dass er es ohne Miira, die ihm die Hand reichte und ihn herauszog, unmöglich geschafft hätte. Wegen des grellen Lichts musste er die Augen geschlossen halten. Mit letzter Kraft sank er auf die Bodenfliesen im Duschraum.

»Alles in Ordnung?« raunte ihm Miira, die neben ihm kniete, ins Ohr. Dann streichelte sie ihm den Rücken, ganz sanft, aus Sorge, sie könnte ihm noch mehr wehtun.

Der Junge hätte Miira gerne angeschaut. Aber seine Augäpfel schmerzten derart, als hätte das Licht sie zerdrückt. Ununterbrochen liefen ihm die Tränen herunter, und sosehr er sich auch bemühte, die Lider ließen sich nicht öffnen.

»Ach, das ist alles nicht so schlimm.«

Mühsam brachte er ein Lächeln zustande, um Miira nicht zu beunruhigen. Aber sein Körper wehrte sich gegen jede unnötige Bewegung, krampfhaft verharrte er in jener Haltung, die er in der Dunkelheit so lange eingenommen hatte. Die Fliesen, auf denen er lag, waren hart und kalt. Als er mühsam den Kopf in Miiras Richtung hob, tauchte hinter seinen geschlossenen Lidern nur schemenhaft die Silhouette der Taube auf. Miira streichelte ihn die ganze Nacht hindurch bis zum Morgengrauen.

Als er nach Hause zurückkehrte, war sein Großvater bereits in der Werkstatt und sein kleiner Bruder in der

Schule. Erleichtert kroch er in sein Bett und streckte sich aus. Auf dem Schachbrett über ihm ging er noch einmal die Partie mit der Tochter des Vorsitzenden durch. Und wieder berührte ihn die einzigartige Melodie der ineinander verwobenen Züge. Es war nicht sein Sieg, über den er sich am meisten freute, sondern dass er dieser älteren Dame zu einer wundervollen Partie hatte verhelfen können.

Auf dem Schachbrett an der Decke erschien ihm der weiße Turm, der sich so bezaubernd seinen Weg gebahnt hatte, und er bedauerte, dass er nie Gelegenheit bekommen würde, seine Gegnerin kennenzulernen. Was für ein Mensch sie wohl war?

»Gute Nacht!«

Als er die Wand berührte, fiel ihm ein, dass Miira gar nicht mehr hinter der Wand war, da musste er lächeln. Seine Freundin lebte nun am Grunde des Meeres, jenseits seiner Handfläche war nur noch ein schmaler, leerer Spalt.

9

Im Alter zwischen fünfzehn und fünfundzwanzig Jahren, absolvierte der Kleine Aljechin unzählige Partien im Klub am Grunde des Meeres. Seine Gegner waren ganz verschieden, von Nachwuchsspielern, wie er sie bei dem Schachturnier im Kaufhaus kennengelernt hatte, bis hin zu international anerkannten Schachgroßmeistern. Auch die Umstände, unter denen der Kleine Aljechin antrat, waren sehr unterschiedlich: als Attraktion auf Geburtstagsfeiern, bei politischen Empfängen, auf Treffen von Liebhabern alter mechanischer Puppen, während konspirativer Gespräche von Regierungsbeamten, bei Rendezvous von Liebespaaren, als anregendes Gesprächsthema oder zum reinen Amüsement. Es gab Zeiten, wo der Raum von Zuschauern überquoll, aber auch Nächte, in denen die Spieler ganz alleine waren. Nur Miira und ihre Taube waren stets zugegen.

Der Junge wusste nie im Voraus, wer sein Gegner sein würde und was für ein Publikum zu erwarten war. Aber er konnte an den Schachzügen seiner Kontrahenten deren seelische Verfassung ablesen: Wie die Person gestimmt war, ob sie fröhlich oder ernst war, sich vergnügen wollte oder ihre Sorgen zu zerstreuen suchte.

Obwohl die geheimen Spiele mit dem Automaten tief unten auf dem Meeresgrund ausgetragen wurden, wo kein Mondlicht hinfiel, verbreitete sich die Kunde über den Kleinen Aljechin in Windeseile, sodass es an Gegnern nie mangelte. Zuerst fand man es nur kurios, dass eine Puppe Schach spielte, aber dann hieß es, dass der Automat nicht nur beachtliche Resultate erzielte, sondern auch mit schwächeren Gegnern wunderschöne Notationen hinterließ. Tatsächlich verlor der Kleine Aljechin so gut wie keine Partie. Seine Fähigkeiten, die er bei seinem Meister erlernt hatte, wurden durch die neuen Erfahrungen und ständig wechselnden Gegner immer raffinierter und subtiler.

Natürlich argwöhnten die Leute, es müsse ein Mensch seine Finger im Spiel haben, aber das tat der Popularität des Kleinen Aljechin keinen Abbruch, sondern steigerte eher noch die Neugier der Leute.

Jeder wünschte sich, in den Besitz dieser begehrenswerten Notationen zu gelangen.

Ein Problem war jedoch die körperliche Verfassung des Jungen. Wie sehr er auch von seiner Willensstärke und seinem Können zehren mochte – die körperlichen Qualen waren bei jeder Begegnung gleich, weshalb er nie mehr als eine Partie pro Nacht spielen konnte.

Der Generalsekretär prüfte jede Anmeldung gewissenhaft und ließ nur jene Interessenten zu, die sich als würdige Gegner erwiesen. Dies geschah aber weniger aus Sorge um das Wohlergehen des Jungen, sondern um die geheimnisvolle Aura der Puppe zu bewahren.

Jede Partie dauerte etwa zwei Stunden, aber mit allen Vorbereitungen und bis alle Zuschauer gegangen waren, verbrachte der Junge mindestens doppelt so viel Zeit in dem Kasten. Dann brauchte er eine weitere Stunde, um seine steifen Glieder auf den kalten Fliesen zu entspannen. Dennoch kam ihm nie in den Sinn, wegen der Strapazen aufzugeben, weil es die einzige Möglichkeit war, Zeit mit seiner Freundin Miira zu verbringen.

Als würde sie selbst nicht glauben, jemandem nützlich sein zu können, massierte Miira die Gelenke des Jungen immer ganz vorsichtig: Ellbogen, Knie, Hüfte, die Schultern, Knöchel, den Kiefer und die Finger. Ihre geschmeidigen Hände taten Wunder, auch an den entlegensten Körperteilen. Oh, diese Stelle kannte ich noch nicht, wunderte sich der Junge dann, wenn er mit geschlossenen Augen dalag. Vermutlich erinnerte sich Miira nur zu gut an ihre eigenen Schmerzen, als sie selbst in dem schmalen Mauerspalt eingeklemmt war. Wie sollte sie sich sonst derart gut mit dem Körper eines anderen auskennen? Dem Jungen wirbelten alle möglichen Gedanken durch den Kopf, während seine Schweißperlen langsam auf die Fliesen tropften.

»Der Zug, mit dem du deinen Bauern auf e4 geschützt hast, war grandios. Ich habe jetzt noch Herzklopfen, wenn ich daran denke.«

»Nicht zu fassen, warum dein Gegner beim zwölften Zug deinen Bauern nicht mit seinem Läufer geschlagen hat. War ihm das zu riskant?«

»Ich habe mir wirklich Sorgen gemacht, als dein Läufer umzingelt war. Aber als er sich dann endlich befreien konnte, war er doppelt so stark wie vorher.«

Miira schilderte immer direkt im Anschluss an die Partie ihre Eindrücke, um ihn von seinen Schmerzen abzulenken. Es waren stets intelligente Bemerkungen, doch konnte er nie darauf eingehen, weil er einfach zu erschöpft war. Ihre Stimme, die von den Fliesen widerhallte, hörte sich genauso an wie damals, als sie durch die Wand im Alkoven drang.

Seine Glieder, die er mit Rücksicht auf den Mechanismus verbiegen musste und denen die finstere Kälte jegliches Leben entzogen hatte, gewannen in Miiras Händen wieder ihre ursprüngliche Kraft zurück. Es war, als würden seine Schmerzen von ihr absorbiert. Das süße Schurren ihrer Schuhspitzen, wenn sie neben ihm kniete, erklang dicht neben seinem Ohr. Manchmal waren von irgendwoher Schritte zu hören, aber niemand warf einen Blick in die ehemalige Damendusche. Sobald sich der Automat wieder in eine reglose Puppe verwandelt hatte, war das zweite Untergeschoss für Besucher geschlossen. Der Kleine Aljechin, seinen linken Arm auf ein Kissen gebettet, ruhte mit sanft geschlossenen Lidern, um die beiden Freunde nicht zu stören.

»Danke.«

Das Erste, was in sein Blickfeld geriet, wenn er die Augen wieder aufschlug, war die Taube. Sie rollte mit ihren undurchdringlichen schwarzen Augen und starrte ihm direkt ins Gesicht.

Der Körperbau des Jungen hatte sich zwar seit seinem elften Lebensjahr nicht verändert, im Laufe der Jahre, die er im Klub am Grunde des Meeres verbrachte, schien seine Statur sogar ein wenig zu schrumpfen. Man hätte meinen können, seine Gestalt hätte sich dem Inneren des Automaten angepasst. Natürlich klagte er nicht darüber. Vielmehr war er jedes Mal, wenn er ins Brett kroch, stolz darauf, wie biegsam seine Glieder waren, um nicht die Zahnrädchen und Federn zu blockieren. Schrecklich hingegen war für ihn die Vorstellung, sein Körper könne aus unerfindlichen Gründen doch noch so groß werden, dass er nicht mehr in die Puppe hineinpasste. Im Gegensatz zu seiner Statur waren nur seine Lippen erwachsen geworden. Auf der verpflanzten Wadenhaut hatte sich mit den Jahren ein wildes Dickicht aus Haaren gebildet.

Manchmal überkam den Jungen Wehmut, wenn er an die Partien mit seinem Meister zurückdachte. Er hatte sich zwar auch dort unter dem Tisch verkrochen, aber immer so, dass zumindest seine Füße hervorschauten. Und bei jedem Zug des Meisters hatte er aufstehen können, sobald er am Zug war. Damals war er glücklich, sich vor dem Rest der Welt verstecken zu können. Zu diesem Zeitpunkt wusste er allerdings noch nicht, welche Bedeutung dieses Untertauchen in seinem Leben haben würde. Nie hatte es einen besseren Lehrer gegeben als den Meister. Der hatte stets das Versteckspiel gutmütig toleriert, um aus dem Jungen einen Schachpoeten zu machen. Die Haare auf den Lippen des Jungen mochten auch noch so wuchern, wenn er an seinen Meister zurückdachte, wurde er wieder zu einem kleinen Jungen, der den Tränen nah war.

Mit Stolz erfüllte den Jungen der Gedanke, dass Menschen sich vor eine Puppe setzten, weil sie ein Verlangen nach jener Poesie spürten, die am Grunde des Meeres verfasst wurde. Meistens waren ihm seine Gegner unterlegen. Aber die Erfahrung hatte ihn gelehrt, dass selbst einseitige Partien nicht ohne Weiteres gewonnen werden konnten. Selbst wenn sein Kontrahent ein blutiger Anfänger war, musste sich der Junge ins Zeug legen, denn gerade da war die Schönheit der Spielzüge vorrangig. Starke Gegner entwickeln gefährliche Angriffe aus schwierigen Situationen heraus, während schwache Spieler oftmals einfältige, plumpe Züge machen. Ohne die Fehler des anderen auszunutzen, um ihn zu blamieren, konterte der Junge für gewöhnlich mit Zügen, die frischen Wind in die Partie brachten und den Horizont seines Gegners erweiterten. Er legte immer größten Wert auf die Harmonie, die sich in der Notation niederschlug. Selbst wenn man dafür einen Umweg in Kauf nehmen musste, um schließlich zum Sieg zu gelangen. Eine Partie konnte nur erfolgreich abgeschlossen werden, wenn jede einzelne Figur, einschließlich der des Gegners, zum Punkt in einem Sternbild wurde.

Als Orientierung diente dem Jungen das Notationsheft, das er einst von seinem Meister geschenkt bekommen hatte. Ihm konnte er entnehmen, wie ein ehemaliger Busfahrer die ersten Züge eines kleinen Jungen zum

Leuchten gebracht hatte. Und so wollte er auch nicht, dass Miira hässliche Spiele aufzeichnete. Eine verunstaltete Partie passte nicht zu ihren schlanken Fingern, die so lange in einem Mauerspalt eingeklemmt gewesen waren. Der Junge wollte, dass die Symbole, die sie notierte, eine Schönheit besaßen, die ihrer würdig waren. Das war sein innigster Wunsch.

Hin und wieder tauchten auch erfahrene Spieler auf, manchmal kamen sie sogar von weit her. In Anbetracht ihrer beschwerlichen Anreise wollte der Junge sie keinesfalls enttäuschen. Solche Nächte waren besonders mühselig und anstrengend für ihn. Er bemühte sich inständig, die Sinfonie, die er mit seinem Gegner zusammen auf dem Schachbrett spielte, nicht durch irgendeinen Makel zu verderben. Aber natürlich war auch er von dem Wunsch beseelt, die Partie zu gewinnen.

Bei spielstarken Gegnern vernahm er die Geräusche der Figuren klar und deutlich. Wenn das Echo von den Fliesen im Duschraum zurückgeworfen wurde, entstand auf dem Brett ein bestimmter Ton. Darin lag weder das Verlangen, den Feind zu zerstören, noch affektierte Eitelkeit, unbedingt sein Können unter Beweis zu stellen. Die Finger eines Champions waren unprätentiös, so als hätten sie nur eine einzige Aufgabe: die Figur einfach an den Ort zu bringen, wohin sie will.

Egal, wie eine Partie ausging, die Prozedur danach war für den Kleinen Aljechin immer die gleiche. Händeschütteln, einmal Zwinkern, sonst nichts. Jedoch würde er nie Gelegenheit haben, zu sehen, was für ein Gesicht die Puppe dabei machte. Und der Gedanke, dass Miira wegen der Puppe in seiner Nähe war und nicht wegen ihm, machte den Jungen eifersüchtig und schnürte ihm die Brust zusammen.

Doch wie erschöpft oder eifersüchtig er auch sein mochte, die Hinterlassenschaft eines starken Gegners in Form einer Notation steckte voll geheimer Codes, die sein Herz erbeben ließen. Während sein gepeinigter Körper auf den Fliesen lag, grämte er sich nie lange über seine Niederlage, sondern ließ in Gedanken die einzelnen Züge Revue passieren, um ihre tiefere Bedeutung voll auszukosten.

Am meisten freute er sich auf die Partien mit der Tochter des Vorsitzenden. Seit dem Debüt der Puppe ließ sich die alte Dame alle zwei bis drei Monate blicken. Die Zuschauer hatten sich nur bei ihrer ersten Partie so gedrängelt, danach kam sie immer allein. Der Junge erkannte sie sofort am forschen Klacken ihrer Absätze, wenn sie den Stuhl vor dem Schachbrett ansteuerte.

Oft waren die Partien mit ihr sehr konfus. Wegen eines kleinen Fehlers musste der Junge manchmal eine Niederlage einstecken, oder aber die beiden trennten sich nach zähem Kampf mit einem gerechten Remis, jedoch bereitete es ihm große Freude, gegen sie anzutreten. Genauso, wie er sich blind mit Indira verstand, hielt er den Dialog mit ihr aufrecht, indem er durch die Schachfiguren mit ihr kommunizierte.

Ihre tollkühnen Türme fegten wie ein Wirbelwind über das Brett hinweg, und wenn sie kunstvoll einen Bauern opferte, drang eine melancholische Melodie an das Ohr des Jungen.

»Ich weiß ganz genau, was das für ein Mensch gewesen ist, der Ihnen das Schachspielen beigebracht hat«, sagte die alte Dame eines Tages mitten in der Partie.

Ihre Ausdrucksweise mochte zwar vornehm klingen, wie es sich für eine höhere Tochter geziemte, aber ihre gebrochene Stimme verriet ihr Alter.

»Finden Sie nicht, dass es die spätere Schachkarriere nachhaltig beeinflusst, wer einem das Spiel beigebracht hat? Dies ist sozusagen der Fingerabdruck eines Spielers«, fuhr sie fort, während sie ihren Springer auf c3 zog.

»Wenn man einmal von einem Lehrer geprägt wird, bleibt es ein Leben lang eine unverwechselbare, unauslöschliche Matrix. Man selbst mag zwar glauben, dass man nach seinem freien Willen spielt, aber in Wahrheit kann man dem ersten Eindruck, den die einzelnen Figuren bei einem hinterlassen haben, niemals entkommen. Man ist gewissermaßen stigmatisiert. Bei einem heldenhaften Fingerabdruck spielt man kühn, bei einem prunkvollen Abdruck aufbrausend und bei einem besonnenen Abdruck nüchtern.«

Der Kleine Aljechin setzte den Läufer auf e4.

»Ihr Lehrer muss ein gutes Gehör haben. Jemand, der mit viel Geduld den Figuren lauscht. Jemand, der sie wichtiger nimmt als sich selbst. Das merkt man an der Art, wie Sie spielen.«

Stimmt genau! Beinahe hätte der Junge laut zugestimmt. Bestürzt schlug er die Hände vor den Mund und presste die Lippen fest aufeinander. Dann tippte er den Hebel an, und der Kleine Aljechin klopfte mit der linken Hand anerkennend auf den Tisch. Im Dunkeln konnte der Junge Miiras Überraschung spüren, während die alte Dame in aller Seelenruhe einen Bauern auf e3 schob.

Der Meister hat sich stets geduldig gezeigt, nie hat er unwirsch reagiert oder mich gedrängt. Er war mein Leitstern, immer einige Schritte voraus. Aber er hat still auf mich gewartet und mir den Weg gewiesen. Ohne sich zu brüsten, blieb er bescheiden im Hintergrund. Um seine Gefühle zu verbergen, hat er Unmengen von Kuchen in sich hineingestopft, und daran ist er dann gestorben.

Der Junge schluckte die Worte hinunter wie damals bei seiner Geburt, als seine Lippen noch verschlossen waren, seinen ersten Schrei.

»Es muss doch jemanden gegeben haben, der einer Puppe wie Ihnen Schach beigebracht hat, oder nicht?«

Die alte Dame ließ nicht locker. Der Junge steckte seine rechte Hand in die Hosentasche und vergrub seine Finger in Pawns Beutel, bis er sich wieder beruhigt hatte. Warum war ihm bislang nie aufgefallen, dass bei jeder Partie der Schatten des Meisters über dem Brett schwebte und dass sich dessen Fingerabdruck in all seinen Partien wiederfand? Was für eine glückliche Fügung es doch war, dem ehemaligen Busfahrer begegnet zu sein und von ihm Schach gelernt zu haben. Dafür dankte er Gott.

»Ich hätte auch gerne einen solchen Lehrer gehabt. Ihre Art zu spielen ist so wunderbar.«

Der Junge hätte mit der alten Dame nur allzu gern über den Meister gesprochen. Ihr von dem Schachtisch, dem Kater und dem ausrangierten Bus berichtet. Er hätte auch gern gewusst, welchen Lehrer sie selbst gehabt hatte. Aber seine stummen Fragen blieben unbeantwortet. Statt sie in Worte zu fassen, schlug er mit dem Turm ihren Bauern auf a3. Miiras Kleid raschelte.

»Aha. Ein imposanter Zug«, murmelte die alte Dame.

Der Junge schaute auf seine Finger. Zwar konnte er in der Dunkelheit nichts erkennen, er erinnerte sich aber an den Augenblick, als der Meister ihn zum ersten Mal seine Figuren hatte berühren lassen. Sanft drückte er seine Fingerkuppen aneinander.

Niemand störte die perfekte Harmonie, die zwischen Miira, der Taube und dem Kleinen Aljechin herrschte. In der ehemaligen Damendusche hatten die drei nichts zu befürchten. Selbst der Generalsekretär gab ihnen keine unnötigen Anweisungen mehr. Die Zuschauer nahmen weder von Miira Notiz noch von der Taube, die still auf ihrer Schulter hockte. Es schien, als wären die beiden eins mit den Wandfliesen hinter ihnen.

»Bitte berühren Sie die Puppe nicht.«

Diese Anordnung des Generalsekretärs hatte sich Miira zu eigen gemacht. Sie tat es nicht gern, aber manchmal war sie gezwungen, ihre Zurückhaltung aufzugeben. Die Zuschauer zogen dann erschrocken die Hände zurück und betrachteten schüchtern die Puppe, als hätte diese selbst die Worte ausgesprochen.

Der Junge hörte diese Ermahnung gern. Sie gab ihm das Gefühl, Miira wollte ihn für sich allein haben, niemand anders durfte ihn berühren. Trotz aller Warnungen gab es immer wieder Besucher, die die Puppe dennoch anfassen wollten. Die glatte Maserung von Gesicht und Händen, der aus exquisitem Stoff geschneiderte Anzug, der Katzenbuckel von Pawn, der in der rechten Armbeuge kauerte – überall fanden sich Stellen, die man gern berührt hätte. Was dazu führte, dass sich der Junge einbildete, Miira würde ihm unentwegt Liebeserklärungen machen.

Nach der Arbeit geleitete der Junge Miira und die Taube zum Wohntrakt des Hotelpersonals. Wenn sie die Wendeltreppe zum Heizungsraum hinaufstiegen und aus dem Hintereingang ins Freie traten, lag bereits der erste Morgennebel in der nächtlichen Dunkelheit. Das Wohnheim lag etwas abseits am Ende der Promenade, die durch den öffentlichen Park gleich hinter dem Pazifik-Hotel führte.

Der Park war nicht besonders gepflegt, es gab lediglich ein paar Sträucher, die vor sich hin wucherten, und ein kleiner Bach plätscherte durch das Gelände. Verkehrslärm war noch nicht zu hören, als sie zu dritt die menschenleere Promenade entlanggingen.

»Ich frage mich, wieso sich die Notationen nie wiederholen, obwohl du tagaus, tagein nur Schach spielst? Die Anzahl der Figuren und der Felder auf dem Brett ist doch begrenzt«, sagte Miira.

Der Junge ging stets links neben ihr, auf der Seite, wo

auch die Taube hockte. Wenn sie aus dem Hotel traten, verschwamm Miiras Silhouette derart, dass er befürchtete, sie könnte im Zwielicht zwischen Nacht und Morgen lautlos aufgesogen werden. Nur das Weiß der Taube schimmerte hell. Da der Junge bedeutend kleiner war als Miira, konnte er, wenn sie miteinander sprachen, nie in ihre Augen sehen. Oft hatte er das Gefühl, dass er mit der Taube redete, nicht mit Miira.

»Tja, dafür kann ich nichts. Die Zahl der möglichen Spielverläufe beträgt 10^{123}. Man sagt, das sei mehr als die Anzahl von Partikeln, aus denen das Universum besteht.«

»Oh, so viel?« staunte Miira und schaute zum Himmel empor. Über den Baumwipfeln blinkten noch einige Sterne.

»Dann ist Schachspielen in etwa so, als würde man von Stern zu Stern reisen, oder?«

»Stimmt genau. Auf der Erde gäbe es nicht genug Platz dafür, also muss man ins All fliegen.«

»Mit einem Raumschiff namens Kleiner Aljechin.«

Miira wandte sich zu ihm um und lächelte schüchtern. Die schwindende Nacht, die sich hinter den Bäumen verkroch, verschluckte ihre Schritte, als sie durchs Unterholz stapften. Mit Rücksicht auf seine schmerzenden Knie ging Miira nur sehr langsam. Eigentlich taten dem Jungen die Glieder gar nicht mehr weh, nachdem Miira sie auf dem Fliesenboden massiert hatte. Aber er ließ sich absichtlich Zeit, um so lange wie möglich mit ihr reden zu können.

»Ich bin niemals irgendwohin gereist, nur auf dem Schachbrett.«

»Wie? Du hast noch nie die Stadt verlassen?«

»Nein. Die längste Strecke, die ich je zurückgelegt habe, ist eine Busfahrt von mir zu Hause ins Stadtzentrum. Ich habe auch noch nie in einem fremden Bett geschlafen.«

»Oh, als mein Vater noch lebte, bin ich ständig herumgereist. Mit einem Koffer voller Zauberutensilien sind wir von Stadt zu Stadt gezogen. Vergnügungsparks, Gemeindehäuser, Zirkuszelte, Festivals. Überall dorthin, wo Menschen zusammenkommen. Kaum, dass die Leute über Vaters Zauberkunststücke staunten, zogen wir schon wieder weiter. Immer haben wir nach einem Ort gesucht, wo uns noch keiner kannte.«

»Ich kann mir das gar nicht vorstellen …«

»Das Gute am Reisen ist, dass viel Unerwartetes passiert. Erstaunliche Naturphänomene, exotische Speisen – so was in der Art. Als ich klein war, waren wir einmal auf dem Anwesen eines reichen Mannes zu Gast, der uns seine riesige Sammlung von Schachbrettern zeigte.«

»Eine Sammlung?«

»Ja. Der Mann wohnte in einer prunkvollen Villa direkt am Meer. Es gab auch eine Art von Nebengebäude, das in Wirklichkeit so groß war wie eine Turnhalle und bis obenhin vollgestopft mit Ausstellungstücken – ein Schachbrett neben dem anderen, es gab nichts anderes. Wenn man jeden Abend ein anderes Brett benutzen würde, bräuchte man Jahre, bis man auf allen gespielt hätte.

Aus Elfenbein, aus Ebenholz, aus Kristall, aus Tierknochen, aus Ton – alle möglichen Materialien und Ausführungen gab es, manche waren so kostbar, dass man kaum wagte, sie anzufassen. Damals hatte ich natürlich noch keine Ahnung von Schach, aber eins war mir sofort klar: Es war alles nur Zierrat.«

»Wie recht du hast. Wie hübsch ein solch kostspieliges Schachbrett auch sein mag, es geht nichts über die Schönheit einer brillanten Notation.«

»Ja, am schönsten ist eine Figur, wenn sie sich auf den Feldern bewegt«, murmelte Miira, und er nickte.

Unvermittelt blieben beide an einer Bank mitten auf der Promenade stehen und setzten sich. Es war eine verlassene Bank wie die auf der Dachterrasse des Kaufhauses. Noch dazu war sie schmutzig und feucht. Aus dem Dickicht dahinter kam das leise Plätschern des Bachs.

»Deshalb wirkten die Schachbretter in dem Museum auch so abweisend. Nur eins fand ich so faszinierend, dass ich es mir lange angeschaut habe.«

Miira schwieg einen Augenblick und fuhr sich mit der Zunge über die Lippen.

»Was denn für eins?« fragte der Junge und schaute dabei auf die dürren Krallen der Taube.

»Ein winziges Schachspiel«, flüsterte Miira leise. Sie hauchte die Worte wie einen Seufzer, als fürchtete sie, ihre Stimme könnte das zarte Objekt kaputt machen.

»Das Brett maß bloß drei Zentimeter auf jeder Seite. Es hätte bestimmt in eine Streichholzschachtel gepasst. Die Figuren waren aus Dattelkernen geschnitzt, der König war fünf Millimeter groß, die Bauern sogar nur zwei. An der Vitrine hing an einer Kordel eine Lupe, damit man das Brett anschauen konnte. Zum Spielen war es viel zu klein. Niemand könnte eine der Figuren setzen, ohne die anderen dabei zu berühren. Deshalb wirkte das Schachspiel auch ziemlich verloren, so wie es da stand. Seitdem sie das Licht der Welt erblickt haben, müssen sich die Figuren mit ihrem Schicksal abfinden, an Ort und Stelle zu verharren.«

Miiras Stimme drang genauso schwach an sein Ohr wie früher in seinem Alkoven. Er sah das Schachbrett deutlich vor sich. Zwar wusste er nicht, was eine Dattelpalme war, er konnte sich aber den Holzton des Schachbretts vorstellen und wie sich die Figuren anfühlten.

»Aber du, glaube ich, du könntest damit spielen«, sagte Miira. »Schließlich bist du der Kleine Aljechin.«

Er schaute zu Miira auf, war jedoch um eine Antwort verlegen.

Im Herzen eines fernen Museums gab es ein Schachspiel, das dem Trübsinn verfallen war, weil sich seine Figuren nicht von der Stelle rühren konnten. Eingesperrt hinter Glas und von Neugierigen durch eine Lupe angegafft. Angenommen, er wäre der Einzige, der mit diesen Figuren spielen könnte … Ob dieses Miniaturschachspiel womöglich auf ihn wartete?

»Es tut mir leid, ich hoffe, ich habe dich nicht beleidigt.« Miira riss ihn aus seinen Gedanken.

»Aber nein, überhaupt nicht.«

Er schüttelte hastig den Kopf.

»Du hast mich nicht beleidigt, ganz im Gegenteil, ich freue mich, dass du mir von diesem Schachspiel an einem fernen Ort erzählt hast. Keiner meiner Freunde hat viel von der Welt gesehen.«

»Ach wirklich?«

»Ja, einer wohnte in einem Bus, der nicht mehr in Betrieb war. Eine anderer auf dem Dach eines Kaufhauses, das er nie verlassen konnte. Und dann gibt es noch …« Der Junge zögerte einen Moment und presste die Lippen zusammen.

»… jemanden, der in einem engen Spalt gefangen war.«

»Weshalb?«

»Keiner von ihnen hatte eine Wahl, aber niemand hat mit seinem Los gehadert oder sich beklagt. Schweigend haben sie ihre missliche Lage akzeptiert, weil sie glaubten, es sei ihr Schicksal, und sie haben sich ihrer Umgebung angepasst.«

»Wie du auch, oder?«

Miira schob trockenes Laub mit ihren Schuhspitzen zu einem Haufen zusammen. Es roch nach feuchter Erde.

»So in etwa«, erwiderte er.

Der Schein der Straßenlaternen vermischte sich mit der Morgensonne und hüllte Miira in ein diffuses Licht. Bleiche Wangen, fast durchsichtige Ohren und die Lippen so glatt, als wären sie aus Kunststoff gegossen. Obwohl er es war, der künstliche Lippen besaß, wirkten die von Miira so betörend, dass man sich fragte, ob sie zu einem menschlichen Wesen gehörten. Feucht schimmernd, ebenmäßig, unversehrt. Wenn er sie nur berühren könnte. Ob sie vor Kälte ganz starr waren, nachdem sie es so lange in dem Mauerspalt ausgehalten hatte? Aber ihre Geschmeidigkeit hatten sie bestimmt nicht verloren. Seine Fingerspitzen würden wahrscheinlich zittern, weil er Angst hatte, sie zu zerbrechen.

Der schwache Rest von Ultramarin über den Bäumen verfärbte sich mit der Morgenröte, die sich vom fernen Horizont her auszubreiten begann. Noch zwitscherten keine Vögel. Das Wohnheim lag hinter dem grünen Dickicht verborgen. Ihm kam es vor, als seien sie die einzigen Menschen auf der Welt.

»In der Puppe ist es ja auch dunkel und eng«, sagte er mit gesenktem Blick. »Genauso eng wie für einen dicken Mann ein Bus oder eine Nische auf einem Kaufhausdach für einen Elefanten.«

»Aber auf dem Schachbrett unternimmst du doch verwegene Reisen«, sagte Miira in ehrfurchtsvollem Ton.

»Nein, nur unter dem Schachbrett.«

»Ach ja, stimmt«, lächelte Miira. Er versuchte ebenfalls zu lächeln, aber dabei verzog sich nur die Narbe auf seinen Lippen, und seine Barthaare verhedderten sich ineinander.

Plötzlich regte sich die Taube und trippelte nervös auf Miiras Schulter herum. Der Junge erlebte zum ersten Mal, dass sie etwas anderes bewegte als ihre Augen.

Bis die Sonne am Himmel stand, saßen die beiden schweigend auf der Bank.

Nachdem er Miira zum Wohnheim begleitet hatte, nahm der Junge den ersten Bus und fuhr nach Hause. Auf seinem Weg am Kanal entlang hallte jedes Wort, das sie gewechselt hatten, in seinem Gedächtnis nach. Genauso wie er sich die einzelnen Züge einer Schachpartie einprägen konnte, erinnerte er sich an alles, worüber sie gesprochen hatten. Inzwischen hatte sich der Dunst verzogen, und das Wasser glitzerte im Morgenlicht. Möwen flatterten von den Booten auf und segelten Richtung Meer.

Wo mochte wohl die Taube schlafen? Vielleicht in einem Käfig, der neben dem Fenster stand? Oder in einem Karton, der mit einer Decke ausgelegt war? Nein, wahrscheinlich schläft sie bei Miira im Bett, das Gefieder ausgebreitet, die schwarzen Augen geschlossen, aber die beiden Füße immer noch an der Schulter des Mädchens festgekrallt. Das passt besser zu ihr. Bei diesem Gedanken wurde der Junge ganz neidisch auf den Vogel.

»Da bist du ja endlich. Das Frühstück ist schon fertig. Iss dich ordentlich satt, und dann ruh dich aus«, rief seine Großmutter, als er das Haus betrat. Es duftete nach frisch gebackenem Brot und warmer Milch.

10

Als der Junge an einem regnerischen Abend die schleppenden Schritte auf der Treppe hörte, befiel ihn eine böse Vorahnung. Der Mann, der den Klub am Grunde des Meeres betrat, zog das linke Bein nach. Er war so unheimlich, dass der Junge sich am liebsten versteckt hätte. Inständig hoffte er, der Mann möge eine der Kabinen betreten, in denen Blind- oder Simultanschach gespielt wurde. Woher diese Vorahnung kam, wusste er selbst nicht, denn normalerweise lernte er andere Schachspieler ja erst kennen, wenn er gegen sie antrat, um mit ihnen gemeinsam ein Kunstwerk zu schaffen.

Aber diese Schritte hatten einen unheilvollen Klang. Sie ließen einem das Blut in den Adern gefrieren. Doch sosehr sich der Junge auch wünschte, sie mögen an seiner Tür vorübergehen, er konnte ihnen nicht entkommen. Wie eine Schachfigur, die zielstrebig auf das Feld zusteuert, auf dem der gegnerische König steht, um diesen matt zu setzen, stoppte das Schlurfen genau vor der ehemaligen Damendusche.

Obwohl im Untergeschoss normalerweise kein Regen zu hören war, meinte der Junge ein prasselndes Geräusch wahrzunehmen, und ein eisiger Nachthauch zog über den gefliesten Boden, als der Mann den Raum betrat. Bevor er sich an den Schachtisch setzte, stürzte der Eindringling ein Glas Whisky hinunter. Der Junge konnte das Klirren der Eiswürfel deutlich hören. Der Mann schien betrunken zu sein.

»Herzlich willkommen. Vor der Partie möchte ich Sie darauf hinweisen, dass …«

»Hör auf zu quatschen, Schätzchen. Lass uns anfangen«, dröhnte der Mann und winkte ab, als Miira wie üblich die Klappe öffnen wollte, um das Innenleben des Kleinen Aljechin zu zeigen. Es war das erste Mal, dass ein Gegner nichts davon wissen wollte.

Der Mann spielte ausgesprochen gut, er war zweifellos der stärkste Spieler, gegen den der Junge jemals angetreten war. Die Art, wie er nach einer präzisen Eröffnung ein fulminantes Mittelspiel aufzog, erinnerte den Jungen an die berühmten Großmeister aus dem Buch, das er sich damals von seinem Meister geliehen hatte. Es war wie eine Drohung, die dem Gegner das Fürchten lehrte. In welche Höhen er sich noch aufschwingen würde, wenn es nötig war. Verteidigung und Angriff, Rückzug und Vormarsch, Eingebung und Logik, Sorgfalt und ungestüme Gewalt, Toleranz und Zurückweisung, Ausdauer und Einfallsreichtum – all diese widersprüchlichen Aspekte vereinte er in seinem harmonischen, ungeheuer kraftvollen Spiel, mit dem er seinen Gegner permanent unter Druck setzte. Der Kleine Aljechin war wie gelähmt.

Jedoch hinterließen die Züge des Mannes jedes Mal einen bitteren Nachgeschmack. Als wäre es völlig aussichtslos, überhaupt gegen ihn gewinnen zu können. Zuerst hielt der Kleine Aljechin das für eine Einbildung, aber dann, als der Mann mit Zügen wie Td8 oder Lf6 eine Linie zog, die dem Strahlenbündel eines Suchscheinwerfers glich, und gleichzeitig im Zentrum eine Art Festung errichtete, bestätigte sich sein anfänglicher Eindruck. Ungeachtet seiner grandiosen Züge wirkte der Mann unzufrieden. Nach jedem Zug nahm er einen Schluck Whisky und drosch mit der geschlagenen Figur auf den Knopf der Schachuhr. Seine Gereiztheit hatte nichts Oberflächliches, sondern schien aus seinem tiefsten Inneren zu kommen. Normalerweise wurden solch wundervolle Züge mit einem göttlichen Lächeln belohnt. Dem Mann war dies nicht beschieden.

Vielleicht war der Regen schuld daran, dass die Bodenfliesen sich viel feuchter anfühlten als sonst. Auch die Zahnrädchen und der Hebel setzten sich nur schwerfällig in Bewegung, sogar das Zusammenspiel mit Miira stockte. Nur die Taube zeigte nicht die leiseste Regung von Nervosität und verhielt sich ruhig wie immer. Für den Kleinen Aljechin gab es keine Möglichkeit, dieser furchtbaren Partie zu entkommen. Er hatte die Pflicht, eine Notation zu hinterlassen, die der Spielstärke des Mannes gerecht wurde.

Als würde er durch ein Mikroskop blicken, suchte der Junge einen wunden Punkt, um dem Spiel eine Wendung zu geben. Falls die Festung seines Gegners eine solche Schwachstelle aufwies, konnte daraus ein Riss in der Mauer werden, den man attackieren konnte. Der Kleine

Aljechin versuchte das Unmögliche möglich zu machen. Doch während er den Kanonenkugeln auszuweichen versuchte, die aus der Festung seines Gegners abgefeuert wurden, tappte er in eine Falle und verlor seinen kostbaren Läufer.

Der Junge holte tief Luft. Vielleicht sollte er Nachsicht zeigen und alle Attacken seines Gegners akzeptieren? Aber das war auch keine Lösung, denn das Licht seiner hehren Absichten gelangte nirgendwohin. Er konnte mit seinen Figuren weder vor noch zurück, während die gegnerische Dame seine Verteidigungslinie in tausend Stücke riss. Die Figuren des Mannes flogen ohne den geringsten Anflug von Anerkennung über das Brett und hinterließen in jedem Winkel tiefe Wunden.

Als die beiden Kontrahenten auf das Endspiel zusteuerten, wurden die Attacken des Mannes immer erbarmungsloser. Er knallte seine Figuren derart rabiat auf die Felder, als wollte er das Brett zerschlagen. Um dem rasenden Tempo des Mannes Einhalt zu gebieten, notierte Miira die Spielzüge noch akribischer als sonst und ließ sich beim Entfernen der Figuren, die sie auf dem Beistelltisch aufreihte, besonders viel Zeit. Gemeinsam versuchten Miira, die Taube und der Kleine Aljechin diesem furchterregenden Gegner die Stirn zu bieten.

Der Mann scharrte mit den Schuhen auf dem Boden und rülpste laut, bevor er sich einen weiteren Whisky genehmigte.

Bald schon war die Lage für den Kleinen Aljechin so aussichtslos, dass er beschloss, seine Niederlage einzugestehen. Langsam griff die Hand aus Quittenholz nach dem eigenen König und legte ihn auf das Brett.

Für einen Moment herrschte Stille, und als die Puppe den Arm hob, um dem Sieger zu gratulieren, stand der Mann so abrupt auf, dass der Stuhl fast umkippte.

»Lächerlich!« grunzte er und verzog dabei so angewidert das Gesicht, als hätte man ihn gezwungen, Schmutzwasser trinken. Er schien sich keineswegs über den errungenen Sieg zu freuen. Mittlerweile war er so betrunken, dass er sich kaum aufrecht halten konnte. Hinter dem Tisch wartete der Kleine Aljechin, der mit ausgestreckter Hand seinem Gegner gratulieren wollte.

»Herzlichen Glückwunsch. Siebenundzwanzig Züge, Schwarz führte mit …«

»Zum Teufel damit!«

Der Mann fiel Miira abermals ins Wort und spuckte auf den Boden.

In dem Augenblick wurde die Puppe durch einen seltsamen Stoß erschüttert. Die Zahnräder knirschten, und den Kleinen Aljechin durchfuhr ein Schmerz, von dem er nicht sicher war, woher er kam. Der Junge hörte, wie draußen auf dem Brett die Schachfiguren umfielen und das Whiskyglas des Mannes zerbrach. Dann schrie Miira laut auf.

Im Nu war der Junge aus der Puppe gekrochen. Während er sich nach Miira umschaute, musste er seine Augen mit den Händen beschirmen, weil ihn das Licht so blendete.

Miira kauerte in einer Ecke. Plötzlich wirkte sie genauso klein wie der Junge. Auf ihren ängstlich hochgezogenen Schultern saß die Taube, unerschütterlich wie immer. Der Junge ging vor Miira in die Knie und nahm sie fest in die Arme.

»Ist alles in Ordnung?«

Miira nickte, biss sich dabei aber so fest auf die Lippen, dass sie anfingen zu bluten.

»Hat er dir etwas getan?«

»Nein.«

Ihre Stimme klang heiser.

Der Mann hatte alles umgeworfen, die Figuren, sein Glas, die Schachuhr. Sein Kopf lag auf dem Tisch, mit dem Gesicht nach unten. Er war bewusstlos, Speichel lief ihm aus dem Mund. Vielleicht war er auch nur eingeschlafen. Aber was machte das für einen Unterschied? Er war groß und hatte breite Schultern. Seine vom Tisch herunterbaumelnde Hand war riesig. Alles in allem machte er einen ziemlich verwahrlosten Eindruck: seine Schuhe waren ausgetreten, der Anzug voller Flecken, die Manschetten ausgefranst. Über Miiras sorgfältig angefertigte Notation hatte er Whisky verschüttet. Nichts war mehr übrig von dem Zauber, den seine Figuren noch ein paar Minuten vorher auf dem Schachbrett verbreitet hatten.

Aber erst als der Blick des Jungen auf die Puppe fiel, wurde ihm das Ausmaß der Katastrophe bewusst. Der Kleine Aljechin hatte sich das Genick gebrochen.

Der Kopf der Puppe war am Halsansatz abgeknickt und hing nun vornüber, gehalten von den Darmsaiten, die das

Getriebe im Inneren mit den einzelnen Gliedern verbanden. Außerdem war ihr Haar zerzaust, die Krawatte hing schief, und der linke Unterarm war total verrenkt. Sogar Pawn fehlte ein Ohr. Es war abgerissen und irgendwo hingeworfen worden. Obwohl sie später überall danach suchten, blieb es merkwürdigerweise verschwunden. Blut tropfte von der rechten Hand des Mannes und bildete eine rote Lache auf den Fliesen.

»Wie hat der Kerl die Puppe bloß zugerichtet«, murmelte der Junge und dachte an den seltsamen Schmerz, den er im Inneren der Puppe gespürt hatte. Doch sosehr er sich auch mühte, er fand keine Erklärung für das Verhalten des Mannes.

»Hätte ich ihn doch nur aufgehalten«, schluchzte Miira.

»Ach, das wäre viel zu gefährlich gewesen.«

»Aber wenigstens den Whisky hätte ich ihm wegnehmen sollen.«

»Es war nicht deine Schuld. Es lag an mir. Er mochte meine Art zu spielen nicht.«

»Nein, du hast auch heute wieder großartig gespielt.«

Für den Jungen war es eine wundersame Erfahrung, Miira in den Armen zu halten und sie zu trösten. Normalerweise war er es ja, der sich verkroch, sei es in seinem Alkoven, unter dem Schachtisch oder in dem Schachautomaten. Miiras glattes, zu Zöpfen geflochtenes Haar streifte seine Lippen, und er spürte, wie eine zärtliche Wärme in ihm aufstieg. Die Taube gurrte leise.

»Was ist passiert?«

Der Generalsekretär kam auf sie zugeeilt.

»Was haben Sie bloß angestellt?« rief er fassungslos und blickte auf Miira und den Jungen herunter, die immer noch in der Ecke saßen.

Der einzige Laut, den man im Raum hören konnte, war das Schnarchen des Mannes.

»Hier sieht es ja furchtbar aus!« Der Generalsekretär verzog angewidert das Gesicht, als er das Durcheinander auf dem Schachbrett erblickte. Man konnte sehen, dass er Angst hatte, seine Uniform schmutzig zu machen.

Plötzlich entdeckte der Junge eine Glasmurmel, die unter dem Stuhl des Mannes lag. Die Glühlampe an der Decke spiegelte sich darin und ließ die Kugel aufblitzen. Es war ein Auge des Kleinen Aljechin.

»Sie sind beide schuld an diesem Schlamassel!«

Außer dem Gezeter des Generalsekretärs und dem Schnarchen des Betrunkenen war ansonsten hier unten kein Laut zu hören. Der Junge blinzelte ein paar Mal, um das Auge des Kleinen Aljechin deutlicher sehen zu können.

Abermals stellte die Tochter des Vorsitzenden ihre Großzügigkeit unter Beweis, denn sie ließ den Kleinen Aljechin von dem Puppenbauer reparieren. Glücklicherweise hatte das Herzstück, der Mechanismus im Inneren der Puppe, keinen Schaden genommen. Die Ausbesserungen betrafen nur äußere Stellen, aber es würde einige Monate dauern, um den Kleinen Aljechin wieder in seinen ursprünglichen Zustand zurückzuversetzen.

Am Ende verlor der Generalsekretär kein einziges Wort über die Herkunft des Trunkenbolds. Der ließ sich auch nie wieder im Klub am Grunde des Meeres blicken, nachdem er huckepack hinausbefördert worden war. Nach seinen Schachkünsten zu urteilen, war er jedenfalls kein gewöhnlicher Zeitgenosse.

Weshalb nur hatte er sich derart aufgeführt, wenn er so gut Schach spielte? Diese Frage trieb den Jungen um. Wenn er betrunken auf diese grandiose Weise gewinnen konnte, wie würde er dann erst spielen, wenn er bei klarem Verstand war? Bei diesem Gedanken schlug dem Jungen vor Angst das Herz bis zum Hals.

Rätselhaft blieb auch, was den Gast ungeachtet seines Sieges derart wütend gemacht hatte. Wenn es daran gelegen haben mochte, dass der Schachautomat einfach zu schlecht spielte, wäre das für den Jungen nur schwer zu ertragen gewesen, denn dann wäre es seine Schuld gewesen, dass Miira zu Tode erschreckt worden war. Er hätte sich gerne bei ihr entschuldigt, wenn er nur gewusst hätte, welche Worte angebracht gewesen wären. Sobald er mit ihr über den Abend sprechen wollte, wechselte sie sofort das Thema. Sie sollten den Mann am besten sofort vergessen. Und so tun, als sei nichts geschehen.

Obwohl der Mann nie wieder gesehen wurde, war die unheilvolle Stimmung, die mit seinen schlurfenden Schritten aufgekommen war, keinesfalls verschwunden.

Auch wenn der Kleine Aljechin wieder repariert werden konnte, es würde nichts mehr so sein, wie es vor jener Nacht gewesen war. Diese böse Vorahnung erfasste

Miira und den Jungen wie der Moder, der sich allmählich über die Fliesen des Schwimmbades ausbreitete.

Bis die Puppe wiederhergestellt war, wurde den beiden eine andere Aufgabe zugeteilt: Lebendschach.

»Dabei nehmen Menschen den Platz von Figuren ein«, erklärte ihnen der Generalsekretär. »Auf den Boden des ehemaligen Schwimmbeckens wird ein Schachmuster gemalt. Mit exakt acht mal acht Feldern, schwarz und weiß. Das wird als Spielfeld dienen. Es gibt zwei Mannschaften mit je sechzehn Figuren, insgesamt also zweiunddreißig Personen, vom König bis hin zu den Bauern, die sich von Feld zu Feld bewegen.«

»Laufen sie, wohin sie wollen?«

Der Generalsekretär schüttelte fassungslos den Kopf.

»Aber nein. Eine Figur bleibt eine Figur, auch wenn sie von einem Menschen verkörpert wird. Es wäre ja wohl kein Schach, wenn die Figuren plötzlich wild durcheinanderlaufen. Die beiden Spieler befinden sich derweil im Regieraum. Von dort können sie das Spielfeld überblicken und über ein Mikrofon Anweisungen geben. Jede Figur wird sich dementsprechend bewegen. Wir haben es schließlich nicht bloß mit Menschen zu tun, sondern mit menschlichen Figuren, deren Bewegungsradius von vornherein festgeschrieben ist. Einem Befehl zuwiderzuhandeln ist strikt untersagt. Ganz gleich, wie schlecht der Zug durchdacht ist.«

»Und was soll ich dabei tun?«

»Natürlich gegen unsere Mitglieder antreten.«

»Ich manövriere also menschliche Figuren?«

»Genau. Aber da die Mitglieder Sie nicht sehen dürfen, werden Sie sich in der Abstellkammer verbergen. Von dort können Sie auch Ihre Anweisungen geben. Um Ihre Identität nicht preiszugeben, wird vorsichtshalber ein Stimmenverzerrer an Ihrem Mikrofon installiert. Sicher ist sicher. Von der Abstellkammer aus ist das Spielfeld natürlich nicht zu sehen, aber das stört Sie ja nicht. Es ist durchaus eine geräumige Kammer. Alles ist viel bequemer als in der Puppe. Es wird also keine besonders schwierige Umstellung sein. Zuerst haben Sie mit einer Puppe vorgetäuscht, ein echter Mensch zu sein, und nun spielen Sie mit Menschen, die vorgeben, Schachfiguren zu sein. Und Sie werden natürlich wie gehabt den Spielverlauf aufzeichnen.«

Der Generalsekretär wandte sich nun an Miira.

»Die von Ihnen angefertigten Notationen finden großen Anklang. Ihre Schrift ist bemerkenswert schön. Unsere Mitglieder haben dadurch das Gefühl, eine glanzvolle Partie gespielt zu haben. Vortreffliche Züge müssen auf adäquate Art und Weise festgehalten werden.«

»Oh, das ist sehr freundlich«, erwiderte Miira beschämt.

Aber der Junge hatte Bedenken. »Warum muss man denn …?«

»Was warum?«

Der Generalsekretär drehte sich langsam um und blickte zu ihm hinunter. An seinem Revers blinkte wie immer das Abzeichen des Pazifik-Klubs.

»Haben Sie jemals versucht, mit Worten zu erklären, warum man Schach spielt? Geld? Ruhm? Was spielt das hier für eine Rolle? Ich habe Schach immer um des Schachs willen gespielt. Weiter nichts. Trotzdem vermittelt Schach einem die Vorstellung von Unendlichkeit. Das müssten Sie doch am besten wissen.«

Der Generalsekretär räusperte sich und strich sich über die öligen Haare. »Wenn Sie keine weiteren Fragen mehr haben …«, sagte er und verließ die Damendusche.

Die Partie Lebendschach fand spät in der Nacht an einem Samstag statt. Zum ersten Mal in diesem Winter hatte es geschneit. Wegen der Veranstaltung fielen die anderen Spiele im Klub aus, viele Mitglieder hatten sich eigens dafür im Klub am Grunde des Meeres eingefunden. Ihre Mäntel waren noch feucht vom Schnee.

Der Junge war in der Abstellkammer auf eine Holzkiste mit leeren Desinfektionsmittel-Flaschen geklettert und beobachtete durch eine Luke, was unten im Schwimmbecken vor sich ging. Anders als mit dem Schachautomaten hatte er diesmal keinerlei Gelegenheit gehabt zu üben, weshalb er sich etwas beklommen fühlte, trotz der ausführlichen Erklärungen des Generalsekretärs. Es war noch etwas Zeit, bis die Partie eröffnet wurde. Die Zuschauer saßen auf Stühlen am Beckenrand und warteten auf das Startsignal. Wie gebannt starrten sie in das Schwimmbecken. Der Generalsekretär saß mitten im Publikum und grüßte immer wieder selbstzufrieden mit einem Kopfnicken in die Runde.

Alles war perfekt vorbereitet worden. Zwar konnte der Junge von der Abstellkammer aus nicht das ganze Becken erkennen, aber er wusste, dass die Figuren noch nicht erschienen waren. Miira hatte in einer Ecke neben dem Becken ihren Tisch aufgebaut, in Höhe von a8. Darauf stand wie üblich die Schachuhr, daneben lagen das Notationsheft und ein Bleistift. Genau wie ihre Taube rührte sie sich nicht von der Stelle und blickte starr geradeaus. Mit ihrem hellblauen Kleid war sie vor der gefliesten Wand kaum zu erkennen. Obwohl der Junge wusste, dass sie ihn nicht sehen konnte, presste er sein Gesicht gegen die Luke und zwinkerte ihr zu.

In diesem Moment ging ohne Vorankündigung die Tür auf, und die in weiße Umhänge gehüllten Figuren stiegen die Treppe hinab. Nach einem kurzen Raunen am Beckenrand wurde es sofort wieder still, und man hörte nur das leise Geraschel der Gewänder. Keine der Figuren hatte Schuhe an, lautlos glitten sie über die Fliesen.

Alle trugen weiße Kopfbedeckungen. Angeführt wurde die Prozession vom König mit einer Krone auf dem Haupt, dann folgten die Dame mit einem Diadem, die beiden Läufer mit den Bischofsmützen und die Springer, die Türme mit den Zinnen und schließlich die acht Bauern mit kugelförmigen Hüten. Auch die Statur der Figuren war so, wie man sie kannte: der König am größten, die Bauern am kleinsten.

Nahtlos schloss sich daran die schwarze Riege an. Im trüben Neonlicht zogen die Figuren in einer Reihe von der Treppe bis zum Becken, wobei sie immer noch einen deutlichen Kontrast zu den anderen bildeten. Das Weiß war unendlich rein, das Schwarz abgrundtief. Die anderen Farben – das Hellblau der Fliesen, die bernsteinfarbenen Whiskyflaschen und die silberne Schachuhr – verblassten dagegen im Nirgendwo.

Die Bewegungen der Figuren waren äußerst kontrolliert, als hätten sie vorher alles einstudiert. Jede Mannschaft schritt mit dem König voran am Schwimmbad entlang und stieg über die Leiter hinunter in das Becken. Unter der Kopfbedeckung waren die Gesichter halb verborgen, aber keine der Figuren schaute sich um oder tauschte Blicke mit den anderen aus. Wie Tautropfen auf Blütenblättern perlten sie hervor, um auf den Grund des Meeres hinabzugleiten.

Schließlich hatte jede Figur ihre angestammte Position eingenommen. Alles sah so aus wie auf einem richtigen Schachbrett: König und Dame standen in der Mitte, die anderen Figuren reihten sich daneben auf. Kein Großmeister wäre in der Lage gewesen, seine Figuren anmutiger aufzustellen, als es hier geschah. Obwohl sich ihre Gewänder manchmal berührten, war keiner dem anderen in die Quere gekommen.

Der Junge würde mit Weiß spielen. Nachdem er den Einzug der Figuren verfolgt hatte, atmete er tief durch und nahm das Mikrofon in die Hand. Durch einen schmalen Fensterschlitz im Regieraum gegenüber konnte er schemenhaft die Umrisse seines Gegners erkennen. Er schien ein kleiner, etwas dicklicher Mann zu sein. Obwohl es hier im Prinzip nicht anders zuging als im Inneren der Puppe, wo der Junge weder seinen Rivalen noch das Brett vor Augen hatte, machte er sich trotzdem Sorgen. Verglichen mit dem Hebel lag das Mikrofon sehr schwer in seiner Hand, und die Abstellkammer war natürlich größer, so groß, dass der Junge sich unwohl fühlte. In einer Ecke standen ein paar Besen herum, und in den Regalen herrschte ein ziemliches Durcheinander: alte Schwimmleinen, verstaubte Rettungsringe, Megafone, Thermometer …

Ungeachtet der Ermahnungen des Generalsekretärs, sich keinesfalls blicken zu lassen, stand der Junge reglos an der Luke und presste seine Stirn gegen die Scheibe. Die Zuschauer waren ohnehin vom Geschehen unten im Becken so gebannt, dass niemand auf die Abstellkammer achtete.

Der Junge schaltete das Mikro ein.

»Bauer von e2 nach e4.«

Erschrocken über seine unerwartet laute Stimme, die durch den ganzen Raum hallte, wäre er beinahe von der Kiste gefallen. Sie war so grotesk verzerrt, dass sie weder einem Mann noch einer Frau zuzuordnen war, auch keinem Kind oder einem Erwachsenen. Sie klang vielmehr wie das drollige Keckern eines bunt gefiederten Zwergpapageis. Das Echo war noch nicht verhallt, als der Bauer zwei Felder vorrückte. Von der Abstellkammer aus war nur die weiße Kugel auf dem Kopf des Bauern zu erkennen, die über dem Beckenrand hervorlugte.

»Bauer von c7 auf c5.«

Sein Gegner hörte sich an wie ein brüllender Tiger, der

durch den Dschungel grollte. Daraufhin bewegte sich eine der schwarzen Kugeln zwei Felder weiter. Wenn Indira dieses Brüllen gehört hätte, wäre sie bestimmt vor Angst erstarrt, dachte der Junge. Miira warf einen Blick hinunter ins Becken und notierte dann sorgfältig den Zug. Die Taube blieb trotz des schrecklichen Lärms aus den Lautsprechern reglos wie immer.

So ging es immer abwechselnd. Papagei, Tiger, Papagei, Tiger, Papagei, Tiger. Obwohl die beiden Kontrahenten die Eröffnungsphase bereits hinter sich hatten, fand der Junge einfach nicht zu seinem Spiel. Ohne das vertraute Klacken der Figuren war er völlig orientierungslos. Aber sosehr er auch die Ohren spitzte, es drang kein Laut aus dem Becken. Alles, was er hören konnte, war das Rascheln der wallenden Gewänder.

Doch was ihn am meisten verwirrte, waren die Ausmaße des Spielfeldes. Jedes Mal, wenn eine Figur geschlagen wurde und das Becken verlassen musste, schien das Feld zu wachsen. Seine Hand, mit der er das Mikrofon umfasste, war schweißnass. Um sich zu beruhigen, presste er seine Lippen so fest an die Scheibe, wie er nur konnte.

Wenn doch wenigstens die alte Dame seine Gegnerin gewesen wäre. Dann hätte er sicher mit mehr Hingabe gespielt. Dem kleinen Mann im Regieraum hingegen fehlte es vor allem an Mut und Fantasie. Er nahm immer den einfachsten Weg und konterte mit halbherzigen Angriffen, die weder zweckdienlich noch überraschend waren.

»Läufer von g5 nach f4.«

Die geschlagenen Figuren kletterten leise über die Leiter nach oben und verschwanden in den ehemaligen Umkleideräumen, die weißen zu den Damen, die schwarzen zu den Herren.

»Turm von d3 nach h3.«

Im Verlauf der Partie wurden die Züge weitläufiger, aber die Figuren blieben gelassen. Nie wurden ihre Schritte hastig oder der Rolle, die sie innehatten, unwürdig. Nicht einmal ein Räuspern war zu hören.

Als die Partie in die entscheidende Phase trat und das Spielfeld sich leerte, dehnte sich das Schwimmbecken immer weiter aus. Der Junge hatte das Endspiel immer geliebt, wenn der Druck auf den bedrängten König größer und größer wurde und die verbleibenden Figuren verbittert darum kämpften, wer nun über das Spielfeld herrschen konnte. Doch nun wollte er die Partie so schnell wie möglich hinter sich bringen.

»Springer auf f5. Schach.«

Das aufdringliche Keckern des Papageis klang viel zu schrill angesichts der ausweglosen Situation, in der sich der Gegner befand.

»Ich habe verloren.«

Das Brüllen des Tigers bewahrte trotz der Niederlage seine majestätische Würde.

Der schwarze König stürzte. Noch lange lag er auf dem kalten Boden des Beckens.

11

Der Schnee zur Premiere des Lebendschachs schmolz noch am selben Abend. Danach herrschte zwei Tage lang ein Unwetter, das Straßenbäume umriss, das Wasser im Kanal aufpeitschte und die dort ankernden Boote beinahe zum Kentern brachte. Am dritten Tag legte sich der Sturm, und ein klarer, wolkenloser Himmel wölbte sich in aller Stille über der Stadt. Nun hielt der Winter Einzug. Ein strenger Winter, den nichts mehr aufhalten konnte.

Die Großmutter zog sich eine Grippe zu und lag tagelang mit hohem Fieber im Bett. Wenn der Junge früh in der Morgendämmerung vom Klub am Grunde des Meeres nach Hause kam, wartete nun niemand auf ihn. Auf dem Esstisch fand er lediglich die beiden Tassen von seinem Großvater und seinem Bruder vor, mit einem letzten Rest kalten Kaffees. Sein Bruder hatte nach seinem Schulabschluss angefangen, das Schreinerhandwerk zu erlernen. Jeden Morgen konnte der Junge die beiden in der Werkstatt arbeiten hören, während seine Großmutter im oberen Stockwerk ununterbrochen hustete.

Bevor er in den Alkoven schlüpfte, schaute er bei ihr im Schlafzimmer vorbei und massierte sie eine Weile.

»Du hast die ganze Nacht durchgearbeitet, leg dich doch hin«, krächzte seine Großmutter dann und mühte sich, ihm trotz ihrer Schmerzen ein Lächeln zu schenken.

»Mach dir um mich keine Sorgen.«

Er schob seinen Arm unter die Decke und strich ihr über den Rücken. Die Zeit, wo er zusammen mit seiner Großmutter das Kaufhaus besucht hatte, lag lange zurück, und auch wenn er seitdem nicht mehr gewachsen war, wusste er nur zu gut, dass sie nicht wiederkehren würde. Der Körper seiner Großmutter wirkte ausgezehrt. Ihre Hände und Füße hingegen waren stark angeschwollen und sahen dadurch ganz unförmig aus, was dem Jungen zu schaffen machte. Waren das noch die vertrauten Hände, die einst so sanft seine Lippen gestreichelt hatten? Oder die Füße, die unermüdlich in der Küche hin und her gelaufen waren? Nun waren sie fast doppelt so dick wie früher und so steif, dass sie sie nicht mehr bewegen konnte. Ihre faltige Haut war weiß wie Porzellan. Wenn er seine Hände darauflegte, fühlte es sich an wie ein weiches Kissen. Als hätten sich ihre Knochen und Muskeln längst aufgelöst.

»Du hast die ganze Nacht hindurch Schach gespielt. Das ist doch anstrengend. Wenn du dich nicht ausruhst, macht dein Körper das irgendwann nicht mehr mit.«

»Du brauchst dir um mich wirklich keine Sorgen zu machen.«

»Aber es ist nun mal meine Aufgabe, mir um dich Sorgen zu machen.«

Sie hielt sich ihr Tuch vor den Mund und hustete. Inzwischen hatte es so viel von den Absonderungen ihres Körpers aufgenommen, dass es fast ein Teil von ihr selbst war, den sie da in Händen hielt.

»Ich würde dir so gern einmal zuschauen, wenn du spielst«, sagte sie.

»Ruh dich jetzt aus. Wenn du schläfst, kann ich auch zu Bett gehen.«

Der Junge hatte große Angst davor, dass seine Großmutter immer weiter anschwellen würde. Für ihn wäre es das Schlimmste, was passieren könnte. Quälende Bilder tauchten in seiner Erinnerung auf: Indiras eiserner Fußring, das aufgeschnittene Buswrack, der am Kran baumelnde Körper seines Meisters.

Größerwerden ist eine Tragödie.

Schmerzlich pochte diese Gewissheit wie ein Pulsschlag in seiner Brust.

Bevor der Kleine Aljechin wieder in den Klub am Grunde des Meeres zurückkehrte, wurde er in die Werkstatt des Großvaters gebracht, damit der Schachtisch austariert werden konnte. Die Bruchstelle am Hals war nun mit dem Hemdkragen bedeckt, die herausgefallene Glaskugel steckte wieder in der Augenhöhle, der ausgerenkte Arm war hergerichtet und das zerzauste Haar frisiert. Aber die Puppe wirkte immer noch seltsam derangiert. Vielleicht lag es daran, dass fernab von ihrer vertrauten Umgebung an ihr herumhantiert worden war. Oder aber sie hatte sich immer noch nicht von dem Schock erholt, einer Gewalttat zum Opfer gefallen zu sein.

Mit Pawn verhielt es sich ähnlich. Das abgebrochene Ohr war ersetzt und die Bruchstelle mit Klebstoff und Holzkitt kaschiert worden. Doch dem Jungen sprang diese frische Naht deutlich ins Auge, denn sie erinnerte ihn an seine vernarbten Lippen.

»Das wird schon wieder, Pawn«, sagte er dann und strich dem Kater über den Kopf. »Bald werden wir Schach spielen, dann darfst du erneut der Poesie von Aljechin lauschen.«

Und so war es dann auch. Als der Junge in die Puppe kroch und probehalber die Figuren versetzte, waren der Kleine Aljechin und Pawn ganz die Alten. Die Glasmurmeln in der Augenhöhlen der Puppe funkelten, und Pawn spitzte aufmerksam die Ohren.

Der Mechanismus funktionierte tadellos. Die Höhe und Ausrichtung des Schachtischs mussten leicht justiert werden, um ihn den minimalen Änderungen infolge der Reparatur anzupassen, aber das war für den Großvater ein Leichtes. Sein Enkel half ihm dabei, indem er ihm das Werkzeug reichte oder den Tisch festhielt. Seine Hosentaschen, in denen immer noch die Fähnchen steckten, die damals ihre Kinderteller zierten, waren nun prall gefüllt mit Schraubenziehern, Nägeln und Sandpapier.

»Sag mal, wenn du seinen Arm zurückziehst, stößt er doch mit dem Ellbogen an die Tischkante. Kannst du den Hebel nicht ein bisschen verstellen? Ja, so ist es schon besser. Nun wollen wir mal sehen, wie du die Figuren diagonal bewegst.«

Sein Bruder prüfte gewissenhaft, ob die Hand des Schachautomaten einwandfrei alle vierundsechzig Felder erreichte. Es war ungewohnt, nach so langer Zeit wieder in der engen Dunkelheit eingesperrt zu sein. Aber der Junge freute sich über den Respekt, der ihm von seinem Großvater und seinem Bruder entgegengebracht wurde. Die beiden behandelten die Puppe, als gehöre sie zur Familie.

»So, das wäre geschafft«, sagte schließlich der Großvater. Sorgfältig bürstete er die Puppe ab, auf der noch Sägemehl klebte.

So wurde der Kleine Aljechin wieder zum Leben erweckt.

Bis der Schachautomat abermals zum Einsatz kam, ging der Junge auch an seinen dienstfreien Abenden, wenn keine Partie Lebendschach stattfand, in den Klub am Grunde des Meeres. Er tüftelte dann Schachprobleme für die Mitglieder aus oder erfand neue Ausgangsstellungen beim Random-Schach. Miira leistete ihm in der Damendusche Gesellschaft. Der Generalsekretär hatte ihr aufgetragen, die weißen und schwarzen Gewänder der Lebendschachfiguren auszubessern. Da die beiden wichtige Akteure bei den Veranstaltungen waren, war ihnen untersagt, sich unter die Mitglieder zu mischen. Insofern blieb ihnen keine andere Wahl, als sich in die ehemalige Dusche zurückzuziehen.

»Wieso musst du eigentlich jedes Mal die Umhänge reparieren?« fragte der Junge und schaute von seinem tragbaren Reiseschachbrett auf. Seine Idee für eine neuartige

Problemstellung hatte sich als zu banal erwiesen, und er stellte die Figuren in die Ausgangsposition zurück, um sich etwas anderes auszudenken.

»Schon nach einer Partie Lebendschach sind alle Gewänder stark beschädigt«, erwiderte Miira, ohne den Blick von ihrer Arbeit zu heben. Das Nähzeug schien noch aus der Zeit der Schwimmhalle zu stammen, denn auf dem Aluminiumdeckel stand der Name eines deutschen Desinfektionsmittel-Herstellers. »Die Seitennähte gehen auf, der Saum reißt. Außerdem sind die Gewänder am Rücken durchgeschwitzt.«

»Glaubst du, dass sie allein von dem Laufen über die Felder derart in Mitleidenschaft gezogen werden?«

»Nun ja, vielleicht bin ich ein wenig voreilig, wenn ich das jetzt sage, aber …«

Miira legte die Stecknadel beiseite, riss den am Ende verknoteten Faden mit den Zähnen ab und fuhr dann nach einer kurzen Denkpause fort: »Vielleicht kommt es daher, dass beim Schach jede Partie ungeheuer umkämpft ist?«

Miira fädelte einen neuen Faden durch das Nadelöhr und streifte ihn zwischen den Nägeln ab. Das Kleid, das sie gerade in Händen hielt, war weiß, und jedes Mal, wenn sie den Stoff ausbreitete, wurde die Taube auf ihrer Schulter von einer hellen Wolke verschluckt.

»Jeder Zug ist wie ein verzweifelter Todesstoß, der das Schachbrett erschüttert. Dabei können die Figuren verletzt werden, so als würden sie tatsächlich gegeneinander kämpfen.«

»Glaubst du wirklich?« fragte er ungläubig.

Die schemenhaften Figuren, von denen nur das Rascheln ihrer flatternden Roben zu hören war, wenn sie über den Boden des Beckens wandelten, tauchten vor seinem inneren Auge auf, verblassten dann aber sofort wieder. Er war verwundert, dass Miira, die sich eigentlich nur um die Notation kümmerte, den Kraftakt wahrnahm, der bei jedem einzelnen Zug nötig war, aber es erfüllte ihn auch mit Stolz.

Zwischen ihnen lagen auf zwei Haufen getürmt weiße und schwarze Roben, die gehorsam darauf warteten, dass Miira sich ihrer annahm. Ihre Anspannung aus den Stunden, als sie auf dem Spielfeld getragen wurden, hatte sich gelöst, nun lagen sie erschöpft da und leckten ihre schmerzenden Wunden. Miira nahm jede einzelne von ihnen behutsam in die Hand und hielt sie mit prüfendem Blick gegen das Licht der Neonröhre, um die schadhaften Stellen ausfindig zu machen, die sie mit einer Stecknadel markierte.

Dann nahm sie eine hauchdünne Nadel und reparierte die aufgegangenen Nähte mit feinen Stichen. Es sah so aus, als würde alles an ihr, der Blick, ihr Herzschlag, die beiden Zöpfe und die Taube, von den filigranen Nähten der Gewänder aufgesogen werden. Das zu sehen gab dem Jungen das Gefühl, er habe nichts mehr zu befürchten auf dieser Welt.

»Du kannst gut nähen«, sagte er.

»Ach, das ist nicht der Rede wert. Ich habe früher sämtliche Kostüme für unsere Auftritte als Zauberkünstler selbst geschneidert.«

Verschämt zog sie die Schultern hoch und konzentrierte sich noch mehr auf ihre Näharbeit.

In diesem Moment musste der Junge plötzlich an die erste Partie denken, die er gegen seinen Meister gewonnen hatte, und er stellte auf dem kleinen Schachbrett die Züge des Läufers in der mittleren Spielphase nach, die damals zur entscheidenden Wende geführt hatten. Obwohl so viele Jahre vergangen waren, hatte diese Partie nicht an Glanz verloren. Wie die Figuren des Meisters klangen, welcher Ausdruck auf Pawns Gesicht lag, der Duft des Gebäcks – die ganze Szenerie im Autobus lebte hier auf dem Spielbrett wieder auf. Ebenso deutlich erinnerte er sich an das sonderbare Gefühl, das ihn damals unter dem Schachtisch überkommen hatte. Er war in einem Meer geschwommen, das sich auf dem Dach des Kaufhauses befand, und er hatte das Gefühl gehabt, nur noch aus Lippen zu bestehen, Lippen, die sich perfekt aneinanderschmiegen, als hätte nie ein Arzt Gott ins Handwerk gepfuscht. Und er war nicht allein gewesen. Neben ihm, mit flatternden Ohren und schwingendem Rüssel, paddelte der Elefant, ohne seine eiserne Fußfessel, losgelöst vom Betondach des Kaufhauses. Und Miira schwamm im Innern einer großen Luftblase an Indiras Seite. Der Ozean des Schachs dehnte sich endlos aus und war unermesslich tief, aber sie hatten nichts zu befürchten.

»So, das wäre geschafft.«

Miira legte das erste ausgebesserte Gewand beiseite und nahm sich das nächste vor. In dem fluoreszierenden Licht, das die weiße Seide zurückwarf, wirkten ihre Wangen wie feuchte Membranen. Mit einem Läufer in der Hand betrachtete der Junge sie eine Weile.

Niemand klopfte an die Tür der ehemaligen Damendusche. Wie auf dem Meeresgrund herrschte hier nichts als Stille. Die aneinandergereihten Duschen hatten alle die Köpfe gesenkt, als wollten sie nicht stören. Auch die Wasserhähne, Abflüsse und die Ringe der Duschvorhänge hielten den Atem an.

Sie sprachen über das kleinste Schachspiel der Welt. Miira beschrieb ihm, wie winzig es sei, und der Junge malte sich aus, wie es sich wohl anfühlen mochte, wenn man damit spielte. Die meisten Besucher des Museums hatten es nicht einmal bemerkt. Ausgestellt wird es in Vitrine II-D, die sich im ersten Stock in der hintersten Ecke befindet, wer zerstreut daran vorbeiläuft, übersieht es schlichtweg. Vielleicht denkt man, bei diesem Brett handelt es sich um billigen Trödel. Aber warum hängt da eine Lupe? Neben dem Brett stehen Wikinger-Skulpturen aus Walrosszähnen und Kristallfiguren, die alle Blicke auf sich ziehen.

»Walrosszahn und Kristall?«

»Ja, allerdings ist es ziemlich einfältig, wenn man die Besucher durch die Seltenheit der Materialien beeindrucken will, oder?«

»Ganz meine Meinung. Ein fein ausgearbeitetes Muster in einen Dattelkern zu ziselieren ist weit kostbarer. Vor allem, wenn man bedenkt, dass er vielleicht in den Wüstensand gespuckt wurde und dann in den Dünen verschollen war.«

»Nur wer das zu schätzen weiß, wird es auch bemerken. Immerhin ist es ein richtiges Schachspiel. Man könnte genauso gut sagen, dass die wahren Kenner keine Lupe brauchen. Ohne mit der Wimper zu zucken, schmiegen sie ihre Wange an die Glasscheibe und halten dabei den Atem an, um sie nicht beschlagen zu lassen, während sie das ausgestellte Objekt aufmerksam betrachten. Als wollten sie es sich mit den Augen zu eigen machen. Es mag paradox klingen, aber letztendlich ist es das Gleiche, ob man ins Innere eines Schachautomaten kriecht oder ein Schachspiel in sich trägt.«

»Das ist der Weg, den man einschlagen muss, um hinabzutauchen in den Ozean des Schachs.«

»Ich bin sicher, dass du das Herz des Dattelkerns überall erkennen könntest.«

»Oh, es freut mich, dass du das sagst. Danke, Miira.«

Sie sprachen ganz leise miteinander. Das Mädchen mit seiner Stimme, die an das Gurren einer Taube erinnerte. Und der Junge, dessen Worte die Haare auf seinen Lippen erzittern ließ. Es machte ihn glücklich, mit Miira über ein Schachspiel zu reden, das still und leise in einer Ecke des Museums lag, wo niemand es bemerkte. Ihr Geflüster verschmolz zu einem Code, der nur für sie beide bestimmt war und keine anderen Ohren erreichte. Die Gewissheit, dass er der Einzige war, der Miiras Stimme vernahm, ließ den Jungen in seinem tiefsten Innern erschauern.

»Ich mag deinen Gesichtsausdruck, wenn du so reglos über dem Schachbrett meditierst«, sagte Miira.

Ohne zu wissen, was genau sie damit meinte, kniff der

Junge instinktiv die Lippen zusammen und zog mit dem schwarzen Läufer aus Versehen von g1 nach f2. Die Lippenhaare klebten an seiner Zungenspitze. Seine Hoffnung, eine neue Problemstellung zu finden, hatte sich längst zerschlagen.

»Sonst sehe ich dich ja nie beim Spielen, weil du immer in der Puppe steckst. Das finde ich schade«, sagte Miira. Sie hatte den Kopf gesenkt und wickelte sich einen Faden um ihren Finger.

Wie gern hätte der Junge Miiras Hand berührt, die in dem Stoff vergraben lag. Wenn er nur ihre Hand herausziehen könnte, um sie dann in die Arme zu nehmen … Aber sosehr er sich auch reckte, er würde nie an sie heranreichen. Seine eigenen Hände waren zu klein, um ihre darin aufzunehmen, und seine Arme zu schwach, ihre Schultern zu umfassen.

»Die Taube …«

Unfähig, etwas zu erwidern, deutete er auf den Vogel.

»Sie ist unruhig, vielleicht muss sie …?«

»Keine Angst«, erwiderte Miira und streichelte die Taube, als würde sie ihre Frisur richten. Der Vogel ruckte mehrmals hin und her, bevor er seine übliche Pose einnahm.

Während Miira sich ein schwarzes Gewand vornahm, stellte der Junge die Figuren in die Ausgangsposition zurück, um sich erneut dem Problem zu widmen. Er versuchte, jene grüblerische Miene aufzusetzen, von der Miira gesagt hatte, dass sie ihr gefalle. Angestrengt starrte er auf das Schachbrett, aber ihm fiel nichts Gescheites ein.

Das Schachbrett, das sonst für ihn Verse schmiedete, eine Sinfonie erklingen ließ und Sternbilder nachzeichnete, war in diesem Moment nicht mehr als eine bedeutungsleere Fläche. In jener Nacht war es Miira, die für ihn Poesie, Musik und Sternbild in einem war.

Kurz bevor der Kleine Aljechin wieder in den Schachklub zurückkehrte, ereignete sich ein Zwischenfall. An einem Samstagabend war eine Partie Lebendschach angesetzt, aber eine der Figuren war erkrankt und konnte nicht mitspielen.

Notgedrungen musste Miira sie vertreten.

»Aber ich kann das doch gar nicht«, hatte sie zunächst abgewehrt. Sie war fast den Tränen nah, als der Generalsekretär sie mit ungewohnter Sanftheit zu überreden versuchte.

»Sie notieren doch ständig alles. Demnach wissen Sie, wie man die Figuren zieht. Es ist wirklich nicht schwierig. Sie brauchen sich nur auf das Feld zu begeben, das Ihnen genannt wird.«

»Aber meine Taube …«

»Die können wir solange in einen Käfig sperren.«

»Wenn sie von mir getrennt ist, wird sie bestimmt vor Angst laut schreien.«

»Na gut, dann bleibt sie während des Spiels auf Ihrer Schulter sitzen. Wir machen Sie zu einer weißen Figur. So wird der Vogel nicht auffallen, und das Problem wäre gelöst.«

Somit wurde Miira zum Bauern von h2. Ihr wurde eines der weißen Gewänder übergezogen, das sie selbst ausgebessert hatte, bevor man sie in die Loge der Figuren geleitete.

In seiner Kammer verborgen, beobachtete der Junge durch die Luke, was auf dem Grund des Schwimmbeckens vor sich ging. Da er mit Weiß die Partie eröffnen würde, atmete er erleichtert auf, als ihm klar wurde, dass Miira nicht den feindlichen Truppen angehörte. Als die weißen Figuren einmarschierten, erkannte er sie sofort. Allerdings nicht an der Taube und auch nicht daran, dass sie als Letzte ging, was ihrer Position auf h2 geschuldet war. Er erkannte sie an dem unverwechselbaren Schatten ihrer traurig gesenkten Wimpern.

Miira erreichte die unterste Stufe der Treppe, von wo aus sie am Becken entlangging, ohne auch nur ein einziges Mal zu stocken. Als hätte sie irgendwo heimlich geübt, waren ihre Schritte ebenso fließend wie das Wallen ihres Gewands. Niemandem im Publikum wäre aufgefallen, dass es sich um eine Zweitbesetzung handelte, selbst wenn jemand die Taube bemerkt hätte. Der Generalsekretär hatte an Miiras Tisch Platz genommen, um die Partie aufzuzeichnen.

Die Taube ließ sich von all diesen abrupten Veränderungen nicht aus der Ruhe bringen und thronte unbeweglich wie immer auf ihrem angestammten Platz. Aber der Junge nahm die Situation nicht so gelassen hin. Immerzu musste er an den Bauern auf h2 denken. Die Stirn fest an die Luke gepresst, holte er ein paar Mal tief Luft.

Sein Gegner an diesem Abend war ein vulgärer Mensch. Auch wenn er nur schemenhaft durch das Fenster des Regieraums zu erkennen und seine Stimme zum Tigergebrüll verzerrt war, genügten ein paar Züge auf dem Schachbrett, um ihn als Aufschneider zu entlarven. Obwohl er eine außergewöhnliche Konzentrationsgabe besaß, verwandte er diese Fähigkeit nicht darauf, das Bestmögliche aus den Figuren zu holen. Er verlegte sich lieber darauf, seine eigene Stärke unter Beweis zu stellen, indem er den Gegner einschüchterte. Der Junge erinnerte sich an die Lehre des Meisters, der ihm einst während der Zubereitung eines Chiffonkuchens beigebracht hatte, der beste Weg sei nicht unbedingt der leichteste, und er fragte sich beklommen, welche Art von Gedicht an diesem Abend wohl geschrieben wurde, wenn er es mit solch einem Grobian aufnehmen musste.

»Springer von g1 nach f3.«

Je unruhiger der Junge wurde, desto fröhlicher zwitscherte seine Papageienstimme aus den Lautsprechern.

»Dame nach c7«, dröhnte der Tiger unbekümmert und voller Selbstbewusstsein.

»Läufer von c1 nach f4.«

»Bauer von e6 nach e5.«

Die Gelegenheit, den Bauern auf h2 ins Spiel zu bringen, hatte sich bisher noch nicht ergeben. Während die anderen Figuren alle vorwärtsrückten, stand Miira immer noch weit hinten in der Ecke des Beckens und wartete geduldig auf ihren Einsatz. Es hatte wohl an Zeit gefehlt, ihr eine passende Kopfbedeckung zu besorgen, denn die

Kugel war ihr viel zu groß. Sie ging ihr bis über die Ohren und bedeckte die Augenbrauen, was zur Folge hatte, dass die Schatten unter den Augen noch auffälliger hervortraten.

Der Junge wollte die Partie unbedingt gewinnen. Nicht, um seinen Gegner zu schlagen, sondern um das Gift, das dieser ausspie, unschädlich zu machen. Deshalb musste er siegen, um jeden Preis. Dieser Gedanke ließ ihn paradoxerweise zur Ruhe kommen, sodass er die Situation auf dem Spielfeld bald im Griff hatte.

Seinem Gegner kam es vor allem auf Abschreckung an, auch wenn er dafür einiges riskierte. Ob seine Züge ästhetisch gelungen waren oder nicht, war ihm einerlei. Sobald der Junge auch nur einen Augenblick zögerte, warf ihm der andere Sand in die Augen, stellte ihm ein Bein oder versuchte, ihm von hinten einen Stoß zu versetzen. Wenn er dann geschickt auswich, spie der andere Gift und Galle. Der Junge ließ sich jedoch nicht in die Falle locken und gab auch nicht klein bei. Ohne auf die aggressive Spielweise seines Gegners einzugehen, setzte er um der Harmonie willen sein Spiel fort. Als würde er einen Kieselstein nach dem anderen in das stille Becken werfen. Das Rauschen der schwarzen Gewänder war deutlicher zu hören als das der weißen.

Dann machte der andere einen überraschenden Zug.

»Turm von f8 schlägt Läufer auf f4.«

Obwohl er eigentlich wissen musste, dass er damit seine eigene Stellung entscheidend schwächte, schnappte er sich den weißen Läufer.

Warum tat er das? War dieser Zug ein weiterer Einschüchterungsversuch? Oder eine Verzweiflungstat angesichts der soliden weißen Festung, die sich vor ihm auftürmte? Es sei denn, der Junge hatte etwas Wesentliches übersehen … in Gedanken spielte er alle Möglichkeiten durch. Behutsam, um die anderen Figuren nicht zu stören, kletterte der weiße Läufer derweil aus dem Becken und verschwand sogleich in der Männerumkleide.

Der Junge fand den Zug einfach nur grotesk. Während der nächsten Züge drehte sich ihm vor Übelkeit fast der Magen um.

»Bauer von h2 nach h4.«

Er legte sich eine neue Strategie zurecht. Voller Zuversicht näherten sich seine behaarten Lippen dem Mikrofon, bis sie es fast berührten. Es war genau der richtige Moment, dem Gegner den Rückweg abzuschneiden und den Bauern von h2 ins Spiel zu bringen.

Miira folgte den Anweisungen des Jungen und ging zwei Felder vor. Ohne dass sie an den Saum ihres Gewandes stieß, bewegte sie sich mit einer Eleganz, die sogar den großen Alexander Aljechin inspiriert hätte.

Als es auf das Endspiel zuging, erwies sich besagter Zug des Gegners nun klar als irreparabler Fehler. Seine Brutalität war ungebremst, allerdings war bereits abzusehen, dass er die weiße Festung nicht würde einnehmen können.

»Bauer von h4 nach h5.«

Der Junge rückte Miira noch ein Feld vorwärts. Er würde sie opfern, um seinem Gegner den Todesstoß zu versetzen. Miira sollte die schwarze Dame herauslocken, dann wären die Läufer wirkungslos und der König isoliert. Diese Art von Sieg liebte der Junge: das Übel an der Wurzel packen, damit die Blume ungeahnte neue Blüten treiben konnte. Er war sicher, dass dieses verborgene Opfer eher Miiras Bestimmung entsprach als ein Blütenblatt, das alle Blicke auf sich zog.

»Dame b5 schlägt Bauern auf h5«, brüllte der Tiger.

Wie befohlen, rückte die Dame nach h5 und verstieß Miira, ohne sich darüber im Klaren zu sein, dass diese als Opfer auserkoren war. Der Dame ihr Feld überlassend, glitt Miira wie ein weißer Kieselstein, der über die Wasseroberfläche schlittert, über das verwaiste Spielfeld, auf dem nur noch wenige Figuren standen.

»Dame von e6 schlägt Springer auf e8 und bietet Schach.«

Im Blickfeld des Jungen, der nun festen Schrittes zum Sieg marschierte, tauchte kurz Miira auf, bevor sie in der Männerumkleide verschwand.

»Läufer von g6 schlägt Dame auf e8.«

Die Gegenwehr des Tigers war nicht mehr als hässliche Agonie.

»Läufer von b2 schlägt Bauern auf f6. Schachmatt.«

Es war der letzte Kieselstein, den der Junge auf das verlassene Spielfeld warf. Allein das Wogen ihres wallenden weißen Gewandes blieb noch eine Ewigkeit in seinen Gedanken.

Niemand hatte den Jungen darüber informiert, was Miira zugestoßen war. Als er, nachdem alle Zuschauer den Saal verlassen hatten, an die Tür der Männerumkleide klopfte, hielt ihn der Generalsekretär zurück.

»Gehen Sie ruhig schon mal nach Hause.«

Sein Tonfall war noch freundlicher als vorhin, als er Miira dazu überredet hatte, für die erkrankte Darstellerin einzuspringen.

»Nun machen Sie schon!«

Die Vehemenz, mit der er den Jungen in Richtung Heizungsraum schob, duldete keine Widerrede.

Die Hauptbeleuchtung war ausgeschaltet, sodass das Schachmuster am Boden des Schwimmbads im Dunkeln lag. Auch die Lautsprecher, aus denen vor Kurzem noch das Brüllen des Tigers und das Trillern des Papageis schallten, hüllten sich in Schweigen. Auf dem Tisch am Beckenrand standen leere Gläser, in denen Eiswürfel, die langsam vor sich hin schmolzen, leise knackten. Auf der kalten schweren Tür zum Umkleideraum bildeten Schrammen und Schmutzflecken ein bizarres Muster.

Traurig wollte sich der Junge auf den Heimweg machen. Doch als er gerade im Begriff war, die Wendeltreppe hinaufzusteigen, hörte er ein seltsames Geräusch, nicht besonders laut, eher zurückhaltend, aber so eindringlich, dass der Junge stehen blieb und horchte. Man hätte meinen können, es handele sich um den rasselnden Atem eines Lungenkranken oder das Ächzen eines morschen Baums tief im Inneren eines Waldes, was da ungehindert vom Meeresboden an sein Ohr drang.

»Die Taube«, fiel ihm schlagartig ein. »Die Taube schreit.«

Obwohl er noch niemals in seinem Leben eine Taube hatte schreien hören, hatte er sofort ein Bild vor Augen: ihr schmaler Hals, der zitternde Schnabel, ihre roten Schleimhäute, die aus ihrem empfindlichen Rachen hervorblickten. Die Taube rief um Hilfe.

Er hastete die Wendeltreppe, die er soeben erklommen hatte, wieder hinunter, lief am Becken entlang und hämmerte an die Tür der ehemaligen Männerumkleide. Keine Antwort. Da entdeckte er oben in der Tür ein kleines Fenster. Er stellte sich auf die Zehenspitzen … aber es half nichts, er war zu klein. Die Plastikstühle waren inzwischen weggeräumt worden, und im ganzen Saal gab es nichts, worauf er sich hätte stellen können. Er wollte die Holzkiste für die Desinfektionsmittel holen, aber der Abstellraum war zugeschlossen.

Während er hin und her lief, schrie die Taube unentwegt. Das Muster wurde immer gespenstischer.

»Miira, Miira …«

Seine Rufe verhallten ungehört an der schweren Eisentür.

12

Der Junge hatte sich in der Puppe eingeschlossen, die noch in der Werkstatt stand. Dort blieb er stundenlang, ohne sich zu regen. Sein Großvater und sein Bruder, denen sein Anblick nach dem Tod des Meisters noch gut in Erinnerung war, gingen schweigend ihrer Arbeit nach, um ihn nicht zu stören. Nur manchmal schob sein Bruder sachte und unauffällig eine Tasse heißen Tee, ein Sandwich mit Tatarensauce oder einen Apfel durch die Klappe. Er konnte in dem dunklen Gehäuse die Konturen seines Bruders kaum noch von denen des Mechanismus unterscheiden.

Die Puppe hielt zwei weiße Figuren, einen Läufer und einen Bauern, mit der linken Hand, ohne sie aufs Brett zu stellen. Die zarten Finger aus Quittenholz sahen jetzt ungelenk, verkrampft aus.

Im Inneren des Automaten war die Hand des Jungen um den Hebel geklammert. Seine Fingerspitzen waren so taub, dass er kaum mehr etwas spürte. Aber diese Schmerzen waren nichts im Vergleich zu den Vorwürfen, die er sich machte. Er wusste nicht, was eine angemessene Strafe für die Dummheit war, die er begangen hatte. Völlig verzweifelt lauschte er den Geräuschen aus der

Werkstatt, die zu ihm in den Automaten drangen, und dem Husten seiner Großmutter.

Er hatte einen wundervollen Sieg errungen und dafür Miira geopfert. In seiner Vermessenheit hatte er geglaubt, dass sie die Rolle der unsichtbaren Wurzel übernehmen müsse. Aber war dem wirklich so? Tatsächlich hatte er selbst die wahre Bedeutung dieses Opfers nie verstanden. Indem er sie in die ehemalige Männerumkleide geschickt hatte, hatte er Miira preisgegeben. Und obendrein war er nicht in der Lage gewesen, sie zu befreien, obwohl ihre Taube sich die Seele aus dem Leib geschrien hatte.

Er hätte es erkennen müssen, als sein Gegner ihm den Läufer auf f4 raubte. Der Mann wollte das Spiel nicht gewinnen, er hatte es auf die Frau abgesehen, die den Läufer verkörperte. Ausgerechnet jene Figur, die ihm wegen Indira besonders am Herzen lag!

Der Generalsekretär hatte gelogen, als er behauptet hatte, es gäbe, verglichen mit der grenzenlosen Freude, die einem das Universum des Schachs bereite, nichts anderes, was von Bedeutung sei. Denn beim Lebendschach genoss man die eigentlichen Freuden nicht auf dem Spielfeld, sondern erst hinterher in der ehemaligen Männerumkleide.

Der Junge wusste, dass seine Tat unentschuldbar war, und machte sich deswegen große Vorwürfe. Immer wieder musste er an den Tag zurückdenken, an dem er zum ersten Mal gegen seinen Meister gewonnen hatte. Damals hatte sich jeder einzelne Zug tief in seine Seele eingegraben. Doch jetzt spürte er den Bauern und den Läufer nicht mehr in der Hand der Puppe. Der Hebel im Inneren des Schachautomaten hatte keinen Zugang mehr zu seinem Herzen.

»Du brauchst dich nicht zu entschuldigen«, sagte Miira.

Ihre Worte machten ihn noch trauriger.

Ohne etwas gegen die Tür zur Männerumkleide ausrichten zu können, hatte er wie betäubt das Hotel verlassen, um auf der Bank an der Promenade auf Miira zu warten. Während er dort saß und nicht wusste, was er sagen sollte, war er hin- und hergerissen zwischen dem Wunsch, sie zu sehen, und der Angst, ihr nicht mehr in die Augen blicken zu können. Als sie dann endlich auftauchte, sprang er auf. Aber er bekam keinen zusammenhängenden Satz heraus.

»Schon gut, du musst dich nicht entschuldigen«, sagte Miira abermals.

Die Taube war wieder ganz die Alte. Auf der Schulter des Mädchens trug sie eine schweigende Gelassenheit zur Schau, als wollte sie damit zum Ausdruck bringen, sie habe zeit ihres Lebens nie eine Stimme besessen.

Der Tag war bereits angebrochen, und die Strahlen der Morgensonne, die das Spalier der Bäume durchbrachen, fielen auf den vom Tau benetzten Boden.

»Niemand hat Schuld.«

Miiras geflochtene Zöpfe fielen ihr von den Schultern auf die Brust. Ihre Wangen beschrieben eine zarte Kurve, ihre Lippen waren voll, die Augen durchscheinend. Die

Haut ihrer dünnen Beine, die unter dem Kleidersaum hervorschauten, war makellos. Alles an ihr wirkte wie immer. Nur ein Abdruck der Kappe auf ihren Schläfen ließ keinen Zweifel daran, dass sie den Bauern auf h2 verkörpert hatte.

»Ich kann nicht mehr in diesem Klub Schach spielen«, sagte der Junge schließlich.

Seine Lippenhaare hatten sich so ineinander verhakt, dass nur ein Nuscheln zu hören war.

»Ich möchte mit dem Kleinen Aljechin nie mehr auf den Grund des Meeres tauchen.«

Unfähig, dem anderen ins Gesicht zu schauen, glitten ihre Blicke aneinander vorbei.

»Aber ist es nicht gleich, an welchem Ort man spielt? Schach ist Schach, oder?«

»Nein, die Figuren begnügen sich nicht damit, einfach nur auf dem Schachbrett hin und her zu wandern. Sie erschaffen etwas Eigenständiges, und das ist so großartig, so kostbar, dass es den Rahmen eines Schachbretts sprengt. Deshalb ist das Spektakel mit lebendigen Figuren dort auf dem Meeresboden auch kein richtiges Schach. Man spielt zwar nach den Regeln, missbraucht aber das Spiel für andere Zwecke.«

Die Worte kamen wie von selbst aus seinem Mund. Miira stocherte mit ihrer Schuhspitze im welken Laub am Boden und brachte es zum Rascheln.

»Ich weiß. Schließlich habe ich deine Partien aufgezeichnet. Man hat mich immer dafür bewundert, dass ich die schönsten Notationen im ganzen Klub schreibe.«

»Und genau deshalb möchte ich nicht, dass du und der Kleine Aljechin weiterhin beschmutzt werden.«

»Aber so schlimm ist es nicht. Jedenfalls bist du nicht dafür verantwortlich.«

Während sie durch das trockene Laub strich, betonte Miira wieder und immer wieder, dass die ganze Sache nicht schlimm sei. Wie viel einfacher wäre es für den Jungen gewesen, wenn sie einfach dahocken würde, verängstigt, wie damals in jener Nacht, als der betrunkene Mann auf die Puppe eingeschlagen hatte. Dann hätte er ihr über den Rücken streichen, ihre Tränen trocknen und ihrem verwundeten Herzen Trost spenden können. Er hätte sie mit seinen zierlichen Armen schützend umfangen können. Doch Miira stand aufrecht und schaute zu ihm herunter, ohne mit der Wimper zu zucken. Sie weinte nicht. Und sie hatte auch keine Angst.

»Ich bitte dich. Du darfst das alles nicht so schwer nehmen. Was da unten auf dem Meeresgrund passiert, kümmert keinen Menschen. Es ist, als wäre nichts geschehen. Alles ist nur eine Illusion.«

Hinter den Bäumen wurde ein Motorrad angelassen. Stimmen von Kindern waren zu hören, die gerade zur Schule gingen.

»Die Menschen leben hier oben an der Oberfläche. Wir sind anders.«

Ohne etwas zu erwidern, starrte der Junge auf Miiras Beine. Die Haut auf ihren Waden sah aus wie Wachs, als steckte die Kälte des Schwimmbeckens noch immer in ihren Gliedern.

»Gute Nacht«, sagte sie, nachdem sie eine Weile geschwiegen hatte. Und kaum hatte er ihren Gruß erwidert, rannte sie schon zwischen den Bäumen davon. Die Taube wippte im gleichen Rhythmus wie ihre beiden Zöpfe.

»Könntest du mir einen Gefallen tun?«

Als der Junge den Hebel endlich losließ und aus der Puppe kroch, war bereits die Dunkelheit angebrochen.

In der Werkstatt war Feierabend. Sein Großvater saß am Fenster und rauchte, während sein Bruder die Sägespäne auf dem Boden zusammenfegte. Der weiße Läufer und der Bauer lagen, nachdem sie den ganzen Tag lang umklammert worden waren, erschöpft auf dem Brett.

»Ich möchte gern, dass du den Kleinen Aljechin zerlegst, damit ich ihn selbst transportieren kann.«

Der Großvater stieß langsam den Rauch der Zigarette aus und schaute seinen Enkel erstaunt an.

»Ich gehe nicht mehr in den Klub am Grunde des Meeres zurück.«

Die Stimme des Jungen klang rau und brüchig. Ihm waren die Erschöpfung und seine Verzweiflung anzusehen. Sein Bruder hörte auf zu fegen und warf ihm einen besorgten Blick zu.

»Und warum?« fragte sein Großvater.

»Mir ist klar geworden, dass der Klub nicht die richtige Umgebung für Aljechin ist.«

»Und wo willst du ihn hinbringen?«

»Das weiß ich noch nicht …«

Als wollte er gegen seinen schwindenden Willen ankämpfen, hob der Junge den Kopf und stellte die umgefallenen Figuren wieder an ihren Platz zurück.

»Auf jeden Fall muss ich ihn retten. Denn ich bin der Einzige, der das tun kann.«

»Es ist aber ausgemacht, dass bald jemand aus dem Klub kommt und ihn abholt.«

»Deshalb darf ich keine Zeit verlieren.«

»Ja, aber du scheinst etwas Entscheidendes zu vergessen.«

Der Großvater drückte seine Zigarette im Aschenbecher aus.

»Die Puppe ist nicht dein Eigentum.«

»Aber das weiß ich doch.«

Behutsam strich der Junge über das Schachbrett. Das warme, samtig weiche Gefühl an seinen Fingerspitzen hatte sich seit der Zeit, als er jeden Tag den Bus aufsuchte, nie verändert. Er dachte an die Hände des Meisters. Wie Zeige- und Mittelfinger in familiärer Eintracht den Bauern am Kopf packten, ihr leichtes Zittern, nachdem sie die Figur gesetzt hatten und dann noch einen Moment lang über dem Brett schwebten. Oder wie er beim Nachdenken mit den Fingerkuppen seine wulstigen Ohrläppchen knetete. Der Junge sah auf seine eigenen Handflächen, als könnte er dort die Spuren entdecken, die der Meister hinterlassen hatte, als er ihm nach seinem ersten Sieg die Hand gedrückt hatte.

»Ich bin der Einzige, der die Puppe bedienen kann.

Ohne mich ist der Kleine Aljechin nicht mehr als ein Stück Holz«, sagte er mit resoluter Stimme, den Blick immer noch auf seine Handflächen gerichtet. »Was der Eigentümer will, ist nicht einfach nur eine Puppe, die so aussieht wie Aljechin. Er möchte auch die Poesie, die der echte Aljechin erschaffen würde, wenn man ihn wieder zum Leben erweckte. Eine Poesie, die man nicht in Worte fassen kann. Das wird von uns erwartet. Aber ich will diese Aufgabe nicht länger in einer Lasterhöhle erfüllen. Wir müssen beide diesem Ort entkommen, die Puppe und ich. Keiner darf uns trennen, denn nur zusammen sind wir wie Aljechin.«

Die Puppe und der Kater hörten gespannt zu. Das Licht in der Werkstatt spiegelte sich in ihren Glasaugen.

»Gut, ich werde dir helfen.«

Nach einer kurzen Bedenkzeit stand der Großvater entschlossen auf und band sich wieder seine Arbeitsschürze um.

»Ist es möglich, die Puppe so zu verändern, dass jemand wie ich sie tragen kann?«

»Aber natürlich«, meinte sein Bruder. »Es gibt kein Objekt, das unser Großvater nicht umbauen kann. Warte nur ab!«

Sein Bruder nahm ihn bei den Schultern und lachte ihn an. Es war noch das gleiche unschuldige Lachen wie damals, als sie gemeinsam im Kaufhaus waren, nur war er ihm mittlerweile über den Kopf gewachsen, und seine Hände, die angenehm nach Holz rochen, waren stark und geschickt.

»Danke«, sagte der Junge unter dem Gewicht der Hände, die auf seinen Schultern lagen.

Es war keine leichte Aufgabe, eine Puppe, in deren Innerem ein Mensch Platz fand, so herzurichten, dass man sie transportieren konnte. Da das Schachbrett eckig war und die Puppe an vielen Stellen abgerundet, war es unmöglich, sie zusammenzuklappen. Außerdem konnte man den hochempfindlichen Mechanismus des Automaten nicht in Einzelteile zerlegen. Der Großvater kannte sich gut aus mit allen möglichen Möbelstücken, aber er war kein erfahrener Puppenbauer und musste deshalb furchtbar aufpassen, um keine irreparablen Schäden zu verursachen.

So wurde der Kleine Aljechin, dessen Blessuren gerade erst verheilt waren, in Stücke zerlegt. Die Puppe bestand hauptsächlich aus zwei Armen, zwei Beinen, einem Kopf und der Figur des Katers. All diese Teile waren zusammengesteckt, nur der linke Arm ließ sich nicht vom Rumpf trennen, da durch ihn die Nockenwelle lief. Die Neugestaltung des Schachtischs erwies sich als sehr aufwendig. Die Seitenwände, das Bodenbrett und die Flügeltür wurden mit Scharnieren und Riegeln versehen, damit man sie auseinandernehmen konnte, die vier Tischbeine wurden so montiert, dass man sie einklappen konnte.

Der Junge stand neben dem Automaten und überwachte die Arbeiten, die zwei volle Tage in Anspruch nahmen. Ohne vorab eine Konstruktionsskizze anzufertigen, verrichteten der Großvater und sein jüngerer Enkel schweigend ihr Werk. Der Großvater hatte alle Pläne im Kopf. Darin ähnelte er seinem Enkel, wenn dieser unter dem Tisch hockend über seine nächsten Züge nachdachte. Unerschrocken warf der Alte seine Kreissäge an, er polierte fein säuberlich die Schnittflächen und überprüfte die Passform der Nahtstellen.

Sein jüngerer Enkel war ein vorbildlicher Assistent. Intuitiv wusste er jedes Mal, was genau seinem Großvater vorschwebte. Ohne sich beratschlagen zu müssen, strebten die beiden gemeinsam nach der idealen Form für den Schachautomaten.

Nachdem die Arbeit erledigt war, besorgte der Großvater bei einem befreundeten Trödler zwei große Koffer und nahm dann noch ein paar kleine Änderungen am Kleinen Aljechin vor, damit man ihn darin verstauen konnte. Die beiden Koffer aus abgewetztem Leder waren wie maßgeschneidert: die Puppe und der Tisch passten nach Länge und Breite genau hinein, sogar Pawn, die Figuren und die Schachuhr fanden Platz darin.

Die Frage war jedoch, ob der Junge allein in der Lage war, die Puppe auseinanderzunehmen, zu verstauen und wieder zusammenzubauen. Es stellte sich heraus, dass er viel weniger Kraft hatte, als sein Großvater gedacht hatte. Seine Hände, die so geschickt mit Schachfiguren umgehen konnten, waren zierlich und kraftlos. Der Junge kaum völlig außer Atem, als er sich mit der Puppe abmühte. Die Beine im Arm und ihre rechte Seite untergehakt, hob er den Kopf der Puppe an. Er löste die Schrauben, entriegelte die Haken und legte Pawn beiseite. Der Automat wusste gar nicht, wie ihm geschah, und schaute verwundert aus dem Koffer heraus. Sein Blick ging in die Ferne, so als würde er über seinen nächsten Zug nachdenken. Als der Junge alles verstaut und den Deckel geschlossen hatte, war er schweißgebadet.

Ohne sich eine Pause zu gönnen, machte er sich daran, auch den umgekehrten Vorgang einzuüben. Er holte den Kleinen Aljechin aus dem Koffer und setzte ihn wieder zusammen. Dabei musste er sich enorm konzentrieren, denn wenn er keine Sorgfalt walten ließe, wäre die linke Hand, mit der er die Figuren setzte, verstimmt. Sein Großvater und sein Bruder mussten an sich halten, um ihm nicht dazwischenzufunken.

»Der Ozean des Schachs ist tiefer, als du denkst, mein Junge.« Diese Worte des Meisters kamen ihm wieder in den Sinn. Wie konnte ein solch einfaches Brett ein derart komplexes Universum in sich bergen? Der Kampf, den er gerade ausfocht, mochte ein Beweis dafür sein. Ja, der Ozean des Schachs ist tiefgründiger als der Klub am Grunde des Meeres. Nur muss es der wahre Ozean sein.

Als er den Kleinen Aljechin wieder zusammengesetzt, Pawn in dessen rechte Armbeuge gesteckt und die Schachfiguren aufgestellt hatte, um sogleich im Innern der Puppe zu verschwinden, ertönte in der Werkstatt Beifall. Neben aller Begeisterung für das Vollbrachte schwang darin auch große Erleichterung mit.

In diesem Augenblick hörten sie ein unerwartetes Klopfen. Der Großvater und sein Enkel hielten inne und drehten sich zur Tür. Der Junge erstarrte. Um diese Uhrzeit war bei ihnen kein Besuch mehr zu erwarten.

Vielleicht war es der Generalsekretär? Hatte dieser Verdacht geschöpft und kam nun, um die Puppe abzuholen? Der Junge klammerte sich an den Hebel. Derweil wurde das Klopfen immer lauter.

»Einen Moment bitte!« rief der Großvater und schloss die Tür auf.

Mit der kalten Nachtluft drangen klackernde Absätze ins Haus. Es war die alte Dame. Ihre Schritte waren unverkennbar.

»Verzeihen Sie bitte die späte Störung«, entschuldigte sie sich höflich. »Ich habe erfahren, dass die Reparatur des Schachautomaten gelungen sein soll, und wollte mich davon überzeugen, dass er nichts von seinem Können eingebüßt hat.«

Sie verneigte sich und nahm auf einem Stuhl vor dem Schachtisch Platz, den der Großvater ihr angeboten hatte. Der Bruder war bereits ins obere Stockwerk gelaufen, um einen Tee zuzubereiten.

Würde sie erkennen, dass die Puppe nicht nur repariert, sondern auch umgebaut worden war? Ahnte sie, dass der Kleine Aljechin seine Flucht aus dem Klub am Grunde des Meeres plante? Da sie so oft gegeneinander gespielt hatten, musste der alten Dame eigentlich jede kleine Änderung auffallen.

Während der Junge sich den Kopf zerbrach, streifte sie

ihre Spitzenhandschuhe ab und verstaute sie in ihrer Handtasche. Dann räusperte sie sich.

»Wie lange mag es wohl her sein? Ich habe dieses Gefühl vermisst.«

Sie strich mit den Fingern über den Rand des Bretts und griff nach dem Turm auf h1. Das Klacken ihres Rings, der an die Holzkante stieß, und das Geräusch des Turms, als er sein Feld verließ, waren im Inneren des Automaten deutlich zu hören. Der Turm war vermutlich erleichtert, sich in der Obhut dieser fürsorgenden Hände wiederzufinden. Und bestimmt war er bereit, dem feindlichen Lager mutig die Stirn zu bieten.

»Der Kopf und das Ohr der Katze sehen aus wie vorher. Man würde es kaum für möglich halten, dass der armen Puppe ein solches Missgeschick widerfahren ist. Sie haben wirklich gute Arbeit geleistet.« Nachdem sie den Kleinen Aljechin eingehend gemustert hatte, wandte sie sich an den Großvater, der sich mit einer bescheidenen Verbeugung für dieses Lob bedankte.

Spätestens jetzt hätte sie die Veränderungen an der Puppe bemerken müssen. Zum Beispiel die auffälligen Scharniere, die sich auf beiden Seiten des Tischs befanden. Außerdem war auf den Schnittkanten noch Sägemehl.

»Hören Sie ...«

Die alte Dame schaute den Kleinen Aljechin an und lächelte.

»Wie wäre es mit einer Partie? Jetzt, wo Sie wieder unter den Lebenden weilen?«

Der Automat ging in Position und machte sich bereit.

»Wäre heute keine gute Gelegenheit, um Ihr Comeback zu geben?« fügte sie lächelnd hinzu.

Es war die erste und die letzte Schachpartie, die der Kleine Aljechin in der Werkstatt seines Großvaters spielte. Zugleich war es das erste und letzte Mal, dass die Großmutter miterleben durfte, wie ihr Enkel mit Schachfiguren eine Sinfonie schrieb.

Der Bruder des Jungen hatte ihr erzählt, dass eine Dame zu Besuch war, um in der Werkstatt eine Partie Schach zu spielen, und obwohl alle sehr besorgt um ihren Gesundheitszustand waren, bestand sie darauf, als Zuschauer dabei sein zu dürfen.

Sie wurde huckepack von ihrem jüngeren Enkel nach unten getragen und auf ein Sofa gebettet, das ein Kunde zur Reparatur vorbeigebracht hatte. Da die Großmutter nicht wusste, in welcher Beziehung der Gast zu ihrem Enkel stand, verneigte sie sich wortlos, während sie verlegen auf ihrem Tuch herumknetete. Sie machte keine Anstalten, nach ihrem Enkel zu suchen. Sie brauchte ihn nicht direkt vor sich zu sehen, um zu wissen, dass er in ihrer Nähe war.

»Da das Mädchen mit der Taube heute Nacht nicht bei uns ist, werde ich es übernehmen, die Schachuhr zu bedienen und die geschlagenen Figuren vom Brett zu nehmen«, sagte die alte Dame.

»Nun, sind Sie bereit?«

Sie setzte die Lesebrille auf und gab das Startsignal.

Die Großeltern und der jüngere Bruder hielten den Atem an.

Die alte Dame eröffnete das Spiel, indem sie den weißen Bauern von e2 zwei Felder vorrückte. Der Kleine Aljechin, noch ganz ungelenk nach der langen Pause, hob seinen linken Arm bedächtiger als sonst, um seinen Bauern auf e6 zu setzen. In dem Augenblick, als seine Finger die Figur nahmen und sie sicher auf das anvisierte Feld stellten, ließ die Großmutter ihrer Bewunderung freien Lauf:

»Es ist nicht zu fassen! Die Puppe überlegt tatsächlich, wohin sie die Figuren setzen soll. Was für eine großartige Leistung!«

»Pst! Du musst leise sein, sonst können sich die Spieler nicht konzentrieren«, flüsterte ihr jüngerer Enkel.

»Aber ich bitte Sie! Wir beide gehören nicht zu der Sorte von Spielern, die sich von so etwas ablenken lassen«, sagte daraufhin die alte Dame.

Der Kleine Aljechin war glücklich, dass sie es war, gegen die er nach so langer Zeit wieder spielen durfte. Egal, wie die Partie ausgehen würde, mit ihr zusammen konnte er neue Abenteuer auf dem Meer des Schachs erleben. Denn ihr brachte er dasselbe Vertrauen entgegen wie einst seinem Meister.

Ohne dass die Veränderungen, die an ihm vorgenommen worden waren, ihn beeinträchtigten, fand der Kleine Aljechin sofort zu alter Stärke zurück. Er spielte, als wäre ihm körperlich nie etwas zugestoßen.

Im Innenraum der Puppe war alles beim Alten geblieben. Wie hatte der Junge diese Dunkelheit vermisst, die durch das Zusammenspiel der Zahnräder in Schwingung versetzt und immer dichter wurde, je weiter das Spiel voranschritt. Seine Finger waren sofort wieder mit der Handhabung des Hebels vertraut, während sein Gehör zuverlässig die Geräusche der Figuren deutete. Der bittere Nachgeschmack des Lebendschachs – das Tigergebrüll, das Rascheln der Gewänder und der moderige Geruch in der Abstellkammer –, all das war nun in weiter Ferne.

Le3 – Sf6
Sf3 – Sg4
Sbd2 – Sxe3
fxe3 – De7
De2 – f5

Die beiden Kontrahenten waren einander absolut ebenbürtig. Ihre drei Zuschauer hatten zwar keine Ahnung von den Regeln, verfolgten aber gebannt die Partie. Nur die regelmäßigen Hustenanfälle der Großmutter unterbrachen die andächtige Stille in der Werkstatt. Wenn ein Läufer diagonal über das ganze Spielfeld huschte, wenn ein Springer wie ein launischer Satyr herumtanzte, waren die drei begeistert, wobei es egal war, ob der Kleine Aljechin oder die alte Dame gezogen hatte.

Bei seinem zwölften Zug spielte der Kleine Aljechin c6. Seine Großmutter, die gespannt darauf wartete, was als Nächstes passieren würde, schaute mit großen Augen zu, wie der Bauer nur ein Feld vorrückte, und seufzte vor Aufregung. Ihr Enkel bereitete den Rückzug seiner Lieblingsfigur vor. Der Läufer sollte von d6 auf c7, um die Diagonale unter Kontrolle zu halten.

Sb3 – 0-0
Tae1 – Sf7
Dc2 – Sg5
Sxg5 – Dxg5

Da der Kleine Aljechin bereits in der Eröffnungsphase der Partie seinen Springer gegen ihren Läufer eingetauscht hatte, besaß er noch beide Läufer. Die alte Dame hatte ihrerseits noch beide Türme, die sie nun beherzt zum Einsatz brachte. Beim siebzehnten Zug spielte sie Tf3.

In diesem Moment merkte der Kleine Aljechin, dass sich in der Dunkelheit um ihn herum die Schwingungen veränderten. Seine Hand ließ erschrocken den Hebel los, als er vor seinem inneren Auge den Turm auf f3 vorrücken sah. Die Zuschauer verfolgten gebannt, wie der linke Arm des Kleinen Aljechin plötzlich in seiner Bewegung erstarrte.

Nach dem Klacken des Turms vernahm der Junge kein einziges Geräusch mehr. Weder den rasselnden Atem der alten Dame noch das Knirschen der Zahnrädchen, ja sogar das Pochen des eigenen Herzens wurde restlos von der Stille verschluckt. In der Finsternis des tiefen Ozeans war kein Laut zu hören. Der einzige Lichtstrahl, der hierhin gelangte, führte seinen Läufer auf d6 zum gegnerischen Bauern auf h2.

Die Hand aus Quittenholz ergriff den Läufer und stellte ihn auf h2, auf dem der Bauer stand. Urplötzlich wurde dem Jungen bewusst, dass Miira nicht mehr bei ihm war, und seine Finger begannen zu zittern. Der Hebel ruckte, und die Figuren klackten auf das Brett, während der Bauer sein Feld räumte und das Spielfeld verließ. In seinen Gedanken sah der Junge Miira, wie sie aus dem Becken nach oben kletterte und in der ehemaligen Männerumkleide verschwand. Diesen Augenblick würde er nie vergessen. »Leb wohl!« rief er ihr still hinterher.

Kf2 – h5
Th1 – Ld6
Tfh3 – h4
Tf3 – Lg3+

Die alte Dame kämpfte verbissen. Dem Kleinen Aljechin gelang es, seinen Kummer über Miiras Abschied zu verdrängen. Kaltblütig engte er den Bewegungsradius ihrer Figuren ein. So als wollte er der Schönheit ihres Spiels Tribut zollen, ließ er beim siebenundzwanzigsten Zug seinen Turm in einem eleganten Manöver von e8 nach e1 ziehen, was die alte Dame jedoch nicht weiter schreckte.

Sein Bruder, der damals, als der Junge ihm die Schachregeln erklärte, die Figuren einfach so vom Brett genommen hatte, sah nun erstaunt mit an, welche Mühe die beiden Kontrahenten darauf verwandten, dem gegnerischen König zu Leibe zu rücken. Sowohl der Kleine Aljechin als auch die alte Dame waren ungeheuer standhaft. Und die drei Zuschauer wurden Zeugen, wie auf einem Holzbrett kunstvolle Muster gewoben wurden, die sie nie zuvor gesehen hatten.

Kg2 – h3+

Txh3 – Lxh3+

Kxh3 – Dh4+

Der Kleine Aljechin bot mehrmals hintereinander Schach.

Schließlich, bei seinem einunddreißigsten Zug, griff er nach der Dame und setzte sie behutsam auf h2, als würde er der scheidenden Miira einen Blumenstrauß hinterherwerfen.

Schachmatt.

»Ich habe verloren«, sagte die alte Dame und setzte ihre Brille ab.

In diesem Moment verstand seine Großmutter, warum die Lippen des Jungen ursprünglich versiegelt gewesen waren und mit was für einer Begabung er stattdessen gesegnet war.

»Der Junge kommt ohne Worte aus. Er lässt die Figuren erzählen. Und das auf so wundervolle Weise …«

Sie hob zitternd ihren rechten Arm, als wollte sie auf jemand Unsichtbaren deuten. Ihr Tuch lag zusammengeknüllt auf ihrem Schoß. Der Kleine Aljechin hörte ihre Stimme ganz nah an seinem Ohr. So nah, dass er den Atem seiner Großmutter spüren konnte.

»Ich weiß nicht, wie ich Ihnen danken soll. Ich bin überwältigt.«

Mühsam wandte sich die Großmutter an die alte Dame. Es gelang ihr kaum, die Augen offen zu halten, und ihr Atem ging schwer.

»Ich kann Ihnen gar nicht sagen, wie glücklich ich bin,

dass ich miterleben durfte, wie meisterhaft mein Enkelsohn heute gespielt hat.«

»Ich wüsste nicht, wofür Sie mir danken sollten. Ich habe doch einfach nur Schach gespielt. Mit dem Kleinen Aljechin …«

Die alte Dame wies auf die Puppe.

Mithilfe der anderen erhob sich die Großmutter vom Sofa und ging ganz langsam hinüber zu dem Schachautomaten. Sie nahm seinen Kopf in beide Hände, strich ihm übers Haar, schmiegte ihre Wange an seine Stirn und berührte mit ihren Fingern seine verschlossenen Lippen.

»Du hast eine Begabung, über die kein anderer verfügt. Ich bin so unendlich stolz auf dich.«

Sie merkte nicht, dass ihr Tuch zu Boden gefallen war.

13

Das Gerücht, dass der Kleine Aljechin verschwunden sei, verbreitete sich wie ein Lauffeuer unter den Mitgliedern des Klubs am Grunde des Meeres, aber der Aufruhr, den es verursachte, hielt sich in Grenzen. Das Erstaunen und die Empörung darüber, die vom Meeresboden an die Oberfläche drangen, wurden von der Strömung erfasst und von den Wellen verschluckt, bis der größte Teil sich in Schaum auflöste.

Wenn jemand einen Blick in die ehemalige Damendusche warf, so sah er lediglich ein Mädchen mit einer Taube auf der Schulter, das gerade dabei war, Kleider auszubessern. Manch einer fragte sich verwundert, ob der Kleine Aljechin überhaupt existiert oder ob man sich die Existenz eines Schachautomaten bloß eingebildet hatte. Allerdings konnte man sich in den Notationen, sofern man eine besaß, davon überzeugen, weil dort schwarz auf weiß geschrieben stand, dass die Begegnungen mit dem Kleinen Aljechin tatsächlich stattgefunden hatten.

Keiner im Klub wusste, wo die Puppe abgeblieben war. Und wie oft man den Generalsekretär auch fragte, er konnte niemandem darüber Auskunft geben.

Vielleicht hing es mit diesem Umstand zusammen, dass der Generalsekretär bald darauf zurücktrat. Zwar wurde er zum Ehrenvorsitzenden ernannt, aber er ließ sich fortan im Klub nicht mehr blicken.

Auch noch Jahre nach dem Verschwinden des Kleinen Aljechin, als bereits alle Mitglieder gestorben waren, die gegen ihn gespielt hatten, gab es gelegentlich Anfragen von Schachliebhabern, die gegen ihn antreten wollten.

»Leider ist er augenblicklich indisponiert.«

»Es stimmt, wir hatten mal einen Schachautomaten, aber der ist schon seit ewigen Zeiten verschollen.«

»Es tut mir leid, aber das ist eine Legende. Ein Märchen aus den Anfangstagen des Klubs.«

Alle nachfolgenden Sekretäre hatten eine Antwort parat, aber niemand hatte ein Ahnung davon, wer oder was der Kleine Aljechin überhaupt war.

Die Notationen wurden zuweilen unter der Hand verkauft. Es waren jedoch allesamt Fälschungen. Wie gewieft die Schwindler auch vorgingen, niemand schaffte es, die Feinheiten im Spiel des Automaten wiederzugeben. Zudem war es unmöglich, Miiras Handschrift nachzunahmen. Nicht einer von denen, die im Besitz einer echten Notation waren, wäre auf die Idee gekommen, diese zu verkaufen. Diese Erinnerung an den Kleinen Aljechin war zu kostbar.

Mit den Jahren wurde der Schachautomat zu einer wahren Ikone. Jedes Klubmitglied hätte alles dafür gegeben, einmal im Leben gegen den Kleinen Aljechin zu spielen und eine derart elegante Notation zu hinterlassen.

Aber es blieben ihnen nur die Spuren am Meeresboden des Pazifik-Schachklubs.

Mit den zwei Koffern im Gepäck verließ der Junge das Haus seiner Großeltern im Morgengrauen, als die ersten Möwen erwachten. Um sich zu vergewissern, dass er nichts vergessen hatte, war er ein letztes Mal in seinen Alkoven gekrochen. Dort an der Decke war immer noch das Schachbrett zu sehen, auf dem er Partien bedeutender Großmeister wie Morphy, Capablanca, Lasker, Steinitz und natürlich Aljechin nachgespielt hatte. Es war inzwischen verblasst, als hätte er jahrelang echte Figuren benutzt.

Der Junge würde bald den Bus nehmen, trotzdem war sein Großvater wortkarg wie immer. Wie klein doch sein Enkel war, der eingeklemmt zwischen den beiden schweren Gepäckstücken stand, die ihm fast bis an die Brust reichten.

»Sei vorsichtig«, sagte er und öffnete ein letztes Mal die Koffer, um sich davon zu überzeugen, dass alle Teile der Puppe auch ordentlich verstaut waren.

»Mach dir bitte keine Sorgen«, erwiderte der Junge.

Aber sosehr er seinen Großvater auch beruhigen wollte, der Alte hielt seinen Kopf gesenkt, als könne er vermeiden, sich von seinem Enkel verabschieden zu müssen.

»Nun aber los«, drängte sein jüngerer Bruder mit resoluter Stimme.

Sie begleiteten ihn zur Bushaltestelle.

»Bitte kümmere dich um die beiden.«

»Ich werde mir alle Mühe geben.«

»Alles Gute!«

»Macht euch um mich keine Sorgen!«

Während die Brüder sich voneinander verabschiedeten, blieb der Großvater mit hängendem Kopf zurück.

Abgesehen vom Fahrer war der Bus menschenleer. Der Junge setzte sich auf die hinterste Bank und lächelte den beiden durch die Scheibe zu. Sein Bruder winkte lebhaft, als der Bus losfuhr. Bald schon verblassten die Gestalten im Morgennebel.

Traurig ließ der Junge seinen Blick durch den leeren Bus schweifen. Auf dem Platz, auf dem er saß, hatte sich das Schlaflager seines Meisters befunden. Etwas weiter vorne war die Küche gewesen, dann kam der Essplatz. Und da hatte der Schachtisch gestanden … Im Geiste ließ er die gesamte Einrichtung aus dem Bus seines Meisters Revue passieren. Fast meinte er, den Duft von frisch gebackenem Kuchen wahrzunehmen, und setzte sich auf. Aber es war nur ein fader Geruch von Benzin, der in der Luft hing.

»Leb wohl, mein Meister«, sagte er in Richtung des Fahrers, der ihm den Rücken zugewandt hatte.

Man konnte sich kaum vorstellen, welche Anstrengung der Junge darauf verwandte, um den Kleinen Aljechin in sein neues Heim zu befördern, ein Altenheim namens »Etüde«.

Zwar hatte sein Großvater an die beiden Koffer Rollen montiert, aber sie waren so schwer, dass der Junge aufpassen musste, dass sie nicht umkippten und der Mechanismus des Automaten beschädigt wurde. Außerdem hatte er Angst, dass jemand aus dem Klub am Grunde des Meeres ihn verfolgte. Nur mit viel Mühe schaffte er es, die Koffer von der Bushaltestelle zum Bahnhof zu transportieren.

»Nicht so hastig, mein Junge, nicht so hastig.« Er ermahnte sich, ruhig zu bleiben.

Aber natürlich erregte er Aufsehen, wie er schweißgebadet und mit hochrotem Gesicht die Koffer mit lautem Getöse über den Gehweg schob. Er machte nicht gerade einen unauffälligen Eindruck. Für jemanden, der sich sonst immer im Inneren einer Puppe versteckt hält, war es eine Tortur, den Blicken einer so großen Menschenmenge ausgesetzt zu sein. Die meisten Passanten blieben verdutzt stehen, weil sie nur die Koffer sahen, die sich scheinbar von allein bewegten. Aber es gab auch hilfsbereite Leute. Auf der Treppe half ihm ein freundlicher Herr mit den Koffern. Und die Dame, die hinter ihm in der Schlange vor dem Fahrkartenschalter stand, hob ihn hoch, sodass er sich ein Ticket kaufen konnte.

»Ich danke Ihnen vielmals«, sagte der Junge jedes Mal und verneigte sich höflich. Der Rucksack, den er bei sich trug, war klein wie eine vertrocknete Knospe. Außer der Puppe besaß er nicht viel.

Im Zug verzichtete er auf einen Sitzplatz. Stattdessen hockte er sich neben die beiden Koffer, die er nahe der Waggontür an die Wand stellte. Er wusste weder, wie weit es war bis zur Residenz »Etüde«, noch, um was für eine Einrichtung es sich genau handelte und ob dieser Ort für den Kleinen Aljechin geeignet war. Alles, was er in Händen hatte, war ein Fetzen Papier, den ihm die alte Dame überlassen hatte. Es handelte sich um eine Kleinanzeige aus einer Zeitung. Sie war nicht etwa mit einer Schere ausgeschnitten, sondern hastig herausgerissen worden. Darauf stand zu lesen:

Seniorenresidenz »Etüde« sucht begabten Schachspieler.

Als er am Bahnhof von der Frau zum Schalterfenster hochgehoben worden war, hatte er als Fahrziel »Residenz Etüde« angegeben. Er wusste nicht, wo er sonst hätte Zuflucht suchen können. Er faltete den Fetzen Papier, den er sich unzählige Male angeschaut hatte, sorgsam zusammen und verstaute ihn im Rucksack, aus dem er nun seinen Beutel mit den Schachfiguren holte.

Ohne einen Blick auf die Landschaft werfen, die draußen an ihm vorüberzog, hockte er die ganze Fahrt über zusammengekauert neben seinen Koffern und hielt den Beutel an sein Herz gedrückt. Wäre der Schachtisch, der sich in einem der beiden Koffer befand, hier aufgestellt gewesen, hätte er sich bestimmt darunter verkrochen. Denn er war ganz in seiner Rolle als Kleiner Aljechin aufgegangen. Selbst wenn er sich gerade nicht im Inneren der Puppe befand, seine Glieder hatten längst deren Form angenommen.

Mit geschlossenen Augen vergrub er seine vernarbten Lippen tief in dem Beutel. Hin und wieder klopfte ihm der Schaffner oder ein Mitreisender besorgt auf die Schulter. Dann stellte der Junge sich schlafend. Sosehr er auch lauschte, die Schachfiguren blieben stumm. Nur die Stöße der Schienen waren zu hören.

Am Morgen nachdem sie der Schachpartie zwischen dem Jungen und der alten Dame beigewohnt hatte, schloss seine Großmutter für immer die Augen. Als sie ihr geliebtes Tuch nicht mehr aus eigener Kraft halten konnte, legte der Großvater es auf ihre Brust, deren magere Rippen sich unter ihrem Kimono abzeichneten. Das Tuch war mittlerweile derart verschlissen, dass es stellenweise auseinanderfiel. Als sich die Brust der alten Frau nicht mehr hob und senkte, wussten der Großvater und seine beiden Enkel, dass sie ihren letzten Atemzug getan hatte.

Jeder der drei verabschiedete sich auf seine Weise, nur der jüngere Bruder konnte seine Tränen nicht zurückhalten. Nachdem der Tod eingetreten war, gingen auch die Schwellungen zurück, die den Körper der Großmutter so verändert hatten. So bekam der Junge noch einmal ihr Gesicht zu sehen, wie es früher beschaffen war. Seine Großmutter hatte ihren Frieden gefunden.

»Alles ist gut«, raunte er ihr zu, so leise, dass nur die Haare auf seinen Lippen erzitterten. »Jetzt brauchst du dich nicht mehr um alles zu kümmern.«

Es wurde eine schlichte Bestattungszeremonie. Als Trauergäste kamen Leute aus der Nachbarschaft, die sie gekannt hatten, und ein paar entfernte Verwandte. Den schmucklosen Altar zierten einige weiße Blumen, ihr Tuch war das Einzige, was dem Sarg beigelegt wurde.

Nach dem Begräbnis ging der Junge nachts hinunter in die Werkstatt. Alles war noch genauso wie am Abend zuvor, als er mit der alten Dame Schach gespielt hatte. Sogar die Haare des Kleinen Aljechin waren noch zerzaust von der stürmischen Umarmung der Großmutter. Ein paar Strähnen hingen ihm vor den Glasaugen, die auf das Spielfeld starrten. Als er sie zurückstreichen wollte, überkam ihn das traurige Gefühl, dass er so die Spuren seiner Großmutter verwischen würde, und er hielt inne. Um ihn herum herrschte tiefe Stille, kein Laut war zu hören, weder aus der oberen Etage noch von draußen. Die zu reparierenden Möbel waren beiseitegestellt worden, damit sie nicht im Weg waren. In den Augen des Automaten spiegelte sich die Glühlampe. Es schien, als wollten seine funkelnden Augen etwas sagen. Der Junge öffnete die Klappe unter dem Schachtisch. Er kroch hinein und atmete tief durch. Aufmerksam betrachtete er die Unterseite des Bretts. Jetzt war der Moment gekommen, wo er sich seiner Trauer hingeben konnte. Er befand sich an seinem angestammten Platz, dem einzigen Ort, wo er seiner Großmutter für ihre liebevolle Fürsorge danken konnte.

Wie lange mochte er im Inneren des Automaten zugebracht haben? Tief in der Nacht, als die Trauergäste und die Mitarbeiter des Bestattungsinstituts längst fort waren, wurde vorsichtig die Tür zur Werkstatt geöffnet.

»Ich bin hier, um Ihnen mein Beileid auszusprechen.«

Es war die alte Dame.

»Es gibt nicht viele Menschen, die Schach so tief zu bewegen vermag. Ihre Frau Großmutter gehört zu den wenigen.«

Mit den Fingern zeichnete sie das Muster eines Schachbretts nach.

»Für mich war es ein wundervolles Erlebnis, in ihrem Beisein Schach gespielt zu haben.«

Der Kleine Aljechin legte seine Hand an den Hebel. Die Tränen fielen auf seine Finger, und er presste seine Lippen fest aufeinander, um nicht laut aufzuschluchzen.

»Ein schönes Schachbrett, nicht wahr? Das stelle ich immer wieder fest, wenn ich es sehe«, bemerkte die alte Dame. »Es führt nichts Böses im Schilde, sondern ist charakterfest und mitfühlend. Ein ideales Brett, um die Poesie Aljechins wiederaufleben zu lassen.«

Beide betrachteten das Brett – der Junge von unten, die alte Dame von oben. Unzählige Partien hatten darauf ihre Spuren hinterlassen, und trotzdem war es immer dasselbe geblieben. Es stand einfach nur da, reglos in der Stille der Nacht. Das klackernde Geräusch ihres Rings verriet dem Jungen, dass die alte Dame ihre Hand auf das Brett gelegt hatte, und er legte seine Hand an dieselbe Stelle.

»Ein Schachbrett ist unendlich. Es mag zwar nur eine flache Holzplatte sein mit einem Muster aus vertikalen und horizontalen Linien, aber es birgt das ganze Universum in sich.«

Der Kleine Aljechin schlug die Augen nieder.

»Deshalb sollte man sich beim Schachspielen auch auf

das Wesentliche beschränken. Einen eigenen Stil entwickeln, seine persönliche Lebensanschauung zum Ausdruck bringen. Mit seinen Fähigkeiten prahlen, sich eitel hervortun – all das hat mit Schach nichts zu tun. Denn das Spiel ist größer als man selbst. Wenn man nur für sich spielt, wird man nie in der Lage sein, wahrhaftig Schach zu spielen. Man muss sich von seiner Selbstsucht befreien und auch den Wunsch hinter sich lassen, unbedingt gewinnen zu wollen, um das Universum erkunden zu dürfen. Es ist doch herrlich, wenn einem das gelingt, nicht wahr?«

Der Kleine Aljechin spürte, wie sie ihre Hand wegzog. Eine Weile herrschte Schweigen. Nicht einmal der Atem des anderen war zu hören.

»Ein wahres Kunstwerk«, murmelte die alte Dame. »Und nun kann man ihn zusammenklappen und wegtransportieren.«

Sie hatte es also bemerkt.

»Sie haben offenbar die Absicht, dem Klub am Grunde des Meeres den Rücken zu kehren?«

Er wusste nicht, was er darauf erwidern sollte. Wie erstarrt hielt er den Hebel umklammert.

»Wenn man es sich recht überlegt, besteht keine Notwendigkeit, ewig am Meeresgrund zu verweilen. Wenn man sich zu lange an einem Ort aufhält, tritt man auf der Stelle. Es ist nur zu verständlich, dass Sie sich nach einem neuen Ort sehnen. Der Ozean des Schachs ist nun einmal grenzenlos.«

Sie benutzte die gleichen Worte wie der Meister.

»Zögern Sie nicht. Auf mich brauchen Sie keine Rücksicht zu nehmen.«

Nun verstand der Kleine Aljechin, dass sie gekommen war, um sich von ihm zu verabschieden.

»Die Vorstellung, Sie nicht mehr im Klub anzutreffen, stimmt mich traurig, aber ich glaube, wir werden uns irgendwann wiederbegegnen. Das verspreche ich Ihnen. In der Zwischenzeit kann ich fleißig trainieren, damit ich nächstes Mal nicht wieder verliere. Der Generalsekretär wird morgen Nachmittag vorbeikommen, um die Puppe abzuholen. Es bleibt Ihnen also nicht mehr viel Zeit.«

Die alte Dame tat einen tiefen Atemzug und erhob sich:

»Ich danke Ihnen für alles.«

Wie gern hätte der Junge die Hand gedrückt, die ihre wundervollen Partien überhaupt erst möglich gemacht hatte. Er war es, der sich bei der alten Dame zu bedanken hatte.

In diesem Augenblick legte sie etwas in die Hand des Kleinen Aljechin. Es fühlte sich anders an als eine Schachfigur, das konnte er durch den Hebel spüren.

»Geben Sie sich ganz dem Meer des Schachs hin!«

Mit diesem Abschiedsgruß verließ sie die Werkstatt. Der Junge lauschte ihren Schritten nach, bis sie verklungen waren.

Was sich in der linken Hand des Kleinen Aljechins befand, war der Zettel mit der Annonce: *Seniorenresidenz »Etüde« sucht begabten Schachspieler.*

Die Puppe hielt die Botschaft so feierlich in der Hand, als hätte sie gerade den gegnerischen König schachmatt gesetzt. Der Junge nahm den Zettel entgegen. Beim Glattstreichen des Papiers konnte er noch die Wärme der alten Dame spüren.

»Begabter Schachspieler … begabter Schachspieler …«

Wieder und wieder las der Junge den Zettel, auf dem nichts weiter stand als der eine Satz. Einzig das Wort »Schach« hatte für ihn eine Bedeutung.

In jener Nacht gab es noch eine Person, die sich von dem Kleinen Aljechin verabschieden wollte. Ohne ein Wort zu verlieren, wie ein Hauch, den man fast nicht spürt, stand sie plötzlich da, direkt neben der Puppe. Der Kleine Aljechin spürte, wie sie zögerte, wie sie die Worte, die sie aussprechen wollte, immer wieder herunterschluckte.

Die linke Hand des Automaten ruhte auf dem Kissen, er hatte die Augen weit geöffnet und hielt seine Katze im Arm. Das leere Spielfeld lag völlig im Dunkeln. Man konnte nicht einmal die weißen von den schwarzen Feldern unterscheiden.

Die stumme Besucherin hielt lange die Hände vor der Brust gefaltet, als spürte sie das Gewicht ihrer unausgesprochenen Worte. Dann nahm sie die Puppe in die Arme. Die Dunkelheit erbebte, und die Stille im Raum wurde unendlich. Ihre Hände ertasteten seine Augenlider, strichen über seine Wangen und ergriffen die Hand aus Quittenholz. Dann bekam der Kleine Aljechin einen Kuss.

»Miira!« rief der Junge voller Sehnsucht.

Doch sein Ruf wurde von der Dunkelheit verschluckt und verhallte als bloßes Echo in seinem Ohr.

»Miira!« rief er wieder und wieder.

Aber seine Stimme erreichte sie nicht.

Wenn er an die Abschiedsszenen der vergangenen Tage dachte, überkam ihn eine große Traurigkeit. Um nicht vor den anderen Fahrgästen loszuschluchzen, drückte er immer wieder den Beutel mit den Schachfiguren an seine Lippen. So hatte er das Gefühl, wieder im Bus des Meisters zu sein, wo er sich unter dem Schachtisch verstecken konnte, um mit Indira und Miira über den Ozean des Schachs zu treiben. Und über allem schwebte der süße Duft von frisch gebackenem Kuchen.

In diesem Augenblick ertönte eine Durchsage. Der Junge holte die Fahrkarte aus der Tasche, um sich zu vergewissern, dass er an der nächsten Station aussteigen musste. Je mehr der Zug sein Tempo drosselte, desto mehr verschwand der ausrangierte Bus in der Ferne. Nun verstand der Junge, wie weit er schon gereist war.

14

Die Altersresidenz »Etüde«, wo die Legende vom Kleinen Aljechin, dem Poeten unter dem Schachbrett, fortgeschrieben wurde, lag in den Bergen, nordwestlich eines städtischen Ballungsgebietes. Es handelte sich um eine Wohnanlage, in der ausschließlich ältere Personen lebten, die dort ihren Altersruhesitz bezogen hatten. Das karreeförmige Gebäude mit einem Innenhof war an einen Hang gebaut. Sein weiß getünchte Dach war vergilbt, und an den Wänden blätterte an einigen Stellen die Farbe ab, und dennoch stach es deutlich aus der dicht bewaldeten Umgebung heraus. Die dahinter gelegenen Bergkuppen waren zumeist nebelverhangen. Das zweistöckige Gebäude war geometrisch angelegt, selbst die Anordnung der Fenster in ihren polierten Holzrahmen folgte einem strengen Muster. Im Erdgeschoss gab es eine umlaufende Veranda, die nach allen Seiten eine herrliche Aussicht bot.

Das Innere war ebenfalls sehr übersichtlich gegliedert: Im Südtrakt lagen die Gemeinschaftsräume, im östlichen Trakt die Zimmer der Damen. Die Herren waren im Nordtrakt untergebracht, und im Westtrakt lagen die Verwaltungs- und Personalräume. Der Gemeinschaftstrakt war mit einem Speiseraum, einem Salon, einem Musikzimmer, einem Tanzsaal und einer Bibliothek ausgestattet. Dort befand sich auch das »Schachzimmer« – ein großzügiger, lichtdurchfluteter Raum mit einem wunderbaren Ausblick. Der schönste Teil der Residenz war also den Schachspielern vorbehalten.

Dort standen sechs Schachtische sowie zwölf bequeme Lehnstühle, und es war immer noch reichlich Platz vorhanden. Durch die Fenster blickte man auf die Ortschaften am Fuße der Berge und eine weite Ebene, die bis ans Meer reichte. Der Raum war mit dicken Teppichen ausgelegt, in einer Ecke stand ein mit Brennholz beheizter Ofen, der eine angenehme Wärme verbreitete. Hier gab es die perfekte Atmosphäre, um sich voll und ganz auf Schach zu konzentrieren. Es herrschte weder die protzige Gediegenheit des Pazifik-Schachklubs noch die gespenstische Kälte des Klubs am Grund des Meeres.

Der Kleine Aljechin sollte in der Nähe des Ofens stehen.

»Aber doch nicht da in der Ecke. Setzen Sie ihn ruhig mehr in die Mitte, damit man ihn besser sehen kann. Er sticht sowieso ins Auge, verglichen mit den anderen Schachtischen«, sagte die Oberschwester, während der Junge die Puppe zusammenbaute.

»Nein, das wäre nicht gut.«

Er hielt kurz inne, bevor er den rechten Arm in die Schulter steckte.

»Die anderen Tische sollen nicht ins Abseits gedrängt werden. Der Platz in der Ecke ist angemessen. Und außerdem viel bequemer.«

»Meinen Sie? Nun ja, das überlasse ich Ihnen«, erwiderte die Oberschwester.

Während sie an dem Stethoskop herumfummelte, das ihr um den Hals hing, überwachte sie den Aufbau des Automaten und sah staunend zu, wie die Puppe langsam Formen annahm. Ab und zu stellte sie Fragen wie: »Wo wird das denn befestigt?« oder »Welches ist der Hebel, mit dem man den Daumen bewegen kann?« Einmal bat sie auch um Erlaubnis, die Puppe anfassen zu dürfen.

»Nur zu«, sagte der Junge, woraufhin sie vorsichtig die Augenlider, den Halsansatz und die Fingerspitzen berührte. Es sah aus, als behandele sie eine Wunde.

Ihm kam wieder Miira in den Sinn, wie sie die Zuschauer ermahnt hatte – »Ich bitte Sie inständig, die Puppe nicht zu berühren« –, und er stieß einen tiefen Seufzer aus. Natürlich gab es hier weder Fliesen noch eine weiße Taube, sondern nur einen Ofen mit knisternden Holzscheiten.

Als zum Schluss der Kater Pawn seinen angestammten Platz in der rechten Armbeuge einnahm, schaute die Oberschwester zwischen dem Jungen und dem Automaten hin und her und nickte beifällig.

»Ein kluges Tier«, sagte sie freundlich lächelnd und deutete auf den Kater.

»Ja, das stimmt«, sagte er und lächelte zurück.

Der Kleine Aljechin schien glücklich darüber, endlich nicht mehr in dem engen Koffer eingesperrt zu sein. Jedoch wirkte er erschöpft nach der langen Reise und schaute etwas ratlos drein angesichts der unbekannten

Umgebung. Seine linke Hand hatte jedoch nichts von ihrer Spannkraft verloren und war bereit, eine Figur zu ergreifen, sobald es erforderlich war.

Gleich nachdem der Junge in der Residenz eingetroffen war, hatte ihn die Oberschwester in ihrem Stationszimmer zu einem Vorstellungsgespräch gebeten.

»Ehrlich gesagt, ich habe nicht die geringste Ahnung von Schach.«

Sie trug eine gestärkte weiße Schwesterntracht, die ihr bis zu den Knien reichte, und ein Häubchen, das mit unzähligen Haarnadeln festgesteckt war.

»War Aljechin ein guter Schachspieler?«

»Ja, das war er.« Er nickte ehrfürchtig. »Gut ist gar kein Ausdruck. Er war so großartig, dass einem die Worte fehlen, um zu beschreiben, wie er Schach spielte.«

»Oh!« rief sie erfreut. »Und Sie sind genauso gut wie dieser Aljechin?«

»Nein, ganz und gar nicht«, wehrte der Junge mit einem hastigen Kopfschütteln ab. »Ich selbst nicht, er ist das Genie.«

Er hob den Deckel vom Koffer und zeigte ihr den Kleinen Aljechin. Zu sehen war lediglich sein brünetter Haarschopf, aus dem ein fein modelliertes Ohr herausragte. Sie stutzte und sagte dann:

»Das ist eine Puppe.«

»Ja, das ist eine Puppe.«

»Und die kann Schach spielen?«

»Ja.«

»So wie Aljechin?«

»Gewissermaßen. Deshalb trägt sie ja auch den Namen ›Kleiner Aljechin‹.«

»Ich verstehe.« Sie steckte eine weiße Haarsträhne unter ihre Haube.

»Es ist ein wenig überraschend, dass Sie mir eine Puppe vorbeibringen, da wir die Stelle eigentlich für Schachspieler ausgeschrieben haben. Aber vielleicht ist das gar nicht so schlecht. Unsere Gäste brauchen schließlich auch mal ein bisschen Abwechslung.«

»Sie werden bestimmt zufrieden sein.«

Zwar war dies das erste Bewerbungsgespräch, das er in seinem Leben führte, aber als langjähriger Begleiter des Kleinen Aljechin konnte er souverän Rede und Antwort stehen.

»Wo waren Sie denn vorher tätig?«

»Im Pazifik-Schach …«

»Ach, dort sind Sie Mitglied? Da fällt mir ja ein Stein vom Herzen. Soweit ich weiß, ist das ein sehr renommierter Verein. Einige unserer Gäste sind ehemalige Mitglieder.«

Er verschwieg, dass er genau genommen gar kein Mitglied war, und verkniff sich alle weiteren Ausführungen.

»Es wäre natürlich schön, wenn Sie neben dem Schachspielen noch weitere Fähigkeiten hätten. Dann könnten Sie Tätigkeiten übernehmen wie Geschirr spülen, die Zimmer reinigen, Gemüse anpflanzen …«

»Das kann ich tun«, antwortete er prompt.

»Gut, dann sind wir uns einig.«

Die Oberschwester streckte ihm die Hand entgegen, und sie besiegelten ihre Zusammenarbeit. Ihr Händedruck war so fest, dass der Junge das Gefühl hatte, er würde vollständig von ihr vereinnahmt.

»Sie sind unsere Rettung. Wo findet man schon einen Hausangestellten, der auch noch gut Schach spielen kann?«

»Wieso brauchen Sie eigentlich einen Schachspieler?«

Am Ende wollte er doch noch jene Frage loswerden, die ihn während des ganzen Gesprächs beschäftigt hatte.

»Weil alle Bewohner der Residenz der Schachunion angehören. Ein ehemaliger Präsident dieser Union hat sein ganzes Vermögen in eine Stiftung gesteckt, die diese Institution ins Leben gerufen hat.«

»Alle Bewohner?«

»Ja. Deshalb sind auch alle hier so wild darauf, jeden Tag eine Partie Schach zu spielen. Wir haben sogar sehr versierte Spieler, die an internationalen Turnieren teilgenommen haben. Denen kann man eigentlich keine durchschnittlichen Gegner zumuten, aber jetzt wird das schon gehen.«

»Glauben Sie?«

»Nun, wir haben doch den Kleinen Aljechin.«

Die Oberschwester machte eine Kopfbewegung in Richtung Koffer, wo der Haarschopf der Puppe herausschaute.

»Das eigentliche Problem mit unseren Bewohnern

liegt nicht darin, dass sie vortrefflich Schach spielen, sondern dass sie alt sind. Verstehen Sie, was ich meine?«

Der Junge nickte vage.

»Es gibt etliche Bewohner, die nicht einschlafen können oder schon vor Morgengrauen aufstehen. Dann geistern sie durch die Flure, bis sie irgendwann im Schachzimmer landen. Dort sitzen sie dann vor dem Brett. Die meisten sind so vergesslich, dass sie sich nicht einmal ihre Zimmernummer merken können, aber wo die Schachtische stehen, daran erinnern sie sich genau. In solchen Momenten bräuchten sie einen Gegner. Man kann sie dann auch nicht mit faulen Tricks abspeisen, sie wollen jemanden, der mit Ernst bei der Sache ist. Dann sind sie genauso glücklich, als hätten sie tief und fest geschlafen.«

»Das kann ich gut nachempfinden.« Diesmal nickte der Junge voller Überzeugung. »In dieser Hinsicht bin ich … ich meine, ist der Kleine Aljechin besonders geeignet. Früher hat er die ganze Nacht über gespielt, bis zum Morgengrauen. Das ist die Zeit, die ihm am meisten behagt.«

»Großartig!« rief die Oberschwester. Dann erhob sie sich, steckte ihren Kugelschreiber in die Brusttasche und krempelte die Ärmel ihres Kittels hoch.

»Doch zuerst müssen wir ihre Hand verarzten.«

»Wieso?«

Verdutzt schaute der Junge auf seine Hände und bemerkte jetzt erst, wie schlimm sie zugerichtet waren. Durch das Gewicht der Koffer war die Haut an vielen Stellen abgeschürft, sodass das rohe Fleisch zu sehen war.

»Achtung!«

Die Oberschwester nahm sein Handgelenk und hantierte mit einer langen Pinzette, um in Desinfektionsmittel getränkte Wattepads auf die Wunden zu legen. Erst als die Tinktur über sein Handgelenk lief, spürte er den Schmerz. Es war ein dumpfer Schmerz, der ihm jedoch mit jedem Pulsschlag bis ins Mark drang.

»Es tut mir leid, dass ich Ihnen solche Umstände bereite.«

»Aber nicht doch. Das gehört zu meiner Arbeit. Schachspieler müssen auf ihre Hände aufpassen.«

Die Oberschwester nahm einen weiteren Wattepad und tunkte ihn in die Desinfektionsflüssigkeit.

Um genau zu sein, es war der vorletzte Präsident der Schachunion, der den ehrgeizigen Plan zum Bau von »Etüde« in die Tat umgesetzt hat. Vorher war das Gelände jahrelang eine Touristenattraktion gewesen, eine Farm mit Kinderparadies und einem Panoramablick auf die Stadt. Als die Betreiber Konkurs anmelden mussten, entschloss er sich, das Gelände zu erwerben, um dort eine Senioren-Residenz für betagte Mitglieder der Schachunion zu errichten. Sein Traum war ein Heim, wo alte Menschen ihren Lebensabend verbringen und ihrer nie versiegenden Leidenschaft für Schach nach Herzenslust frönen konnten.

Der Präsident hatte schon lange mit dem Gebäudekomplex der Farm geliebäugelt. Jedes Gebäude – der Kuhstall, die Schäferei, die Molkerei und der Wohntrakt für das Personal – war ein exakt quadratischer Bau. Was dem Präsidenten zupass kam, denn er hegte eine Vorliebe für Quadrate, seit seine Leidenschaft für Schach geweckt worden war. Obwohl ihn Schafe und Kühe nicht im Geringsten interessierten, war er oft zu Besuch auf der Farm, und zwar nur, um sich die Gebäude anzuschauen. Abseits der Touristen, die sich beim Schafescheren oder dem Melken der Kühe vergnügten, inspizierte er die Karrees aus allen möglichen Blickwinkeln, um sich davon zu überzeugen, dass es tatsächlich perfekte Quadrate waren. Eines Tages, als er sich heimlich auf das Dach des Personaltrakts geschlichen hatte, von wo aus der die ganze Anlage überblicken konnte, stellte er mit Erstaunen fest, dass die einzelnen Gebäude die vier Eckpunkte eines noch größeren Quadrats bildeten. Verzückt über diese Entdeckung, fasste er seinen Plan. Mit Kuhstall, Schäferei, Molkerei und Personaltrakt als a1, h1, h8 und a8 könnte man ein überdimensionales Schachbrett errichten. Vielleicht sogar das größte der Welt. Das noch dazu einen Berg mit einschließt. Wäre dies nicht auch der geeignete Ort, wo die Mitglieder der Schachunion ihren Lebensabend verbringen könnten?

Nachdem er das Gelände erworben hatte, setzte der Präsident zunächst a8, also den Personaltrakt instand. Dann engagierte er Pflegerinnen, Köche und Verwaltungsangestellte, damit der Betrieb aufgenommen werden konnte. Er hatte eigenhändig einen Plan für sechzig weitere Gebäude entworfen, um die fehlenden Felder zu ergänzen. Da sich jedoch die Renovierung von Kuhstall,

Schäferei und Molkerei wegen Problemen bei der Geruchsbeseitigung hinzogen und der Neubau der sechzig Gebäude sich auch aus Kostengründen nicht sogleich verwirklichen ließ, bewirtschaftete man erst einmal nur den Personaltrakt.

Bei der großen Einweihungsfeier hielt der Präsident vor einem blumenumkränzten Schild, auf dem »Etüde« geschrieben stand, eine lange Rede über die bevorstehende zweite und dritte Bauphase. Während der Rede wurden einige Gäste ohnmächtig und mussten ins Krankenhaus gebracht werden. Der Betroffene der ganzen Aufregung war jedoch der Präsident selbst, der am Tag nach der Einweihungsfeier einem Herzinfarkt erlag.

Der anfänglich groß angelegte Plan wurde nun auf ein Minimum zurechtgestutzt. Da sich niemand fand, der den Enthusiasmus des Präsidenten teilte und das gigantische Ensemble vervollständigen wollte, blieb a8 das einzige Karree, das instand gesetzt wurde. Der Kuhstall, die Schäferei sowie die Molkerei verwahrlosten, bald erstreckte sich um die Anlage herum nur noch ödes Weideland. Viele Mitglieder der Schachunion waren inzwischen auch gestorben, sodass man vierundsechzig Trakte ohnehin nicht hätte füllen können. a8 reichte als Unterkunft völlig aus.

Während die Oberschwester dem Jungen die Geschichte der Residenz erzählte, ließ ihn die Erwähnung des Feldes a8 aufhorchen. Es erinnerte ihn an den ertrunkenen Busfahrer im Schwimmbad. Der war mit dem Kopf dort an den Beckenrand gestoßen, wo sich auf dem

Schachbrett das Feld a8 befand. Erst durch dessen tragisches Schicksal hatte der Junge Gelegenheit bekommen, seinen Meister kennenzulernen. Und da ihn seine Bestimmung in die Residenz »Etüde« geführt hatte, die die gleichen Koordinaten aufwies, hatte der tote Busfahrer bestimmt dafür gesorgt, dass der Kleine Aljechin hier unterkam.

Der Traum des Präsidenten mochte zwar nie umgesetzt worden sein, aber er hatte überall in a8 Spuren hinterlassen. Beispielsweise gab es im Innenhof eine Fläche mit acht mal acht Feldern, die mit schwarzen und weißen Kieselsteinen bedeckt war. Als der Junge es zum ersten Mal erblickte, bekam er einen riesigen Schreck, denn es erinnerte ihn an das Lebendschach im Klub am Grunde des Meeres. Aber sein Argwohn verflog, nachdem er erfuhr, dass ein stillschweigendes Gesetz das Betreten des Innenhofs untersagte. Es konnte ja sein, dass ein Gast von der Veranda aus in Gedanken eine Partie nachspielte. Da hätte eine echte Partie nur gestört, und so achtete man darauf, dass niemand die schwarzen und weißen Kiesel durcheinanderbrachte.

Auch der Fußboden in der Eingangshalle war mit einem schwarz-weißen Fliesenmuster versehen. Die Schilder zu den Waschräumen zierten Abbildungen von Dame und König, wenn ein Zimmerwechsel vorgenommen werden musste, sprach man von einer Rochade. Verweise ans Schachspielen begegneten einem in allen möglichen Ecken und Winkeln. Jedoch waren sie nie aufdringlich, sondern hielten sich dezent im Hintergrund.

Die Atmosphäre hier, wo Schachspielen und Wohnen so harmonisch ineinanderflossen, hatte einiges mit dem Bus des Meisters gemein. Trotz dieser beruhigenden Feststellung plagten zwei Sorgen den Jungen. Eine Sorge war, dass man hier nur mit einer Seilbahn heraufkam, denn durch den Wald führte kein Weg. Der einzige Bergpfad für Wanderer war schon seit Langem durch einen Erdrutsch versperrt.

Die Kabinenbahn stammte aus den glanzvollen Tagen der Touristenfarm, was man vor allem am Baustil der Talstation erkennen konnte, in deren Warteraum verblichene Veranstaltungsplakate hingen. Inzwischen war sie so heruntergekommen, dass man sich besorgt fragte, ob auch alles ordnungsgemäß funktionierte. Das Räderwerk ächzte, die Masten waren voll mit Vogelkot, und die Seile hingen am Berghang schlaff durch. Außerdem waren die Scheiben der Panoramafenster gesprungen. An der für acht Personen zugelassenen, mittlerweile vom Rost zerfressenen Gondel blätterte der Lack ab, was den Schriftzug der Touristenfarm fast unlesbar machte.

»Willst du nicht einsteigen?« hatte ihn ein alter Mann in einem mausgrauen Arbeitskittel gefragt, nachdem er bei seiner Anreise völlig erschöpft aus dem Zug gestiegen und wie angewurzelt vor der Talstation stehen geblieben war. Der Alte war offensichtlich der Gondelführer, aber seine krächzende Stimme und die gebeugte Haltung wirkten ebenfalls wenig vertrauenerweckend.

»Meinen Sie, dass ich diese beiden Koffer mitnehmen kann?« hatte der Junge gefragt.

»Im Prinzip schon. Hier steht geschrieben, die Höchstlast beträgt sechshundertvierzig Kilo«, antwortete der Mann und versuchte, mit dem Ärmel die von Schimmel überzogene Plakette sauber zu wischen. »Das dürfte kein Problem sein. Sie selbst fallen ja wohl kaum ins Gewicht. Also los, steigen Sie ein!«

Der Fahrer schlurfte mit den Koffern voran und stellte sie in der Kabine ab.

»Sind Sie sicher, dass wir unterwegs nicht hängen bleiben? Ich hoffe, dass die Seilbahn auch wieder runterfahren kann.«

Bis sich die Kabinentür schloss, stellte er alle erdenklichen Fragen, auf die der Alte nur ausweichend antwortete.

»Sagen Sie, was ist da eigentlich drin?« erkundigte er sich und zeigte auf die Koffer.

»Ein Schachbrett.«

Der Mann riss die Augen auf, und ein Lächeln umspielte seine Mundwinkel.

»Machen Sie sich keine Sorgen! Seit es die Residenz gibt, ist die Seilbahn höchstens drei, vier Mal wegen einer Betriebsstörung stehen geblieben. Ich werde Sie schon wohlbehalten abliefern.«

Der Fahrer verriegelte schwungvoll die Tür, betrat die Steuerkabine und bediente den Starthebel.

Erst später erfuhr der Junge, dass der Gondelführer auch ein ehemaliges Mitglied der Schachunion war und einen Zwillingsbruder hatte, der oben auf der Bergstation den gleichen Dienst verrichtete.

Mit einem Quietschen, das laut durch die Wälder hallte, setzten sich die Zahnräder in Gang, die Gondel ruckte, dann glitt sie schwerfällig an den Seilen hoch. Ihr Gewicht und der Wind trugen dazu bei, dass die Seile gefährlich schwankten. Jedes Mal, wenn die Gondel einen Trägermast passierte, wurde sie langsamer und nahm dann wieder Fahrt auf, jedoch noch stärker schaukelnd als zuvor. Unterwegs begegneten sie der leeren Kabine, die talabwärts fuhr.

Ängstlich sah der Junge durch die zersprungene Scheibe den Gipfel näher kommen und klammerte sich an die Griffe der beiden Koffer. Inzwischen war die Talstation hinter den Bäumen verschwunden.

Der Junge holte einen schwarzen und einen weißen Läufer aus dem Beutel.

»Alles wird gut«, sagte er.

Die Würfelform der Gondel beruhigte ihn. Der altersschwache Motor, der so bedenklich stotterte, dass er jeden Augenblick auszugehen drohte, jagte ihm jetzt keine Angst mehr ein. Die Decke, der Boden und die Seitenwände waren absolut quadratisch. Man hätte im Nu ein Schachmuster mit acht mal acht Feldern zeichnen können. In dieser Hinsicht gab die Kabine dem Jungen ein Gefühl von Geborgenheit.

Als sie an der Bergstation hielten und sich die Tür öffnete, stand ein alter Mann vor ihm, der haargenau so aussah wie der Gondelführer.

Seine andere Sorge war gravierender: die Oberschwester hatte die Statur einer Walküre. Im Gegensatz zu seinem Meister, der durch seine ständige Nascherei immer dicker geworden war, war sie ein Muskelpaket, aber an Körperfülle stand sie ihm nicht nach. Mit ihren eins achtzig überragte sie alle Bewohner der Residenz. Sie hatte ausladende Hüften, einen stämmigen Oberkörper und breite Schultern, was ihrer Position als Oberschwester die nötige Autorität verlieh. Ihre Arme waren so kräftig, dass sie mühelos jeden der Senioren hochheben konnte, und ihre Beine sahen aus, als würden Baumstämme aus dem Boden wachsen. Wenn sie einem in ihrer weißen Uniform auf dem Flur entgegentrat, hatte man den Eindruck, ein Eisberg rücke näher.

Unablässig machte sich der Junge Sorgen um das Gewicht der Oberschwester, die seine Hände aufopferungsvoll pflegte. Was, wenn sie so zunahm, dass sie nicht mehr in die Gondel passte? Diese Vorstellung ließ ihn nicht mehr los und verfolgte ihn wie ein unauslöschlicher Schatten. Und neben diesem Schatten stand die bittere Erkenntnis seines Lebens geschrieben: Größerwerden ist eine Tragödie.

15

Nach und nach gewöhnte sich der Junge an sein neues Leben in der Residenz »Etüde«. Er hatte sich Namen und Gesichter der Bewohner eingeprägt, wusste mit allen Gerätschaften des Anwesens umzugehen und sich mit schlecht gelaunten Angestellten zu arrangieren. Spät am Nachmittag begann er seinen Dienst im Verwaltungsgebäude. Er half dort aus, wo Not am Mann war, faltete Wäsche zusammen, wusch Kochtöpfe aus oder verbrannte trockenes Laub. Nach dem Abendessen, wenn das Personal für die Nachtschicht eintraf und das Licht im Aufenthaltsraum gelöscht wurde, begab er sich ins Schachzimmer und kroch in den Automaten.

Was den Ablauf der Schachpartien betraf, gab es zwischen dem Klub am Grunde des Meeres und der Residenz »Etüde« keinen großen Unterschied, nur die Atmosphäre war anders. Hier herrschte nicht dieses affektierte Gehabe, mit dem man den Kleinen Aljechin als Attraktion des Klubs angepriesen hatte. Natürlich waren die Bewohner begeistert, als sie zum ersten Mal den Schachautomaten erblickten und darin den legendären Alexander Alexandrowitsch Aljechin erkannten, jeder auf seine Weise. Aber ihre Freude war echt und drehte sich nicht nur um die Frage, wie ein solcher Automat funktionierte. In der Residenz war der Kleine Aljechin vor allem als Gegner hoch geschätzt. Für die Bewohner zählte allein die Gegenwart des Großmeisters, nicht der Umstand, dass eine Puppe Schach spielen konnte. Manche von ihnen glaubten sogar, sie säßen dem echten Aljechin und keinem Automaten gegenüber.

Deshalb war es nie nötig, vor der Partie die Klappe des Schachtischs zu öffnen, um das Innenleben des Automaten vorzuführen. Ebenso erübrigten sich alle Ermahnungen, man möge die Puppe nicht berühren. Wenn jemand die Hände nach dem Kleinen Aljechin ausstreckte, dann geschah dies nicht, um deren Mechanismus zu ergründen, sondern um ihm für die gelungene Partie zu danken.

Das Schachspielen in der Residenz war eine recht entspannte Angelegenheit. Auf die Schachuhr wurde meistens verzichtet, und die Notationen nahmen die Alten selbst vor. Sobald sie begriffen, dass die Puppe die Figuren nicht eigenhändig austauschen konnte, halfen sie ihr, als wäre es eine Ehre, dem werten Aljechin zu Diensten zu sein. In der Residenz »Etüde« war Miiras Anwesenheit entbehrlich.

Dass der Junge immer noch den Moment abpasste, wo keiner im Schachzimmer zugegen war, um unbemerkt in die Puppe zu schlüpfen, war reine Angewohnheit. Hier war diese Vorsichtsmaßnahme kaum von Bedeutung. Für die Spieler war es wichtig, dass die Puppe gut Schach spielte – ob in ihr eine lebende Person steckte oder nicht, interessierte niemanden. Tagsüber, wenn sie dem Jungen begegneten, wie er fleißig und still seinen Dienst verrichtete, mochte sich vielleicht manch einer seinen Teil denken. Aber keiner von ihnen wäre so indiskret gewesen, im dunklen Innenraum der Puppe nachzusehen. Sie alle waren gesittete Menschen, die im Laufe ihres langen Lebens als Schachspieler gelernt hatten, sich in Schweigen zu hüllen. Und diese Schweigsamkeit war dieselbe, die der Junge bei seiner Geburt an den Tag gelegt hatte.

Tagsüber hielten sich viele der alten Herrschaften im Schachzimmer auf. Manch einer spielte eine Partie gegen einen Mitbewohner, mit dem er sich gut verstand, oder gegen einen langjährigen Rivalen. Dann gab es welche, die über Schachproblemen vor sich hin brüteten oder bei einer interessanten Partie zuschauten. Gegen diese Herrschaften brauchte der Kleine Aljechin nicht anzutreten. Jeder von ihnen hatte einen geeigneten Partner und das passende Schachbrett gefunden. Um die Anwesenden nicht zu stören, saß der Kleine Aljechin im Schatten des Holzofens, Pawn im Arm haltend und mit gesenkten Lidern.

Doch sobald die Nacht anbrach, war es mit der Ruhe vorbei und eine gespenstische Atmosphäre machte sich breit. Knarrende Betten. Bewohner, die im Schlaf redeten. Schritte. Husten. Pfiffe. Lachen. Schluckauf. Weinen. Kurz, alle möglichen Laute drangen aus den Mündern der Alten und vereinten sich zu einer vielstimmigen Geräuschkulisse.

Das war genau der Zeitpunkt, an dem der Kleine Aljechin in Erscheinung trat. Wenn einer der Alten im Schachzimmer schüchtern das Licht anschaltete, tauchte die Puppe aus dem Dunkel der Nacht auf, und ihre Miene sagte ihm, dass sie schon lange auf ihn gewartet habe.

Die Bewohner der Residenz waren echte Champions. Anders als im Klub am Grunde des Meeres, wo viele mittelmäßige Spieler über ihre Beziehungen zu Mitgliedern Einlass erhielten. Da die alten Damen und Herren allesamt der Schachunion angehörten, wären sie lieber vor dem Schachbrett gestorben als im Kreis der Familie.

Aber ein Problem, auf das die Oberschwester bereits hingewiesen hatte, war das fortgeschrittene Alter der Spieler, deren Glanzzeit in ferner Vergangenheit lag. Einige hatten sogar ihre Fähigkeiten, die sie als junger Mensch besessen hatten, in Demut vergessen. Der Schatten des Alters verdüsterte manchmal das Schachbrett. Jedoch machte es dem Kleinen Aljechin überhaupt nichts aus, mit den älteren Menschen zu spielen. Ganz im Gegenteil: er hatte ihnen gegenüber den größten Respekt. Hier in der Residenz spielte man nämlich eine Art von Schach, in deren Genuss er weder in dem ausrangierten Bus noch im Klub am Grunde des Meeres gekommen war.

Sein erster Gegner war ein alter Herr, der eine Art Einkaufstasche auf Rollen hinter sich herzog. Obwohl er mit seinem Trolley fast gegen jeden Tisch stieß, ging er auf Zehenspitzen, um möglichst wenig Krach zu machen.

»Danke, dass Sie den langen Weg auf sich genommen haben«, sprach er zur Puppe und verneigte sich vor ihr. »Wäre es möglich, eine Partie mit Ihnen zu spielen?«

Nachdem er mit einiger Mühe seinen Trolley abgestellt hatte, trat er an den Schachtisch. Die Figuren standen schon bereit, die schwarzen vor dem Kleinen Aljechin, die weißen auf der Seite gegenüber. Zu dieser Zeit war im gesamten Gebäude nur das Schachzimmer erleuchtet.

Der Alte spielte gut. Im Gegensatz zu dem rätselhaften Trunkenbold, der damals im Klub am Grunde des Meeres die Puppe beschädigt hatte, haftete seinem Spiel jedoch kein Makel von Arroganz an. Er hatte weder die kühle Intelligenz des Jungen bei der Aufnahmeprüfung im Pazifik-Schachklub noch die unbekümmerte Art der alten Dame. Er wirkte frei von jeglichen Allüren. Sein Stil ähnelte der glatten Wasserfläche eines ruhigen Sees, auf dem nicht eine einzige Welle zu sehen ist.

Die Aura, die von seinen Fingerspitzen ausging, spürte der Kleine Aljechin sofort. Welche Züge er auch spielte, sein Gegenüber nahm sie stillschweigend hin. Nie zeigte er sich überrascht oder wütend. Man hatte den Eindruck, er absorbiere alles, damit der See auch in Zukunft spiegelglatt bliebe.

Anfangs fragte sich der Kleine Aljechin, ob sich die beschwerliche Anreise eventuell auf den Mechanismus des Automaten ausgewirkt hatte. Mithilfe des Hebels versuchte er, die Figuren bewusst langsam zu setzen. Aber der See blieb unverändert still. Er atmete tief durch. Die

Haare auf seinen Lippen erzitterten, als er sich den Leitspruch des Meisters ins Gedächtnis rief: »Nicht so hastig, mein Junge!« Sein Gegner hatte es offenbar nicht besonders eilig, also bestand für ihn auch kein Grund dazu. Er machte sich darauf gefasst, ganz langsam in den See einzutauchen.

Der Alte hatte die Angewohnheit, in schwierigen Situationen nach dem Griff seines Trolleys zu fassen und ihn neben dem Tisch hin und her zu rollen. Erst wenn er sich für den nächsten Zug gewappnet fühlte, setzte er die Figur, was im Geratter der Rollen kaum zu hören war. Seine Züge ließen keine klare Strategie erkennen. Man konnte nie sagen, ob ein Zug dem Angriff oder der Verteidigung diente. Er schien all das zu verachten, was man als Schachspieler normalerweise anstrebte: eine solide Festung, schlagkräftige Waffen und eine gute Marschroute. Stattdessen breitete er die Arme aus, um die Figuren seines Gegners bereitwillig in Empfang zu nehmen.

Um die Wasseroberfläche nicht in Aufruhr zu versetzen, fand der Kleine Aljechin es passender, auf dem Grunde des Sees eine neue Taktik zu ersinnen. Das Herzstück dieses Plans war sein Läufer auf g7. Er wusste aus Erfahrung, dass der Läufer erst im Verborgenen seine volle Kraft entfaltete, weshalb er ihn auf e5 schickte. Dort hatte er den weißen König im Visier, der sich, vom Bauern auf g3 bewacht, auf h2 verbarg.

Als er zur Oberfläche des Sees hochschaute, sah der Kleine Aljechin, dass sie nicht mehr so ruhig dalag, sondern, auch wenn sie nicht gerade aufgewühlt war, immerhin leichte Wellen schlug. Laub, abgebrochene Zweige und tote Insekten schwammen darauf herum. Dem Kleinen Aljechin erschienen sie wie Relikte, die dem Schachspiel des Alten einst Farbe verliehen hatten: Instinkt, Unerschrockenheit und große physische Stärke.

Aber auch als der Kleine Aljechin seine Taktik geändert hatte, ließ der Alte sich nicht aus der Ruhe bringen. Er spielte gewissenhaft Zug um Zug, ohne sich der Relikte zu bedienen. Bei jeder Weggabelung entschied er sich für den diskreteren Zug, der nicht so viel Aufruhr verursachte. Das ging so weit, dass der Kleine Aljechin manchmal wirklich die Ohren spitzen musste, um die Geräusche auf dem Brett hören zu können, aber nicht, weil die Figuren so leise gesetzt wurden, sondern weil die Züge des Gegners so bescheiden waren. Da mochte der schwarze Läufer sich noch so aufschwingen, der Alte schaffte es sogleich, den See wieder zu beruhigen. So wurde das klare Wasser nie getrübt.

Allerdings war es offensichtlich, dass der Alte sich mehr und mehr verausgabte. Sein Atem ging schwer, und er brauchte immer länger, um den nächsten Zug zu überdenken. Langsam färbte die Müdigkeit des Alten auch auf sein Spiel ab und lähmte die Figuren. Beim siebenundzwanzigsten Zug zog der Kleine Aljechin seinen Läufer auf c4. Dem Alten blieb daraufhin nichts anderes übrig, als seinen König umzulegen. Der Junge drückte den Knopf am Hebel und ließ die Puppe zwinkern.

»Das war eine exzellente Partie«, meinte der Alte.

Der Kleine Aljechin streckte anerkennend seinen Arm

aus. Über dem ruhigen See des verwaisten Spielfelds, das nun kein Strudel mehr aufrührte, gaben sich beide die Hand.

Bisher hatte der Junge nur die Art von Schach gekannt, bei der man die Schlagkraft der eigenen Figuren voll ausschöpfte. Aber der Alte mit dem Trolley hatte so gespielt, als hätten diese auf dem Feld gar keine Bedeutung. Wie ein Diener, der alle gegnerischen Züge wortlos entgegennimmt. Er hatte seine Figuren in dem Bewusstsein gesetzt, als käme es auf das eigene Ego gar nicht an. Lange noch sann der Junge über diese Lehre nach.

»So ein Schachautomat ist doch etwas Großartiges, nicht wahr?« sagte der Alte. Er hatte sein Kinn auf den Griff der Tasche gestützt, wodurch man den Eindruck gewann, er spräche mit dem Trolley.

»Wo findet man sonst jemanden, der beim Schachspielen den Mund hält? Ich habe jedenfalls noch nie so jemanden getroffen.«

Unbewusst presste der Junge die Narben seiner Lippen zusammen. Jenseits des Schachtischs knisterten die glimmenden Scheite im Ofen.

»Viele überhöhen das Spiel, indem sie lang und breit erklären, weshalb man so oder so spielt. Das ist alles Blödsinn. Der Mund ist ein überflüssiges Organ.«

Der Alte lachte verlegen.

»Deshalb gebe ich auch gerade dieses alberne Geschwätz von mir.«

Der Junge betastete seine Lippen. Die Haare waren trocken und hoffnungslos zerzaust.

»Wer einen Mund besitzt, spricht doch sowieso nur von sich selbst. Ich, ich, ich. Immer nur ich, das ist das Allerwichtigste. Aber beim Schach geht es nicht um die eigene Person. Das, was sich auf dem Spielfeld ereignet, lässt sich nicht in menschliche Worte fassen. Wer da nur sich selbst ins Spiel bringen will, hinterlässt als Notation nur hässliche Krakeleien.«

Der Alte zog den Trolley an seine Brust.

»Deshalb beneide ich Sie so. Sie sind selbstlos. Sie setzen sich einfach nur vor das Schachbrett, und das war's. Als Kleiner Aljechin geben Sie sich dem Schweigen hin.«

Der Junge dachte an die vom Puppenbauer geschnitzten Lippen, die sich niemals öffnen würden und hinter denen sich eine unberührbare Stille verbarg.

»Ich würde mich gerne mit einem Geschenk erkenntlich zeigen. Irgendetwas Hübsches …«

Der Alte wühlte in seiner Einkaufstasche herum und kramte schließlich einen kleinen Gegenstand hervor, den er auf das Schachbrett legte.

»Das trug meine Katze, die ich früher hatte, um den Hals. Sie war nicht so klug wie Ihre, aber auch sie liebte Schach. Ich danke Ihnen vielmals. Gute Nacht!«

Seinen Trolley hinter sich herziehend, verließ der Alte das Schachzimmer ein wenig wackliger auf den Beinen als bei seiner Ankunft.

Erst nachdem seine Schritte verklungen waren, kroch der Junge aus der Puppe heraus.

Das Licht war gelöscht, und draußen herrschte, bedingt durch das Laub der Bäume, eine tiefe Dunkelheit. Ihm aber genügte das winzige orangefarbene Flackern im Ofen. Er legte sich auf den Teppich und streckte vorsichtig nach und nach seine steifen Glieder von sich. Hier gab es leider niemanden, der ihn massierte. Zwischen den Figuren, die noch auf dem Brett standen, lag ein kleines Glöckchen. Der Junge stand wieder auf, nahm es in die Hand und hielt es sich ans Ohr. Es gab einen ganz feinen, verhaltenen Ton von sich. Als hätte es längst vergessen, wie es klingelte.

Am nächsten Tag zog er eine Schnur durch das Glöckchen und band sie dem Kater um den Hals, bevor er in der Puppe verschwand. Von nun an war das Glöckchen ein Signal dafür, dass der Kleine Aljechin bereit war. Wenn es am Hals des Katers hing, nahm einer der alten Herren Platz, und wenn nicht, mussten sie sich gedulden.

Drei Monate wohnte der Kleine Aljechin nun schon in der Residenz »Etüde«, als ein Brief von Miira eintraf. Es war ein dünner weißer Umschlag.

In den Bergen war es gerade bitterkalt. Die Gipfel waren schneebedeckt und zumeist nebelverhüllt. Die Feuchtigkeit auf den Wiesen gefror nachts zu Reif. Der Brief für den Jungen wurde von einem der beiden Zwillinge in der Residenz abgeliefert.

»Der ist bestimmt von deiner Liebsten«, sagte der Gondelführer, während er die aus der Stadt gelieferten Lebensmittel, Medikamente und Haushaltsgüter sortierte. Der Junge vermutete, dass es derjenige der Zwillingsbrüder war, der ihm damals bei seiner Ankunft die Koffer in der Seilbahn verstaut hatte.

»Nein, da ist niemand …«, sagte der Junge und schüttelte vage den Kopf.

»Aber es ist doch schön, wenn jemand einem schreibt«, beharrte der Zwilling.

Die einzige Methode, die beiden auseinanderzuhalten, war das Schachspielen. Der Erstgeborene spielte gerne auf Remis, was der Jüngere verabscheute.

Der Junge dankte ihm und ging hinüber zum Personaltrakt, wo sich sein Zimmer befand. Dort legte er den Brief auf den Tisch und sah ihn eine Weile aufmerksam an. Das Weiß des Umschlags erinnerte ihn unweigerlich an die Taube. Miiras Gewand und ihre dazugehörige Kopfbedeckung tauchten vor seinem inneren Auge auf. Als er den Umschlag aufriss, kam ein einzelner Briefbogen zum Vorschein. Darauf standen keine Neuigkeiten, keine Grußworte, kein Datum. Es gab nicht einmal eine Unterschrift. Stattdessen stand dort, genau in der Mitte des Bogens, in Miiras unverkennbarer Handschrift: »e4«.

Eine Woche später schrieb der Junge ihr zurück:

Seine Antwort lautete: »c5«.

Von den Aufgaben, die er neben der Betreuung des Kleinen Aljechin hatte, war die schlimmste, der Oberschwester ihr Nachtmahl zu bringen, kurz bevor das Licht gelöscht wurde. Wie alle Mitarbeiter wohnte auch sie im Personaltrakt, aber ungeachtet ihrer Schicht pflegte sie stets vor dem Zubettgehen noch etwas zu sich zu nehmen. Der Junge wärmte das in der Küche zubereitete Essen auf, machte Tee und brachte ihr alles aufs Zimmer. Das Problem dabei war, die Speisen so zu reduzieren, dass die Oberschwester nichts davon mitbekam. Allein die Vorstellung, dass sie nach dem üppigen Abendessen zu so später Stunde sich noch einmal den Bauch vollschlug, ließ ihm keine Ruhe. Denn er hatte noch immer ein schlechtes Gewissen, dass er den auf Süßigkeiten versessenen Meister nicht von seiner Naschsucht abgehalten hatte. All seine schlimmen Bilder – der Meister, wie er mit dem Kran aus dem Buswrack gehievt werden musste, Indira, die nicht mehr in den Fahrstuhl hineinpasste – projizierte er auf die Oberschwester. In Gedanken sah er sie auf halber Strecke in der Seilbahn feststecken: Die Gondel, deren Seile schon so ausgeleiert sind, kann ihr Gewicht nicht mehr befördern und droht nun abzustürzen.

Die Dicke der Brotscheiben reduzierte er von sieben auf fünf Millimeter. Beim Gulasch nahm er Fleischstückchen heraus, und die Eiscreme taute er halb auf. Die Reste ließ er im Müll verschwinden, ohne dass der Koch etwas davon mitbekam.

»Ah, wie nett von Ihnen.«

Die Oberschwester trug wie immer ihre weiße Tracht. Er hatte sie nie anders gesehen. Der gestärkte Kittel war steif wie ein Brett und die Haube fein säuberlich mit Haarnadeln festgesteckt, sodass sie niemals verrutschen würde, egal, wie heftig sie mit dem Kopf schüttelte.

»Gleich kommen Sie zum Einsatz, nicht wahr?«

Die Oberschwester nickte in Richtung Schachzimmer.

»Ja.«

»Sie sind bei den Bewohnern sehr beliebt.«

»Glauben Sie?«

»Unsere Gäste finden es beruhigend, dass jemand unter ihrem Dach lebt, mit dem sie zu jeder Uhrzeit Schach spielen können. Noch dazu, wenn es sich dabei um Aljechin handelt.«

»Ich danke Ihnen.«

Ohne die Sorgen des Jungen zu ahnen, verspeiste die Oberschwester genüsslich ihr Mahl. Ihr Zimmer war schlicht, nur ein wenig größer als seines. Auf dem schmucklosen Regal, das an der Wand befestigt war, standen nur Bücher über Krankenpflege, kein Familienfoto, keine Souvenirs von irgendwelchen Reisen. Daneben hing an einem Haken ein zweiter Kittel zum Wechseln.

»Aber eine Sache wundert mich schon …«, sagte sie kauend. »Wieso machen Sie es sich so schwer und verstecken sich in einer Puppe? Es wäre doch viel bequemer, sich einfach an einen der vielen Schachtische zu setzen. Bestimmt wären Sie auch schneller fertig, wenn Sie eigenhändig spielen würden, oder etwa nicht?«

»Ja, da mögen Sie recht haben«, erwiderte er, ohne den Blick von ihrem Mund zu lösen. »Aber die Umstände sind nun mal etwas schwierig …«

»Sie wollen damit sagen, das lässt sich nicht so ohne Weiteres erklären?«

»Tja …«

»Schon gut, das macht nichts. Ich verstehe sowieso

nichts von Schach. Außerdem habe ich mich bereits an den Anblick gewöhnt, dass ein Mensch gegen eine Puppe spielt.«

Sie wischte sich energisch mit der Papierserviette über die Lippen.

In dem Moment verstand der Kleine Aljechin, dass er seit dem Tod des Meisters auf keinem anderen Brett gespielt hatte als auf seinem. Die einzige Ausnahme war das Lebendschach, was ein unverzeihlicher Fehler gewesen war. Der Junge schwor sich, fortan Schach nur noch auf dem Erbstück des Meisters zu spielen.

»Möchten Sie kosten?«

Die Oberschwester reichte ihm das Schälchen mit der Eiscreme.

»Nein, danke.«

Zwar fiel ihm ein, dass sie weniger essen würde, wenn er mitäße, aber er brachte es einfach nicht über sich, das Schälchen entgegenzunehmen.

»Sie brauchen sich nicht zu genieren«, forderte sie ihn abermals auf.

»Nein, darum geht es nicht, ich esse nur nichts Süßes, das ist alles.«

»Sieh an!« murmelte die Oberschwester und blickte ihn an. »Dafür haben Sie sicher auch einen Grund, den Sie nicht ohne Weiteres erklären können, oder?«

Daraufhin sagte sie nichts mehr, sondern verschlang gierig die Eiscreme. Der Junge sah ihr zu und dachte dabei, dass er seit dem Tod des Meisters auch nichts Süßes mehr probiert hatte.

Aha, das ist doch jener Herr, der vor drei Tagen blitzschnell konterte, als ich Druck auf g2 gemacht hatte. Und der dort drüben hat sich vor zwei Wochen völlig verzettelt, weil er unbedingt ein elegantes Endspiel haben wollte. Wenn der Junge tagsüber beim Verrichten der anderen Arbeiten auf einen der Bewohner traf, fiel ihm sofort ein, wie er gegen ihn Schach gespielt hatte. Ihre Stimmen musste er gar nicht hören, ihm reichten ihre Gebärden, um zu erkennen, wer sie waren. Als wären dort bereits die Notationen geschrieben, dachte er und wunderte sich über diesen Gedanken.

Nur der Alte mit dem Einkaufswagen bildete eine Ausnahme. Egal ob er Schach spielte oder im Salon einen Kaffee trank, sein untrügliches Markenzeichen war der Trolley. Sobald er aus seinem Zimmer trat, durfte sein rollender Gefährte nicht fehlen. Er behauptete, die Tasche enthielte Erinnerungsstücke aus seinem Leben. In jungen Jahren galt er als Schachgenie, aber er hatte lediglich banale Dinge im Gepäck: einen einzelnen Handschuh, einen Radiergummi, Schnürsenkel, ein Rechen-Dreieck, vertrocknete Samen von Wollmispeln, Sammeltickets für den Omnibus, Augentropfen, eine Schaufel, einen falschen Schnurrbart, Stricknadeln, das angelaufene Glöckchen – alles Plunder, der mit Schach nicht das Geringste zu tun hatte. Aber für ihn war jeder Gegenstand wahrscheinlich mit einer kostbaren Erinnerung verbunden.

Wenn das Wetter schön war, ging er meistens in den Salon, wo er sich an einen Tisch setzte, seine Andenken ausbreitete und die dazugehörigen Geschichten zum

Besten gab – ganz gleich, ob ihm jemand zuhörte oder nicht. Bei jeder Geschichte kam er unweigerlich irgendwann auf die Siegermedaille zu sprechen, die ihm einst auf einer Schach-Olympiade verliehen worden war. In welchem Zusammenhang er darauf zu sprechen kam, variierte jedes Mal. Aber nie hörte einer der anderen Bewohner zu, was ihn jedoch nicht zu stören schien. Mit gesenktem Blick konnte er mühelos über eine Stunde lang reden, ohne Punkt und Komma. Wenn der Junge Zeit hatte, leistete er ihm Gesellschaft. Obwohl er es verwunderlich fand, dass jemand, der das Schweigen predigte, seinem Prinzip dermaßen zuwiderhandelte. Aber vielleicht konnte der Alte seine demütige Haltung beim Spielen nur deshalb einnehmen, weil er abseits des Bretts so viel redete.

»Beim achtundzwanzigsten Zug, als ich mit dem Springer den Bauern auf e2 geschlagen habe, war das Spiel entschieden. Ich hatte gewonnen.«

Mit diesem Satz endeten all seine Geschichten.

»Ich gratuliere Ihnen!« sagte der Junge anerkennend.

Er bezweifelte, dass sein Lob ihn überhaupt erreichte. Der Alte saß vornübergebeugt, als hätte er gerade einen langen, erbitterten Wettkampf hinter sich, und sammelte die auf dem Tisch aufgereihten Gegenstände wieder ein, um sie behutsam, einen nach dem anderen, in seine Einkaufstasche zurückzulegen.

Angesichts seiner traurigen Gestalt war der Junge versucht, ihm zu sagen, was für ein großartiger Schachspieler er immer noch sei, aber er hielt sich zurück. Die Finger aus Quittenholz hatten ihm dies schon längst mitgeteilt.

Nachdem er seine Erinnerungsstücke ordentlich verstaut hatte, ging er wieder, den Trolley wie immer hinter sich herziehend. Die Einkaufstasche besaß ein schwarzweißes Karomuster. Sie war völlig verstaubt, an den Ecken abgestoßen und hatte schleifende Rollen. Aber die Quadrate waren immer noch deutlich erkennbar.

Jedes Mal, wenn der Junge dem Alten bei seinen Erzählungen Gesellschaft leistete, empfand er eine tiefe Dankbarkeit. Er verneigte sich dann schweigend hinter seinem Rücken dafür, dass er aus seinem kostbaren Sammelsurium dem Kleinen Aljechin das Glöckchen geschenkt hatte.

Zum Leidwesen des Jungen gab es etliche Bewohner, die nicht mehr so gut Schach spielen konnten wie früher. Trotzdem musste der Kleine Aljechin auch gegen sie antreten.

Eines Nachts, als der nächste Morgen schon nicht mehr fern war, trat eine Person ins Schachzimmer und klingelte mit Pawns Glöckchen. An ihrer höflichen Zurückhaltung erkannte der Kleine Aljechin, dass es sich um eine Frau handelte. Es gab nicht viele Bewohnerinnen in der Residenz, aber diese waren in der Regel sehr talentierte Schachspielerinnen.

Als die alte Dame vor dem Schachtisch Platz genommen hatte, sah sie zunächst scheu auf die Figuren hinunter. Sie können das Spiel eröffnen, wann immer Sie bereit sind, schien der Kleine Aljechin sagen zu wollen. Haben Sie keine Angst.

Endlich nahm sie den Bauern auf e2. Im Inneren des Automaten konnte der Junge hören, wie ängstlich sie war. »Sie brauchen sich nicht zu fürchten, es ist doch bloß ein Bauer«, murmelte er leise. »Setzen Sie ihn ruhig an den gewünschten Platz.«

Nach den nächsten beiden Zügen, bei denen sie mit ihren Springern vorgerückt war, geschah etwas Merkwürdiges. Die alte Dame setzte ihren Läufer von f1 nach a5.

Der Junge starrte auf die Unterseite des Bretts. Die Dame musste sich vertan haben. Ihr Läufer hätte eigentlich auf einem weißen Feld landen müssen, auf b5 beispielsweise. In der Dunkelheit des Schachautomaten tauchte Indira auf und betrachtete ratlos das Brett. Auch sie wusste diesmal nicht, was zu tun war. Wie sollte der Kleine Aljechin der alten Dame beibringen, dass ihr letzter Zug ungültig war? Sie selbst schien ihren Fehler gar nicht bemerkt zu haben. Nur mithilfe des Hebels würde es ihm nie gelingen, diese Angelegenheit in Ordnung zu bringen. Notgedrungen rückte er seinen Bauern von d7 ein Feld vor, analog zu ihrem Läufer, der sich auf a5 befand. Von allen Schachzügen, die er bislang in seinem Leben getan hatte, war dies derjenige, in den er am wenigsten Vertrauen hatte.

Nach diesem Muster verfuhr die Frau mit all ihren Figuren. Sie spielte nach ihren eigenen Regeln. Die Dame übersprang Felder, die Türme zogen diagonal, die Bauern beförderten hinderliche Figuren vom Brett … die Partie nahm einen absolut unvorhersehbaren Verlauf. Es war das erste Mal, dass der Junge die Übersicht verlor, was oben auf dem Brett vor sich ging. Im dunklen Innenraum der Puppe entstanden noch nie da gewesene Muster, es erklangen bizarre Tonleitern, wie von exotischen Musikinstrumenten gespielt. Der Kleine Aljechin suchte verzweifelt nach einer Strategie, um ihr die Stirn bieten zu können, aber immer wenn er glaubte zu wissen, welchen Zug die alte Dame als Nächstes tun würde, erwies sich diese Annahme als falsch. Bald schon schwirrten all seine Sinne durcheinander.

Je chaotischer es allerdings auf dem Spielfeld zuging, umso ruhiger wurde die alte Dame. Das anfängliche Zögern, mit dem sie ihren ersten Bauern gesetzt hatte, war verschwunden. Stattdessen traten ihre Figuren nun mit Pauken und Trompeten auf. Obwohl sie wild auf dem Spielfeld herumzogen, schienen sie eine bestimmte Strategie zu verfolgen. Die alte Dame ließ sich bei jedem Zug sehr viel Zeit und überlegte sorgfältig, welcher von allen möglichen Zügen, die sich ihr darboten, der beste war.

Der Kleine Aljechin hatte es inzwischen aufgegeben, aus ihrem Spiel schlau werden zu wollen. Er setzte seine Figuren, ohne genau zu wissen, wohin das alles führen würde, und versuchte unbeholfen, die weißen und schwarzen Figuren in Einklang zu bringen. Zwar fand er es bedauerlich, dass sie nie erfahren würden, welche Art von Sinfonie dort gerade auf dem Brett entstand, aber wenigstens schrieben sie beide gemeinsam daran … Bis sie nach einer langen Pause mit ruhiger Stimme sagte: »Ich habe verloren.«

Gegen Ende war alles ganz schnell gegangen. Noch schliefen die anderen Bewohner der Residenz, aber man hörte bereits die Vögel im Innenhof zwitschern. Ein milchiger Sonnenstrahl drang durch den Spalt unter der Klappe ins Innere des Automaten. Die alte Dame hatte nicht vergessen, den König umzulegen, als Zeichen ihrer Niederlage.

Erst als der gegnerische König fiel, kam ihm in den Sinn, dass er an den Ausgang der Partie nie einen Gedanken verschwendet hatte. Er war immer nur um die Musik bemüht, die im Herzen der alten Dame erklang.

Als sie sich von ihrem Platz erhob, berührte sie ein zweites Mal das Glöckchen. Das war ihr einziger Abschiedsgruß. Der Junge kroch aus der Puppe, warf einen Blick auf das Spielbrett und war überrascht, dass die verbliebenen Figuren ein absolut harmonisches Bild abgaben. Keine Spur von dem vermuteten Chaos. Auf dem Brett herrschte eine Stille wie in einem Kloster. Und in der Mitte lag der weiße König, als wäre er in ein Gebet vertieft.

16

Da es sich bei der Residenz »Etüde« um einen Altersruhesitz handelte, waren Begräbnisse hier keine Seltenheit. Starb ein Bewohner, folgten ihm nicht selten andere, in kurzem Abstand, so als hätten sie einen Halt verloren. So waren bei Todesfällen mit anschließender Trauerfeier regelrechte Zyklen zu beobachten. Im Erdgeschoss von a8 gab es im Gemeinschaftsbereich dafür einen speziellen Raum. Er befand sich direkt unter dem Schachzimmer.

Da viele der Verstorbenen keine Angehörigen hatten, bestand die Trauergemeinde fast nur aus Mitbewohnern. Sie kamen in Rollstühlen, am Stock oder wurden von einer Pflegeperson gestützt. Jeder opferte dem Toten eine weiße Blume und erinnerte an die Partien, die man gemeinsam gespielt hatte. Als Porträt des Toten wählte man in der Regel ein Foto, das ihn beim Schachspiel zeigte. Entweder in einer nachdenklichen Pose, das Kinn auf die Faust gestützt, oder wie er gerade im Begriff war, einen gegnerischen Bauern zu nehmen. Oder aber wie er einem Gegner die Hand schüttelte. Was immer den Verstorbenen am besten charakterisierte. Auch die Beigaben für den Sarg hatten mit ihrer großen Leidenschaft zu tun: ein Reise-Schachspiel für die Hosentasche, ein Lehrbuch über Standarderöffnungen, eine Medaille von einem Turnier, eine ausgediente Schachuhr und dergleichen.

Als der Junge vor dem Sarg stand, sagte er sich, dass er auch gerne ein solches Souvenir mit auf die letzte Reise nehmen würde, wenn seine Zeit gekommen war. Nur hätte man kein Porträt von ihm aufstellen können, da kein einziges Foto von ihm existierte, auf dem man ihn Schach spielen sah. Kaum stand er vor dem Schachbrett, verkroch er sich ja gleich darunter. Außer bei dem Schachwettbewerb damals im Kaufhaus hatte er nie an einem offiziellen Wettkampf teilgenommen. Und hier in der Residenz verließ er die Puppe für gewöhnlich in der Morgendämmerung, also zu einer Zeit, wo niemand auf die Idee käme, ein Foto zu schießen.

Die Beerdigung des alten Herrn mit dem Trolley erfolgte wie üblich kurz nach anderen Todesfällen. Nur dass man in seinem Fall die Einkaufstasche mit dem kompletten Inhalt in den Sarg legte, was ein wenig sonderbar anmutete, aber es gab keinen Grund, sie ihm vorzuenthalten. Selbst im Grab war er eins mit dem Trolley. Seine Finger hielten fest den Griff umklammert, als wollte er sagen: »So, jetzt sind Sie am Zug.«

Das, was den Jungen bei den Bestattungszeremonien am meisten beunruhigte, war der Moment, wenn der Sarg mit der Gondel talabwärts zum Krematorium transportiert wurde. Der Sarg wurde auf eine der beiden Viererbänke gestellt. Um das Gewicht auszubalancieren, musste sich die Oberschwester auf die gegenüberliegende Bank setzen. Das hätten natürlich auch andere übernehmen können – selbst wenn sie dazu mehrere sein mussten –, aber die Oberschwester fühlte sich verantwortlich, dem Verstorbenen das letzte Geleit zu geben.

Zu dieser Gelegenheit trug sie wie immer ihre weiße Schwesterntracht und ihre Haube. Merkwürdigerweise störte sich niemand an dem auffälligen Kontrast zu den übrigen Trauergästen, die in Schwarz gekleidet waren. Dem tristen Begräbnis gab das untadlige Weiß eine sachliche Note.

»So, nun kann es losgehen.«

Die Oberschwester grüßte kurz die Anwesenden, bevor sie die Kabine betrat. Sie war mit allen Abläufen bestens vertraut, was dem diensthabenden Gondelführer überflüssige Anweisungen ersparte. Die Trauergäste winkten mit Tränen in den Augen dem Sarg nach, während der Zwillingsbruder des Gondelführers die Tür schloss und am Schalthebel zog.

Immer wenn er das Knirschen des Hebels hörte, überkam den Jungen die Befürchtung, die Gondel könne zusammen mit dem Sarg abstürzen. Mit der Oberschwester an Bord war das Höchstgewicht der Kabinenlast ja längst überschritten. Und das war auch mit seine Schuld, schließlich brachte er ihr das allabendliche Nachtmahl aufs Zimmer. Dieser Gedanke wurde dem Jungen mit jedem Mal unerträglicher, sodass er der Oberschwester eines Tages vorschlug, an ihrer Stelle in der Gondel mitzufahren.

»Was, Sie?« rief sie, woraufhin sich der Gondelführer erstaunt umdrehte.

»Es freut mich sehr, dass Sie sich nützlich machen wollen, aber …« Sie kniete sich vor ihn hin und sprach in einem Tonfall, als würde sie einem kleinen Kind zureden: »Sie haben eine Aufgabe, die nur Sie erfüllen können. Dies hier gehört zu meinen Aufgaben als Oberschwester, es ist nicht nötig, dass Sie mir diese Arbeit abnehmen.«

»Außerdem dürftest du kaum das nötige Gegengewicht haben«, sagte der Zwilling frech, woraufhin ihn die Oberschwester böse anfunkelte.

»Wenn ich richtig verstehe, wollen Sie dem Sarg nur das letzte Geleit geben. Dann dürfen Sie mich gerne nach unten begleiten«, sagte sie an den Jungen gewandt.

Das jedoch war ganz und gar unmöglich, weil die Gondel dann noch schwerer zu tragen gehabt hätte. Der Junge schüttelte schweigend den Kopf.

Lag es daran, dass Tote die Gravitation außer Kraft setzen, oder einfach nur an der Leibesfülle der Oberschwester? Jedenfalls schwankte die Gondel sehr viel mehr als üblich. Von einer Baumkrone flatterten Vögel auf. Der würfelförmige Kasten bahnte sich einen Weg durch das wild wuchernde Dickicht und klammerte sich dabei verbissen an die Seile. Um den Toten zu seiner letzten Ruhestätte zu bringen, gab die Oberschwester ihr Bestes und erfüllte die Aufgabe als Gegengewicht mit Bravour. Durch das makellose Weiß ihres Kittels erinnerte sie an eine Dame, die auf einem Spielfeld, wo ihre Gefährten einer nach dem anderen gefallen waren, den feindlichen Linien tapfer die Stirn bot.

Möge sie heil wieder zurückkommen. Mit diesem Wunsch meinte der Junge nicht etwa die Seele des Verstorbenen, sondern die Oberschwester.

»Oh, Sie kommen mich abholen?«

»Ja.«

Um Gewissheit zu haben, dass sie unversehrt war, hatte der Junge auf die Ankunft der Gondel gewartet und war der Oberschwester entgegengelaufen. In der Dämmerung zeichnete sich ihre Uniform deutlich vor den dunklen Bäumen ab. Trotz des langen Arbeitstages war ihre Tracht noch immer blütenweiß.

»Das ist nett von Ihnen, vielen Dank.«

»Das mache ich gern.«

An Tagen, an denen die Oberschwester einem verstorbenen Bewohner das letzte Geleit gegeben hatte, verspürte sie immer das Bedürfnis, in der Abenddämmerung durch den Wald zu streifen. Und es gab dafür keinen besseren Begleiter als den Jungen.

»Sie werden den Alten mit dem Trolley vermissen, nicht wahr?«

Sie liefen durch das dicht bewachsene Gelände und folgten einem ausgetretenen Wanderpfad. Nachdem sie über einen morschen, halb zusammengefallenen Zaun geklettert waren, umrundeten sie ein mit Sumpfgras bewachsenes Moor und kamen zur Tränke einer alten Schäferei, von der nur noch die Grundmauern standen. Jedes Mal, wenn sie ins Gras traten, schwirrten kleine Insekten um ihre Füße herum.

»Er war mit Sicherheit derjenige, der am meisten geredet hat.«

»Ohne seine ausufernden Geschichten wird es im Salon ziemlich still sein.«

»Ja, aber …« Der Junge hielt einen Moment inne. »In Wahrheit war er ein sehr stiller Mensch.«

»Ach wirklich? Ich dachte, er wäre das genaue Gegenteil.«

Die Oberschwester bohrte ihre Hände in die Kitteltaschen.

»Sobald er seine Habseligkeiten in der Einkaufstasche verstaut hatte, versank er in tiefes Schweigen. Mit diesem Schweigen konnte es nicht mal die Puppe aufnehmen.«

Dicht über ihnen tauchte der blasse Mond am Himmel auf, in der Ferne funkelte der Abendstern. Die Seilbahn war irgendwann hinter ihnen verschwunden, während die Residenz auf a8 noch stellenweise durch die Bäume hindurch zu sehen war. Der Junge überlegte, ob sie sich gerade auf a6 befanden.

»Sie meinen also, im Salon verhielt er sich anders als vor dem Schachbrett?«

»Ja, alles hing davon ab, ob der Deckel seiner Einkaufstasche offen stand oder zugeklappt war.«

»Ah, ich verstehe.«

Die Oberschwester nickte. Aus der Nähe betrachtet, war ihre Haube viel hübscher. Sie steht ihr gut, sagte sich der Junge. Doch ungeachtet seiner bewundernden Blicke, stapfte sie mit energischen Schritten durch das hohe Gras.

»Er wollte jedoch nie jemanden erschrecken oder ignorieren. Es war eine Stille, in der er völlig aufgehen konnte.«

»Hat das damit zu tun, ob man gut oder schlecht Schach spielt?«

»Ja, natürlich. Schach ist ein Spiel, bei dem man setzen muss, wenn man am Zug ist. Selbst wenn man dann nur ein Feld mit dem Bauern vorrückt, verändert sich die Konstellation auf dem gesamten Feld. Und wenn ein Spieler trotz der permanenten Veränderungen auf dem Brett eine innere Ruhe empfinden kann, ist das ein Zeichen von Stärke.«

»Demnach war er also ein starker Spieler. Ich dachte immer, er sei bloß ein redseliger alter Mann.«

»Ganz und gar nicht. Er war ein wundervoller Schachspieler, der davon überzeugt war, dass sich im Schach ein grenzenloses Universum verbirgt, das der Wahrheit viel näher kommt als jeder Gedanke, den man mit dem eigenen endlichen Verstand ausbrütet. Sein Selbst abstreifen und sich hingebungsvoll in den Ozean des Schachs stürzen, darum ging es ihm.«

Die Sonne, die schon fast hinter dem Gebirgskamm verschwunden war, sandte ihre letzten Strahlen. Die beiden Schatten waren immer länger geworden und hatten sich dann vereint.

»Aber welche ist nun die wahre Person?« rätselte die Oberschwester, den Blick starr geradeaus gerichtet.

»Die vor dem Schachbrett sitzt«, erwiderte der Junge entschieden. »Der stille Alte mit dem Trolley ist sein wahres Ich. Am Schachbrett kann sich niemand selbst betrügen.«

»Ja, das sehe ich ein.« Die Oberschwester nickte zustimmend. »Ich hatte den Alten falsch eingeschätzt.«

Sie drehte sich lächelnd zu ihm um, und er nickte ihr stumm zu.

Plötzlich tauchte vor ihnen ein Gebäude auf, das exakt die gleiche Form hatte wie a8. Es war die Molkerei. Das Feld, auf dem der schwarze Turm Stellung bezog.

»Wir sind ziemlich weit vom Weg abgekommen.«

»Ist Ihnen kalt?«

»Nein, gar nicht. In diesem Kittel ist mir nie warm oder kalt. Mein Körper hat sich daran gewöhnt.«

Am Gemäuer der Molkerei rankte Efeu. Etliche Fensterscheiben waren zerbrochen, und im Innenhof lag dürres Laub. Von der regen Betriebsamkeit, die früher hier geherrscht hatte, war nichts mehr zu spüren.

»Wir müssen langsam zurückgehen«, sagte die Oberschwester, den Blick zum Abendstern erhoben. Ihre Schatten waren immer noch eins.

Als der Junge mit gesenktem Kopf hinter der Oberschwester nach Hause ging, dachte er daran, wie schön es wäre, mit ihr eine Partie Schach zu spielen.

In den folgenden Wochen erhielt der Junge weitere Briefe von Miira. Manche kamen gleich nachdem er seine Antwort geschickt hatte, andere mit großer Verzögerung. Alle enthielten immer nur die Notation eines weiteren Schachzugs. Wider besseres Wissen konnte er es nicht lassen, das Blatt Papier jedes Mal umzudrehen oder gegen das Licht zu halten. Sobald er sich überzeugt hatte, dass auf dem Blatt nichts weiter geschrieben stand, starrte er nur noch auf die Zeichenfolge:

Sxd4

…

Lg5

…

f4

…

Zuerst glaubte er, sie würde ihm eine Notation schicken, die aus dem Klub am Grunde des Meeres stammte, aber dann wurde ihm ziemlich bald klar, dass dem nicht so war. Es handelte sich um Schachzüge, die von ihr stammten.

Anfangs waren sie noch sehr schüchtern und konnten ihre Unsicherheit nicht verbergen, aber dann trat ihre Intention mit jedem weiteren Zug offener zutage. Ihre Züge waren schlicht und beständig, so als würde sie immer den richtigen Ton treffen. Sie erklangen in Intervallen und gehorchten noch keiner Technik, um sich zu einer kunstvollen Melodie zu verbinden, aber jeder einzelne Ton, den sie auf den weißen Papierbögen verewigte, versetzte das Trommelfell des Jungen in Schwingung.

Es vergingen meistens einige Tage, bevor er antwortete. Für ihre Partie gab es weder ein Zeitlimit noch eine Schachuhr. Derart lange über einen Zug nachdenken zu können war eine ganz neue Erfahrung für ihn. Angefangen mit dem ersten Zug e4 legte er die Briefe in der chronologischen Reihenfolge auf den Tisch. Wenn er sie las, erinnerte er sich daran, wie Miiras Stift über den Notationsbogen geglitten war, wie sie die Hand aus Quittenholz flüchtig berührt oder ihm auf dem Boden der Damendusche die schmerzenden Gelenke massiert hatte. Wieso waren all diese Erinnerungen in unerreichbare Ferne gerückt? Bei diesem Gedanken wurde ihm ganz schwindlig. Aber wenn er die Augen schloss und auf dem Schachbrett seine und Miiras Figuren aufstellte, gewann er seine Ruhe zurück. Die in seinen Ohren klingenden Geräusche ihrer Figuren waren allein für ihn bestimmt. Miiras weiße Schar war am Anfang noch scheu und ängstlich, aber sie marschierte bereits unaufhaltsam auf das Territorium des Kleinen Aljechin zu.

Verzeih mir, Miira. Ich bin einfach so gegangen, ohne dir Lebewohl zu sagen. Aber nun bin ich froh, dass du mir nicht böse bist. Ich erkenne das an deinem siebten und elften Brief. Es sind keine Züge, die man spielt, wenn man zornig ist. Und du willst mich nicht herausfordern, sondern mit mir zusammen eine Sinfonie schreiben. Ich bin so froh, dass du an der Seite des Kleinen Aljechin das Schachspielen erlernt hast.

All das und noch viel mehr hätte er Miira gern geschrieben, aber sein Brief enthielt auch diesmal nur eine einzige Zeile.

Dxg5.

Der Junge steckte den sorgfältig zusammengefalteten Bogen in einen Umschlag, schrieb die Adresse des Pazifik-Hotels darauf und versah ihn mit einer Briefmarke.

Den Brief ließ er eine Nacht auf seinem Tisch liegen, als wollte er den wohldurchdachten Zug noch etwas reifen lassen. Dann, am nächsten Morgen, gab er ihn dem Gondelführer mit.

Auch seit seiner Ankunft in der Residenz »Etüde« war der Junge nicht mehr gewachsen. Auf Kinn und Wangen war zwar starker Bartwuchs zu erkennen, sonst aber blieb sein Körper unverändert, was ihm erlaubte, immer noch mühelos in die Puppe kriechen zu können. Muskeln hatte er kaum entwickelt, außer denen, die er zur Betätigung des Hebels und für die Verrenkung seiner Gliedmaßen benötigte. Er war noch kleiner, als es alte Menschen oft sind. Unter den Bewohnern hielten ihn einige tatsächlich für ein Kind.

»Noch so klein und hilft schon mit. Hier, zur Belohnung bekommst du ein Bonbon.«

Langsam füllten sich seine Taschen mit immer mehr Süßigkeiten.

Obwohl er allabendlich immer wieder die gleiche Prozedur vollzog, hatte er in dem Moment, wenn er die Klappe des Schachtischs öffnete, jedes Mal Angst, gewachsen zu sein. Vielleicht hatte sich seine Wirbelsäule über Nacht gestreckt, oder seine Schultern waren breiter geworden. Erst als er sich in seiner üblichen Position befand und nirgendwo anstieß oder den Mechanismus behinderte, konnte er unbekümmert den Blick zur Unterseite des Schachbretts heben.

Der Junge achtete darauf, so unscheinbar wie möglich zu leben. Inmitten der alten Herrschaften bewegte er sich lautlos, auf den Fluren schlich er immer an der Wand entlang und redete nie, wenn es nicht sein musste. Die ihm aufgetragenen Arbeiten erledigte er hingebungsvoll, aber sobald er damit fertig war, verschwand er, um keine Spuren zu hinterlassen. Seine Mahlzeiten nahm er rasch in der hintersten Ecke des Speisesaals ein, und wenn sich die Gesellschaft im Salon versammelte, saß er abseits und beteiligte sich nicht am Gespräch. In der gleichen Weise, wie er sich in der Puppe versteckte, verbarg er sich in Nischen und Ecken, die von den Bewohnern gar nicht wahrgenommen wurden.

So konnte er ruhig atmen. So fühlte er sich seinen Freunden nah. Indira, Pawn und Miira. Und natürlich seinem Meister.

Einzig die Oberschwester war aufmerksam genug, ihn überall aufzuspüren. Ihrem Blick entkam der Junge nicht.

»Ich könnte etwas Hilfe gebrauchen.«

Mit ihrem tadellos sitzenden Häubchen und der stolzgeschwellten Brust unter dem weißen Kittel stand sie da und schaute sich nach ihm um. Wie eine Befehlshaberin auf der Kommandobrücke.

»Ja?«

Der Junge war immer sofort zur Stelle. Nichts bereitete ihm mehr Freude, als ihr zu Diensten zu sein, egal, um was es sich handelte.

Der Sommer hielt Einzug in den Bergen. Der Wind blies die Dunstwolken von den Kuppen, damit die Sonnenstrahlen auch in den allerletzten Winkel dringen konnten.

Die Blumen rund um das Haus, die schwarzen und weißen Kieselsteine, die den Innenhof schmückten, die Wasserpflanzen auf dem See, sogar die altersschwache Gondel – alles lebte auf und erstrahlte in neuem Glanz. Wenn man aufmerksam hinsah, konnte man zwischen den Bäumen Hasen vorbeihuschen sehen. Die alten Herrschaften hielten ihren Mittagsschlaf auf der Terrasse rund um den Innenhof. Sobald sie wach waren, begaben sie sich ins Schachzimmer, wo sie die Nacht zum Tag machten. Niemandem war aufgefallen, dass der Ofen im Schachzimmer nicht mehr in Betrieb war.

An einem dieser Tage, an denen sich die Alten an den Segnungen des Sommers erfreuten, flatterte plötzlich eine unerwartete Nachricht ins Haus.

Herr S., ein international anerkannter Schachgroßmeister, der sich auf der Rückreise von einem Turnier befand, beabsichtigte, der Residenz einen Höflichkeitsbesuch abzustatten. Derartige Ereignisse waren eine Seltenheit, da auch Angehörige sich hier kaum blicken ließen. Und so sorgte der angekündigte Auftritt für ziemlichen Wirbel, zumal es sich um einen so prominenten Gast handelte. Das letzte Mal, dass ein Besucher den beschwerlichen Weg zu ihnen hinauf genommen hatte, war bereits zehn Jahre her. Damals hatte ein Opernsänger die Residenz mit seiner Anwesenheit beehrt.

Man einigte sich schließlich darauf, dass Herr S. gegen zehn Senioren Simultanschach spielen sollte. Das Personal war eifrig mit den Vorbereitungen beschäftigt, damit alles reibungslos ablief. Die alten Herrschaften besprachen ausführlich, wer eine Rede halten sollte und wer die Blumen überreichte, vor allem aber, wer als Gegner infrage kam. Da es im Schachzimmer zu eng war, entschied man sich für den Salon als Austragungsort. Die sechs vorhandenen Schachbretter zogen um, die restlichen vier wurden von der Schachunion als Leihgabe zur Verfügung gestellt. Die zehn Tische waren in Hufeisenform arrangiert. Die Gardinen wurden gewaschen. Ein Pappschild mit der von Girlanden umrankten Aufschrift »Willkommen in der Residenz Etüde« wurde aufgehängt und eine Wasserkaraffe aus dem Geschirrschrank hervorgeholt, die eigens für Herrn S. bestimmt war. Nur der Kleine Aljechin blieb mutterseelenallein im Schachzimmer zurück. Inmitten der aufgeregten Stimmung, die sich breitmachte, verrichtete er stillschweigend allerlei Arbeiten.

Herr S. war ein elegant gekleideter Gentleman. Er hielt lächelnd Einzug, zu seinem Gefolge gehörten Manager, Journalisten und Fotografen. Seine gute Laune wurde noch besser, als er den Applaus der alten Herrschaften vernahm. Sein Leibesumfang war beachtlich, aber das ließ den Jungen diesmal ziemlich kalt. Das schüttere Haar des Herren und seine gemächliche Art ließen ihn älter erscheinen, als er tatsächlich war. Die bleichen Hände waren makellos rein, seine Wangen schimmerten seidig, und hinter den Ohren kräuselte sich das noch vorhandene Haar wie Zuckerwatte. Die alten Herrschaften glühten vor Aufregung und schwelgten in nostalgischen Erinnerungen an frühere Partien.

Als das Simultanschach losging, war die Stimmung im

Salon zum Zerreißen gespannt. Die zehn Auserwählten waren auch aus Sicht des Jungen die besten Spieler vor Ort. Neun Männer und eine Frau saßen nebeneinander an ihren Tischen, und Herr S. wanderte von Gegner zu Gegner. Er musste sofort seinen jeweiligen Zug ausführen, während die Alten so lange Bedenkzeit hatten, bis sie an der Reihe waren. Das Personal und die übrigen Bewohner starrten wie gebannt auf die Schachbretter.

Der Junge war unter ihnen. Geschickt schlüpfte er durch die Beine der Zuschauer hindurch, um permanent alle zehn Spielfelder im Blick zu haben. Es war das erste Mal, dass er Simultanschach miterlebte, er war sofort fasziniert von der perfekten Harmonie zwischen Ruhe und Bewegung. Die zehn Spieler saßen reglos an ihrem Platz. Die Figuren glitten Zug um Zug mit der gewohnten Geschwindigkeit über die Felder. Nur Herr S., dem nicht erlaubt war stehen zu bleiben, drehte unaufhörlich seine Runden.

In seinem Kopf hatte er alle Spielstände abgespeichert, die dann von Runde zu Runde wechselten. Hatte der Junge im Inneren des Automaten das komplette Schachbrett vor seinem inneren Auge, konnte Herr S. gleich zehn Partien auf einmal im Gedächtnis behalten. Es war unglaublich! Zwar hatte es den Anschein, Herr S. würde immer nur das Brett fixieren, vor dem er gerade stand, in Wahrheit aber wanderte sein Blick pausenlos umher. Wenn er sich Brett A näherte, hatte er bereits den letzten Zug seines Gegners analysiert und sich seinen nächsten zurechtgelegt, wodurch er sich in Gedanken der Partie auf Brett

B und C widmen konnte. Da er für jede Partie eine eigene Strategie hatte, reagierte er nur auf die zu erwartenden Fehler der alten Herrschaften, um daraufhin sofort Brett D und E in Augenschein zu nehmen ... Das war die Prozedur.

Seine Fingerspitzen waren wie ein aufblitzendes Licht und ein dahinströmender Fluss zugleich. In seinen Händen wachte eine unglaubliche Intelligenz, mit der er die komplexesten Situationen meisterte, ohne dabei an Präzision zu verlieren. Nie gab es ein Zögern, nie eine Unachtsamkeit.

Die alten Herrschaften wiederum wollten dem weit gereisten Meister mit aller Ehrerbietung begegnen: Jeder von ihnen gab sein Bestes. Die auf sämtlichen Schachbrettern identische Ausgangsstellung entwickelte sich nach und nach auf unterschiedliche Weise. Jedoch merkte der Junge, dass es eine Verbindung zwischen allen Partien gab. Auch wenn jedes Spielfeld seine Eigenständigkeit besaß, waren die jeweiligen Züge keineswegs selbstsüchtig. Alle elf Personen spürten den Atem des anderen, sie tauschten Blicke, und ihre Augen funkelten wie eine Galaxie blinkender Sterne.

Der Junge hielt sich abseits des Sternennebels, von einer ruhigen Ecke aus beobachtete er das Flackern. Herr S. machte seinem Ruf alle Ehre.

Auf jedem Brett entwickelte sich nun ein erbitterter Kampf. Es gab welche, wo jeder Angriff lautlos und konzentriert vorgetragen wurde. Und es gab solche, auf denen ein einziger Zug alles änderte. Der Junge feuerte die alten Herrschaften, die tapfer durchhielten, im Stillen an. Er fühlte sich dabei, als würde er auf den Knopf neben dem Hebel drücken, damit der Kleine Aljechin seinem Gegner zuzwinkerte.

Je weniger Figuren auf den Spielfeldern verblieben, umso mehr erhöhte Herr S. das Tempo. Seine Lippen waren ausgetrocknet, das verschwitzte Haar klebte ihm am Nacken. Hin und wieder vernahm man das Klicken eines Fotoapparats, sonst war nur das Klacken der Figuren zu hören und die Schritte von Herrn S. Das Schweigen der Zuschauer wurde mit jeder Runde dichter. Gerade fragte sich der Junge, ob sich die gespannte Stille im Raum noch steigern ließ, da hörte man den ersten König fallen. Und ehe er sich's versah, fielen ein zweiter und ein dritter. Die Zuschauer, die so lange ausgeharrt hatten, seufzten laut.

Der fünfte König, der sechste, der siebte – sie alle schafften es nicht, Herrn S. standzuhalten. Die matt gesetzten Damen und Herren blickten an die Decke, rauften sich die Haare oder schlossen erschöpft die müden Augen. Das Ende war nur noch eine Frage der Zeit. Je weniger Gegner übrig blieben, umso druckvoller konnte Herr S. agieren, sodass kaum einer der Alten mehr in der Lage war, Gegenwehr zu leisten.

Dann gab sich auch der Letzte geschlagen, ein alter Herr, der Herrn S. bis zuletzt Paroli geboten hatte. In dem Augenblick, als der Sieg des Großmeisters verkündet wurde, brach im Salon ein Beifall aus, um seine großartige Leistung zu würdigen. Die aus dem Schweigen entfesselte Begeisterung erfüllte den Raum bis in den letzten Winkel. Herr S. setzte, nachdem er jedem Mitspieler die Hand geschüttelt hatte, ein Lächeln auf und bedankte sich beim Publikum:

»Heute haben Sie, werte Damen und Herren …«

Gerade als er seine Ansprache beginnen wollte, wurde plötzlich die Tür aufgerissen. Alle Anwesenden drehten sich abrupt um.

»Die Gondel hängt fest!«

Es war der ältere der beiden Zwillinge. Er trug ein Regencape, von dem das Wasser heruntertropfte.

»Sie ist infolge des Unwetters stecken geblieben.«

Er hatte der Oberschwester pflichtbewusst Meldung erstatten wollen, ahnte aber nichts von dem Wettkampf, der hier gerade stattfand. Die Anwesenden blickten erstaunt aus dem Fenster und bemerkten erst jetzt, dass draußen ein mächtiges Unwetter tobte. Die Bäume bogen sich gewaltig, der Regen peitschte gegen die Scheiben, und das Pfeifen des Windes war nun deutlich zu hören. Alle erstarrten, nur Herr S. blieb gelassen.

»Wenn die Gondel heute nicht mehr fährt, übernachte ich eben hier. Dann könnte ich auch eine Partie gegen den Kleinen Aljechin spielen.«

17

Der Tag, als Herr S. und das Unwetter kamen, sollte ein denkwürdiger Tag für den Kleinen Aljechin werden. Denn die Partie zwischen ihm und Herrn S. brachte eine berühmte Notation hervor, der auch heute noch viel Bewunderung entgegengebracht wird. Und sie ist der einzige Beweis dafür, dass der Kleine Aljechin tatsächlich existierte.

Einer der Reporter, die Herrn S. begleiteten, dachte zunächst, eine Partie gegen einen Schachautomaten sei nichts weiter als ein amüsanter Zeitvertreib. Er kam überhaupt nur auf die Idee, sie aufzuzeichnen, weil zufällig noch ein Notationsblatt herumlag. Doch schon bald musste er feststellen, dass er damit nicht auskommen würde. Seine Hand, die den Stift führte, fing irgendwann an, vor Aufregung zu zittern. Aber seine wacklige Handschrift kann man trotzdem noch lesen.

Dabei tat der Kleine Aljechin gar nichts Besonderes. Er spielte einfach nur Schach, so wie es ihn sein Meister in dem alten, ausrangierten Bus gelehrt hatte. Während draußen das Unwetter wütete, war es unter dem Schachbrett ganz still. Hier gab es nur die unendliche Weite des Ozeans. Das Horrorszenario, das der Junge immer befürchtet hatte, war eingetreten: Die Seilbahn war stecken geblieben. Aber dies erschütterte ihn nicht im Geringsten. Je bedrohlicher es in der Welt da draußen tobte, umso klarer wurde das Wasser um ihn herum. Hand in Hand trieben Indira, Pawn, Miira und der Kleine Aljechin über den Ozean.

Die sanftmütige Indira wies mit ihrem Rüssel den Weg und achtete darauf, dass niemand verloren ging. Pawns Kummer über den zertrümmerten Bus war verflogen, und Miira wich nicht von der Seite des Jungen. Die Taube hockte reglos auf ihrer Schulter, wie früher, wenn Miira ihre wundervollen Notationen anfertigte.

Die Partie mit Herrn S. wogte hin und her, wobei der Kleine Aljechin mehrmals in eine bedrohliche Situation geriet. Dann aber hörte er wohlvertraute Worte: »Nicht so hastig, mein Junge.« Die Stimme seines Meisters klang so nah, als würde er neben ihm stehen.

Der Junge schaute sich um und war erneut sprachlos angesichts der unermesslichen Weite des Ozeans, der ihn umgab. Es war wie damals, als er das erste Mal seinen Meister besiegte. Nun endlich war er am Ende seiner Reise angelangt.

Ein Lichtstrahl näherte sich. Als gäbe es ihn seit ewigen Zeiten, funkelte er sanft im Wasser. Die Strömung trieb die Gefährten auf ihn zu. Da entdeckte der Kleine Aljechin inmitten des Lichtstrahls den König von Herrn S., ganz allein und ungeschützt.

Als die Partie vorüber war und die Puppe und Herr S. sich die Hand gaben, schaute der Junge, den Hebel fest umklammert, noch lange auf die Unterseite des Schachbretts. Die Spuren des zähen Kampfes, den er sich mit Herrn S. geliefert hatte, hätten eigentlich dort zu sehen sein müssen. Aber es herrschte nichts als Dunkelheit. Es war, als wollte das Schachbrett über seinem Kopf sagen, dass nichts Besonderes geschehen war. Und so blieb dem Jungen nur das unbestimmte Gefühl, in einem riesigen Ozean geschwommen zu sein.

Am nächsten Tag, als der Sturm sich gelegt hatte, bekam er nicht mit, dass die Notation, die zusammengefaltet in der Jackentasche des Reporters steckte, mit der inzwischen reparierten Seilbahn ins Tal hinunterfuhr. Und er sollte nie erfahren, dass sie unter dem Titel »Das Wunder des Läufers« in die Schachgeschichte einging. Dass sie mit einer Partitur Barockmusik verglichen werden würde, mit einer Höhlenmalerei oder einer Kristallmine.

Der Tag nach dem Sturm brachte noch ein anderes wertvolles Zeugnis mit sich: eine Fotografie des Kleinen Aljechin. Die Aufnahme zeigte ihn in einem der seltenen Momente, als er direkt neben einem Schachbrett stand. Sie war zufällig entstanden, als einer der Fotografen ein paar Schnappschüsse von dem Salon machte, in dem das Simultanschach stattfand. Auf dem Bild schaute der Junge einem alten Herrn über die Schulter, der sich gerade gegen Herrn S. zur Wehr setzte. Der Blick, mit dem er die Figuren fixierte, war so intensiv, dass man sich fragte, woher dieser kleine Mensch eine solche Energie hernahm. Die Lippen fest geschlossen wie bei seiner Geburt, hatte er den rechten Zeigefinger ans Kinn gelegt. Sein bleicher Nacken, die glatte Stirn und das weiche, schmiegsame Haar vermittelten tatsächlich den Eindruck, als wäre er immer noch ein Kind von elf Jahren. Einzig seine Hand, die den Hebel bediente, sah aus wie die eines alten Mannes. Jedem, der die Fotografie zu Gesicht bekam, verschlug es die Sprache beim Anblick seiner würdevollen Erscheinung.

Als der Reporter ihnen die Bilder zusammen mit einem Dankesschreiben von Herrn S. schickte, ließ die Oberschwester einen Abzug der Aufnahme anfertigen, den sie in ihrem Schreibtisch verwahrte.

Seitdem hatte sie jedes Mal, wenn sie zu Beginn ihrer Schicht das Stethoskop aus der Schublade holte, das Bild des Kleinen Aljechin vor Augen.

Nichts hatte eine annähernd hohe Bedeutung für den Jungen wie die Briefe, die er von Miira bekam. Eine einzige Zeile von ihr war für ihn von unschätzbarem Wert. War der Moment gekommen, wo der ältere Zwilling die Warenlieferungen aus dem Tal brachte, wurde er ganz unruhig und überlegte sich einen Vorwand, unter dem er sich ins Foyer schleichen und am Empfang warten konnte. Da ihm aber nie etwas Gescheites einfiel, lief es immer darauf hinaus, dass er sich hinter einem Pfeiler versteckte, um ihm dort aufzulauern. Leider wurde er nur selten für seine Geduld belohnt.

Obwohl dem Jungen klar sein musste, dass Miiras Antwortschreiben mit dem achtzehnten Zug unmöglich schon am jetzigen Tag eintreffen konnte, wenn er gestern erst den siebzehnten Zug abgeschickt hatte, fühlte er sich hoffnungslos niedergeschlagen, wenn er in dem Briefbündel, das am Empfang lag, kein Schreiben von ihr entdecken konnte. Aber vielleicht bewies dieser Umstand ja, dass seine Freundin ernsthaft über ihren Zug nachdachte. Manche brauchen eben etwas länger dafür. Um seine Enttäuschung zu verbergen, bewegte er sich wie ein Läufer auf dem Karomuster der Bodenfliesen im Foyer hin und her.

Seine Freude war natürlich übergroß, wenn tatsächlich ein Brief für ihn dabei war. Dann ließ er ihn in die Hosentasche gleiten und las ihn erst, nachdem er in der Morgendämmerung in sein Zimmer zurückgekehrt war. Er hoffte, je länger er sich geduldete und die Lektüre des Briefs hinausschob, umso kürzer würde die Wartezeit auf den nächsten Brief sein.

Wenn der Umschlag noch in seiner Tasche knisterte, hatte er das Gefühl, Miira und die Taube an seiner Seite zu haben. Dann dachte er mit Wehmut an die Zeit, als sie zu dritt ein unschlagbares Trio gewesen waren.

Abends in seinem Zimmer war es dann so weit. Ich hoffe, ich beleidige dich nicht, wenn ich so schlecht spiele. Bitte mach dich nicht lustig über mich. Ich bin mir nicht sicher, ob das in dieser Situation der richtige Zug ist … Miiras Züge erzählten Bände. Immer wohnte ihnen ein gewisses Zaudern inne, aber zugleich drückten sie den Wunsch aus, akzeptiert zu werden. Weshalb sollte ich mich lustig über dich machen, murmelte der Kleine Aljechin dann und zeichnete ihren Zug zärtlich mit dem Finger nach. Das war so, als würde er sie in den Arm nehmen.

Der Sommer ging zu Ende, die Bergkuppen lagen wieder im Dunst, und als es so weit war, mit Holzscheiten ein Feuer im Ofen zu entfachen, zog eine neue Bewohnerin in die Residenz. Sie wirkte ein wenig verloren, als sie zwischen dem älteren Zwilling und der Oberschwester das Foyer betrat, so als wüsste sie nicht, was sie hier sollte. Sie schaute sich vorsichtig um, wich aber den Blicken der anderen Bewohner aus. Ihren unsicheren Schritten nach zu urteilen, litt sie offenbar an einer zehrenden Krankheit. Der Junge erkannte die neue Bewohnerin sofort: Es war die alte Dame.

Noch hatte sie kein Wort gesprochen, und von dem leichtfüßigen Gang, als sie damals mit klackernden Absätzen über den gefliesten Boden lief, war nichts mehr zu merken. Trotzdem wusste er sofort, dass sie es war.

Beinahe hätte er sie angesprochen, aber er hatte Angst, es könnte unhöflich sein, wenn sie plötzlich mit dem Menschen konfrontiert wurde, der sonst immer verborgen unter dem Tisch hockte. Deshalb sah er nur stumm zu ihr hinüber.

»Vielleicht wollen Sie wieder zurück auf Ihr Zimmer?« Die Oberschwester schien ihre Unsicherheit zu spüren, und wenig später verließen die beiden den Salon in Richtung Frauentrakt. Neuankömmlinge waren keine Seltenheit, und es kam durchaus vor, dass sich die Betreffenden nicht in aller Form vorstellten. Doch daran störte sich hier niemand. Der Einzige, der der alten Dame nachschaute, war der Junge.

Von diesem Tag an wartete er sehnsüchtig auf sie im Schachzimmer. Jedes Mal, wenn er sie im Speisesaal oder auf der Terrasse erblickte, hätte er am liebsten ausgerufen: »Bitte besuchen Sie doch Ihre Puppe ...« Doch er unterdrückte diesen Impuls und ging wie üblich schweigsam seinen Tätigkeiten nach.

Jede Nacht erschienen zu fortgeschrittener Stunde die Alten, die nicht schlafen konnten, im Schachzimmer. Auf der Suche nach einem Gefährten nahmen sie vor dem Kleinen Aljechin Platz. Mit der gleichen Aufmerksamkeit, die er den Figuren schenkte, lauschte der Junge im Inneren des Automaten auf die Schritte der alten Dame. Doch es sollte noch über ein Monat vergehen, bis sie zum ersten Mal das Schachzimmer betrat. Ihr schleppender Gang klang bemitleidenswert. Es bedrückte ihn zutiefst, zu wissen, wie mühsam es für sie sein musste, sich von ihrem Zimmer bis hierher zu quälen. Aber nun war sie da.

Doch die alte Dame, die im Klub jedes Mal zielstrebig auf den Kleinen Aljechin zugegangen war, inspizierte zunächst die anderen Schachbretter und stocherte mit dem Schürhaken in der Glut des Holzofens herum.

Der Junge legte die Finger an den Hebel, um jederzeit startbereit zu sein. Er erinnerte sich noch genau an alle Partien, die er gemeinsam mit ihr gespielt hatte, von der

Einweihung des Kleinen Aljechin bis zu dem Spiel in der Werkstatt, bei dem seine Großmutter zugeschaut hatte. Jede war von einer tiefen Freundschaft beseelt gewesen. Einer Freundschaft, wie man sie nur selten empfindet.

Schließlich blieben die Geräusche aus, und es war nur noch das Knistern des Brennholzes im Ofen zu hören. Der Kleine Aljechin lauschte angestrengt, ob die alte Dame sich endlich an den Schachtisch gesetzt hatte. Er wusste, dass sie in seiner Nähe war.

»Wer sind Sie?«

Ihre Frage kroch in die Tiefe der Nacht.

»Das sind sehr hübsche Figuren.«

Zaghaft hob sie erst den König hoch, dann einen Springer und einen Bauern, stellte sie jedoch sofort wieder auf das Brett zurück.

»Ist das Ihre Katze? Sie sieht sehr klug aus, wie sie so ihre Ohren spitzt.«

Sie streckte ihre Hand aus und strich sanft über die reparierte Bruchstelle an Pawns Ohr und berührte anschließend das Glöckchen.

»Warum antworten Sie nicht?« fragte die alte Dame, als der Nachhall des Glöckchens längst verklungen war.

In ihrem Ton schwang Verwunderung mit, aber auch die Besorgnis, ob die Frage vielleicht zu indiskret gewesen sei. Der Junge fühlte sich ertappt. Sie wartete genauso ungeduldig auf eine Antwort, wie er die ganze Zeit über auf ihr Erscheinen im Schachzimmer gewartet hatte.

In dieser Nacht war es noch einsamer als sonst. Die

reglosen Bäume klammerten sich an die Finsternis, vom Personal der Nachtschicht war nichts zu sehen. Die Bewohner der Residenz »Etüde« schlummerten friedlich in ihren Betten.

Der Kleine Aljechin fasste einen Entschluss. Er öffnete die Klappe und kroch aus der Puppe.

»Ja, das ist meine Katze. Sie heißt Pawn.«

Seine Glieder waren ganz steif. Er lehnte sich gegen den Schachtisch und streckte sich, bis er wieder gerade stehen konnte. Das Licht blendete ihn, er kniff die Augen zusammen und schaute auf den Boden.

»Pawn? Was bedeutet das?«

Die alte Dame war nicht im Geringsten erstaunt über den Jungen, der nun vor ihr stand. Weder die Tatsache, dass er vorher in dem Schachautomaten saß, noch dass er merkwürdige Lippen hatte, schien sie sonderlich zu beeindrucken. Sie sah ihn an, wie sie zuvor den Schachautomaten angesehen hatte.

»Sie kennen nicht das englische Wort *pawn*?«

Die alte Dame war durch ihre gebeugte Haltung nicht viel größer als er selbst. In ihrem Kleid aus Seide, der Perlenkette, den passenden Ohrringen und der Handtasche am Arm sah sie aus, als wollte sie gerade zu einer Abendgesellschaft aufbrechen. Aber ihr Alter ließ sich nicht verbergen. Ihr Haar war unfrisiert, der Nagellack war abgesprungen und ihre Hände zitterten.

»Das hier ist ein *pawn*«, erklärte er und reichte ihr den weißen Bauern von h2.

»Er ist die kleinste und schwächste von allen Schachfiguren, schreitet aber immer mutig voran und macht nie einen Rückzieher. Der Kater trägt diesen Namen, weil er bescheiden wie ein Bauer ist und trotzdem verlässlich seine Aufgabe erfüllt.«

Die alte Dame rollte den Bauern auf ihrer Handfläche hin und her und verglich die Figur mit dem Kater, so als bräuchte sie Zeit, um seine Ausführungen zu verstehen.

Traurig betrachtete er ihre zitternden Hände, die unschuldig mit dem Bauern spielten. Sie hatten so viele wundervolle Notationen geschaffen und nun alles vergessen.

»Hier gibt es so vieles, was ich nicht verstehe. Ich weiß noch nicht einmal, warum ich hier bin.«

Die alte Dame wollte den Bauern auf h2 zurückstellen, aber aus Angst, die Nachbarfiguren anzustoßen, war sie so vorsichtig, dass ihre Hand immer mehr zitterte. Deshalb landete die Figur auf h3.

»Ach, Sie brauchen sich keine Sorgen zu machen«, sagte der Junge und schaute zu ihr auf. »Wenn man sich das Schachbrett als eine Landkarte denkt, dann befinden wir uns hier auf Feld a8, da, wo der schwarze Turm steht. Er ist wie ein Streitwagen, der vorwärts- und rückwärtsfahren kann, nach rechts und nach links. Da er sein Territorium gut zu schützen weiß, sind wir hier in Sicherheit.«

Und zudem ist der Turm Ihre Lieblingsfigur, fügte er im Stillen hinzu.

»Wirklich? Ich bin in dieser Festung?«

Sie hob den Turm hoch. Ja, ihr geliebter Turm. Aber ihre runzligen Finger konnten ihn kaum noch halten.

Sie standen so nah beieinander, dass sie gegenseitig ihren Atem spüren konnten, und starrten auf das Schachbrett. Das Licht fiel aus dem Zimmer auf die nahen Weiden. Irgendwo dahinter, in dunkler Ferne, lagen a1, h1 und h8.

»Ja, der Ozean des Schachs ist grenzenlos. In diese Fluten kann man nach Herzenslust eintauchen.«

Wie gerne hätte der Junge ihr erzählt, dass sie dieselben Worte schon einmal gesagt hatte. Aber er behielt es für sich.

»Wenn Sie möchten, bringe ich Ihnen Schach bei«, sagte der Junge.

»Schach?« wiederholte sie und sah ihn verwundert an.

»Ja. Gemeinsam mit den Figuren fährt man über ein Meer von acht mal acht Feldern. Aber setzen Sie sich doch. Solange Sie nicht Platz genommen haben, können wir nicht anfangen.«

Er schob den Stuhl zurecht und nahm ihren Arm. Er fühlte sich warm an und war so dünn, dass er ihn vollständig mit seiner Hand umfassen konnte. Es war eine Wärme, die in ihm eine ferne Sehnsucht weckte. Am liebsten hätte er ihn nie wieder losgelassen. Die alte Dame legte sich ihre Handtasche in den Schoß, und nachdem sie ein bisschen hin und her gerückt war, hatte sie eine geeignete Position gefunden. Endlich war der Zeitpunkt gekommen, wo die alte Dame wieder dem Kleinen Aljechin gegenübersaß. Seine Augen schimmerten sanft im Schein des flackernden Feuers.

»Ein Spielfeld besteht aus schwarzen und weißen Feldern, acht waagerecht, acht senkrecht. Das macht zusammen vierundsechzig. Das Feld rechts unten vor dem Spieler ist immer weiß. Es gibt sechs verschiedene Figuren, die sich jeweils auf verschiedene Weise fortbewegen.«

Er stellte zunächst alle Figuren auf den Beistelltisch, um das Brett leer zu räumen.

»Eins, zwei, drei …«

Mit zittrigem Zeigefinger zählte die alte Dame die Felder ab.

»Genau, das sind acht Felder.«

»Ja.«

»Immer abwechselnd schwarz und weiß.«

»Ja.«

Sie tauschten ein Lächeln aus.

»Also, mit welcher Figur wollen wir beginnen?«

»Tja …«

Sie ließ den Blick über die Figuren gleiten.

»Ah, hier, die ist gut. Ich nehme diese. Die mag ich am liebsten.«

Es war der Turm, nach dem sie griff. Der Turm, der so geradlinig durch die feindlichen Linien preschte.

»Ja, diese Figur passt gut zu Ihnen. Sie kann vor- und zurückgehen und auch seitlich. Und wenn der Turm unterwegs auf eine feindliche Figur trifft, kann er sie schlagen.«

Der Junge stellte den schwarzen Turm auf d4. Dann ließ er ihn, um zu demonstrieren, wie rasend schnell er sich fortbewegen konnte, in alle vier Richtungen bis an den Rand des Spielfelds gleiten. Als er damit fertig war, stellte er einen Bauern auf g4, den er mit dem Turm schlug.

»So etwa.«

»Darf ich auch mal?«

»Natürlich.«

Anfangs war sie noch etwas zaghaft, aber dann kam sie in Schwung, und sie fegte nach h4, h8 und schließlich nach a8.

»Das macht Spaß.«

Der Turm lag in ihrer Hand, als würde er sich ihr ganz anvertrauen.

»Wie schön, dass Sie es sind, der mir Schach beibringt. Ich glaube, es könnte mir gefallen. Sie sind gewiss ein guter Lehrer«, sagte die alte Dame.

18

Ein langer Winter hielt Einzug. Es war der kälteste Winter, den die Bewohner der Residenz »Etüde« jemals erlebt hatten. Die Kanalisation, die Wasserleitungen, die Teiche und Bäche – alles, was Wasser mit sich führte, war zugefroren. Einmal wurde der Schnee vom Wind derart gegen die Masten gepeitscht, dass die Führungsrollen der Seilbahn vereisten und sie nicht fahren konnte, wie damals beim Besuch von Herrn S.

Die ohnehin seltenen Besucher wurden noch seltener. Durch die tief hängenden Wolken, die auch tagsüber nie aufrissen, sondern den Berg rundherum verhüllten, hatte man den Eindruck, dass die Residenz komplett von der Welt abgeschnitten war. Es herrschte Totenstille. Immer mehr Bewohner klagten über die Kälte. Sie wurden zunehmend wortkarger, sogar das Klacken der Figuren, das sonst durch das Schachzimmer hallte, klang schwermütig.

Es gab eine Sache, die der Junge am liebsten verdrängt hätte. Überkam ihn in untätigen Momenten, wenn er seine Aufgaben erledigt hatte oder in der Puppe auf die Alten wartete, dieser Gedanke, versuchte er ihn mit einem heftigen Kopfschütteln oder einem Seufzer sofort wieder zu vertreiben.

Was wird sein, wenn die Schachpartie mit Miira beendet ist?

Aber je weniger er sich mit dieser Frage beschäftigen wollte, desto mehr drängte sie sich ihm auf. Ob Miira sich ebenfalls Sorgen machte? Nach dem zwanzigsten Zug ging die Partie ihrem Ende entgegen. Ihr König auf g1 war zwar durch den Turm und die Bauern geschützt, aber diese Verteidigungslinie war schwach und würde letztendlich gegen den Läufer, der auf der linken Seite lauerte, nichts ausrichten können. Doch der Läufer des Jungen warf einen zögerlichen, betrübten Schatten auf das Brett, was er zuvor nie getan hatte. Normalerweise würde er den gegnerischen König ins Visier nehmen und einen beschwingten Tanz aufführen, aber diesmal verharrte er lustlos auf der Stelle. Indira spürte, dass der Junge zögerte, und wartete gespannt auf seinen nächsten Zug.

Es quälte den Jungen, dass er die Partie unnötig in die Länge zog, nur weil er weiter Post von Miira bekommen wollte. Ihre erste gemeinsame Notation wurde nun langatmig, dabei wollte er doch Miira zu Ehren eine Sinfonie hinterlassen, gegen die alle bislang komponierten verblassten.

Lxe3+

Als er ihrem König Schach bot, fiel das Schreiben schwer wie nie zuvor. Völlig verkrampft hielt er den Stift fest und kratzte die einzelnen Symbole tief in das Papier hinein. Nachdem er den Brief versiegelt und mit einer Marke versehen hatte, ließ er ihn fünf Tage liegen, bevor er ihn in die Tasche steckte und dann noch einige Tage mit sich herumtrug. Als er sich dann endlich dazu durchgerungen hatte, ihn dem älteren Zwilling zu übergeben, war der Umschlag so zerknittert, dass man an seinen Falten erkennen konnte, wie sehr sein Absender gezögert hatte.

»Hier bitte, Ihr Nachtmahl.«

»Danke. Was gibt es denn heute?«

»Kohlrouladen.«

»Oh, das freut mich.«

Als könne sie nicht abwarten, hielt die Oberschwester ihren Kopf über den Teller, den ihr der Junge gerade hingestellt hatte, um sich den Duft in die Nase steigen zu lassen. Wie üblich hatte er die Portion von vier Kohlrouladen auf drei reduziert und von der Mousse au Chocolat geschickt die zur Verzierung aufgetupfte Schlagsahne entfernt.

»Was ich Sie übrigens immer schon fragen wollte …« Hungrig stopfte sie sich die Papierserviette ins Dekolleté. »Haben Sie nie darüber nachgedacht, einmal woanders Schach zu spielen?«

»Woanders?«

»Ja. Dort, wo Sie auf stärkere Gegner treffen würden.«

Während die Oberschwester genüsslich in eine Kohlroulade biss, wusste der Junge zunächst nicht, was er sagen sollte.

»So wie der eine damals, Herr Soundso, der internationale Schachmeister.«

»Ja, aber …«

»Hier können Sie doch nur mit alten Leuten spielen.«

Die Oberschwester kaute genüsslich. Ihre Leibesfülle war wie üblich fest verpackt in der weißen Tracht, und das Häubchen saß auf ihrem Kopf, als wäre es mit ihm verwachsen.

»Der weltberühmte Meister hat Ihnen doch sicher gesagt, dass Sie gut genug spielen, um bei großen Turnieren teilnehmen zu können?«

»Gab es denn Beschwerden von den Bewohnern? Ich meine, darüber, wie ich Schach spiele?« fragte der Junge besorgt.

»Aber nein. Ganz im Gegenteil, alle sind hochzufrieden mit Ihnen. Ich dachte nur, wie traurig es für Sie sein muss, so unterfordert zu sein. Sie sind doch noch jung. Warum verbringen Sie die beste Zeit Ihres Lebens hier an diesem entlegenen Ort?«

»Ich habe nie das Gefühl gehabt, unterfordert zu sein«, wehrte er hastig ab.

»Ach wirklich?«

Die ganze Zeit über kaute die Oberschwester mit vollen Backen. Der Geruch von Tomatensauce hing im Zimmer.

»Ja. Es gibt überall Leute, die gerne Schach spielen. In Turniersälen, in denen der Weltmeister ermittelt wird, genauso wie im Schachklub um die Ecke oder in einem Altersheim. Jeder spielt in der für ihn passenden Umgebung.«

»Unabhängig von der Körpergröße?«

»Natürlich. Ich krieche ja nicht in die Puppe, weil ich

so klein bin, sondern weil ich am besten spielen kann, wenn ich unter dem Schachbrett sitze. Das ist der Grund dafür, dass ich irgendwann aufgehört habe zu wachsen.«

»Aha, ich verstehe.«

Die Oberschwester ließ den Löffel auf ihrem Teller kreisen und dachte einen Moment lang nach, bevor sie die letzte Kohlroulade in Angriff nahm.

»Außerhalb der Puppe könnte ich gar kein Schach spielen. Dazu bin ich nicht geschaffen. Natürlich war es eine großartige Erfahrung, gegen einen Großmeister zu spielen, der weltberühmt ist. Aber diese Freude erlebe ich nur, wenn ich unter dem Schachbrett sitze, nicht davor. Das ist einfach so. Wie ein Läufer nie geradeaus gehen darf, sondern immer nur diagonal. Oder ein Elefant, der nicht mehr in den Aufzug passt, nicht mehr vom Dach eines Kaufhauses kommt.«

»Ein Elefant?«

»Ja, ein Elefant.«

Er hatte nicht nur den richtigen Augenblick verpasst zu gehen, sondern auch unnötig viel geredet. Beschämt senkte der Junge den Kopf.

An der Wand hing wie immer die adrette Schwesterntracht zum Wechseln. Das Regal war penibel aufgeräumt, das Laken auf dem Bett zeigte keine einzige Falte. An der Fensterscheibe hatte der nächtliche Reif ein weißes Spitzenmuster hinterlassen. Sie hatte ihr Nachtmahl beendet, nur das Dessert war noch übrig.

Der Junge ahnte nichts davon, dass die Oberschwester in ihrer Schreibtischschublade ein Foto von ihm aufbewahrte.

»Wollen Sie nicht auch einmal Schach spielen?« fragte er schüchtern.

»Ach, wo denken Sie hin. Ich habe überhaupt keine Ahnung von diesem Spiel.«

»Keine Sorge, ich bringe es Ihnen bei. Man hat gesagt, ich sei ein begabter Lehrer.«

»Wirklich?«

»Ja, das habe ich dem Menschen zu verdanken, der mir alles beigebracht hat.«

Die Oberschwester nahm das Schälchen mit der Mousse vom Tablett und betrachtete es gedankenverloren.

»Na gut. Wenn ich eine ruhige Minute habe, können wir einen Versuch wagen«, sagte sie und stach mit dem Teelöffel in die weiche Schokoladenmasse.

»Gut. Sagen Sie Bescheid, wenn es Ihnen passt. Ich würde mich sehr freuen.«

Sie nickten einander zu, aber ihre Verabredung kam nie zustande.

Es geschah in einer Nacht, die noch frostiger war als die Nächte zuvor. Sonst gab es keine besonderen Vorkommnisse. Der Junge hatte spät das Schachzimmer betreten, nur die Beleuchtung im hinteren Teil des Zimmers eingeschaltet und Brennholz nachgelegt.

Nachdem er den Kleinen Aljechin begrüßt hatte, wischte er mit einem Tuch den Staub vom Schachbrett, stellte die Figuren auf und band Pawn das Glöckchen um den Hals.

Hinten in der Mitte König und Dame, daneben die beiden Läufer, die ihrerseits von den Springern flankiert wurden, und an den äußeren Enden die beide Türme. Wie oft in seinem Leben hatte der Junge die Figuren schon auf das Brett gestellt, von seinen Anfängen im ausrangierten Bus bis zum heutigen Tag in der Residenz »Etüde«? Und immer noch hörte er dabei die warme Stimme seines Meisters:

»Genau so, mein Junge. Das hast du fein gemacht.«

Wie sehr er das unberührte Schachbrett, wo sämtliche Figuren noch tadellos auf ihrer angestammten Position stehen, doch liebte. Manche strotzen vor Tatendrang, andere schauen nachdenklich in die Ferne. Die Felder in der Mitte des Spielfelds liegen noch still und friedlich da, wohl wissend, dass es bald mit der Ruhe vorbei ist. Denn die Partie kann jeden Augenblick eröffnet werden.

Der Junge kontrollierte gewissenhaft, ob alle Figuren korrekt in Reih und Glied standen. Dann duckte er sich, kroch in die Puppe und schloss von innen die Klappe. Das Schloss schnappte zu.

Er zog an dem Hebel, um die Beweglichkeit von Hand und Fingern zu überprüfen, und ließ den Kleinen Aljechin einmal zwinkern. Die unzähligen Zahnrädchen und Federn versetzten die Dunkelheit in Schwingung und trugen dafür Sorge, dass die vom Hebel ausgehende Energie bis in die Fingerspitzen der Puppe strahlte.

Als der Junge sich eingerichtet und die nötigen Vorbereitungen für die nächste Partie getroffen hatte, atmete er tief durch und schloss dann die Augen. Nachdem er im Ofen ein paar Scheite nachgelegt hatte, war ihm nun wohlig warm. Der kalte Wind pfiff durch den Innenhof und rüttelte an den Fensterscheiben, dazwischen war nur das leise Knistern des lodernden Feuers zu hören. Wer würde wohl heute Nacht sein Gegner sein? Ein redseliger, angriffslustiger Spieler oder ein stiller Verfechter eines gerechten Remis? Ihm war jeder recht, der sich am Schachspielen erfreute.

Aber tief in seinem Herzen sehnte er sich nach der alten Dame. Vielleicht könnte er ihr heute die Figur des Läufers erklären. Oder besser noch: den Springer, der gleich neben dem Turm stand …

Der Junge öffnete wieder die Augen. Die Dunkelheit, die in der Puppe herrschte, war nicht anders als die hinter seinen geschlossenen Lidern. Eine Dunkelheit, die nicht den leichtesten, sondern den besten Weg aufzeigte. Niemand hatte bislang das Schachzimmer betreten. Selbst die Schritte des Personals von der Nachtschicht hatte der Wind fortgetragen.

Je stiller es wurde, desto mehr hatte der Junge das Gefühl zu schrumpfen. Seit er in der Residenz lebte, hatte er nie wieder solche Schmerzen gehabt wie damals im Klub am Grunde des Meeres. Er konnte seine Glieder inzwischen problemlos verbiegen, um sich an die Konturen des Puppeninneren anschmiegen zu können. So weich waren seine Muskeln, Sehnen und Bänder im Laufe der Jahre geworden. Es hatte nichts Unnatürliches, alle Körperteile fügten sich harmonisch zusammen, als würde der Junge wieder in den Embryonalzustand zurückkehren, als seine Lippen noch versiegelt waren.

Ob Miira seinen letzten Brief schon gelesen hatte? Und wo hätte sie das getan? In ihrem Zimmer? Oder in einem der Klubräume? Bestimmt war die ehemalige Damendusche mittlerweile umgestaltet worden, schließlich gab es dort keinen Schachautomaten mehr. Aber die Taube würde wie immer auf Miiras Schulter hocken. Allein dessen war er sich hier im Dunkeln der Puppe gewiss.

Er hoffte, sie würde den Umschlag nicht gedankenlos aufreißen, sondern so langsam öffnen wie er selbst, um die Freude darüber voll auszuschöpfen. Da sie so oft an seiner Seite gewesen war, als er gespielt hatte, sollte man meinen, dass sie eine Partie nicht unnötig in die Länge ziehen würde. Sie würde aufgeben, wenn ihr klar wurde, dass sie nicht mehr gewinnen konnte. Und dann würde er ihr einen richtigen Brief schreiben. Mit Worten. Und er würde ihr gestehen, dass er damals, als Miira in die Werkstatt gekommen war, um sich von ihm zu verabschieden, nicht den Mut gehabt hatte, aus dem Automaten zu kriechen. Dass er sie nie in seine Pläne eingeweiht hatte, mit dem Kleinen Aljechin zu flüchten. Dass er den Bauern auf h2 nur geopfert hatte, weil er seinen Gegner in die Schranken weisen musste.

Die Frage war nur, ob er die richtigen Worte finden würde. Konnte man überhaupt jemandem etwas deutlicher sagen, als mit dem Bauern von e2 auf e4 vorzurücken?

Der Junge legte die Stirn auf seine Knie und seufzte. Er verspürte eine tiefe Müdigkeit. Vielleicht wollte auch Miira einen richtigen Brief schreiben? Vielleicht gelang es auch ihr nicht, die richtigen Worte zu finden, und stattdessen notierte sie »e4«. Immerhin war dies ein Zeichen dafür, dass sie ihm verziehen hatte, oder? Sonst hätte sie ja wohl kaum die Partie eröffnet. Mit jedem Brief wollten sie wieder zueinander finden, und jetzt, nachdem er ihr Schach geboten hatte, würden sich ihre Hände vielleicht wieder berühren. Oh, er konnte Miiras Finger schon spüren …

Am nächsten Morgen fiel als Erstes der Putzfrau auf, dass etwas nicht stimmte. Als sie das Schachzimmer betrat, roch es versengt, aber sie schenkte dem keine Beachtung, da sie annahm, der Geruch käme von den Holzscheiten, die im Ofen vor sich hin schwelten. Sie öffnete die Fenster und schaltete den Staubsauger ein. Nachdem sie sich systematisch um Tische und Stühle herumgearbeitet hatte, immer peinlich genau darauf achtend, keines der Schachbretter anzustoßen, kam sie schließlich in die Ecke, wo die Puppe stand. Dort bemerkte sie, dass der Schornstein des Ofens eingeknickt war, wahrscheinlich aufgrund seines Alters. Da der umliegende Teppich angesengt und die Tapete verkohlt war, fühlte sie sich zunächst erleichtert, dass kein Feuer ausgebrochen war. Als sie an den verbrannten Stellen rieb, flog schwarze Asche durch die Luft. Sie war bereits kalt.

Die Bewohner der Residenz waren unterdessen ins

Zimmer getreten. Auch sie waren froh, dass das Feuer nicht auf andere Räume übergegriffen hatte.

»Das hätte einen Riesenbrand auslösen können.«

»Es ist aber nichts zu Schaden gekommen außer dem Teppich und der Tapete. Die Schachtische und der Kleine Aljechin sind unversehrt.«

»Was für ein Glück!«

Die Putzfrau schaute verwundert in die Runde. »War denn jemand von Ihnen gestern Nacht hier, um mit dem Automaten Schach zu spielen?«

Alle schüttelten den Kopf.

Plötzlich aber schrie einer der Alten auf. »Seht nur, Pawn …«

Seine Stimme zitterte, als er auf die Puppe zeigte.

»Das Glöckchen …«

Alle erstarrten. Es hing noch immer um den Hals des Katers.

»Wo ist der Kleine Aljechin?« murmelte einer der alten Herren. Niemand gab ihm Antwort.

Als die Hilferufe durch die Residenz hallten, hatte die Oberschwester ihre Nachtschicht beendet und war gerade zu Bett gegangen. Im Nu hatte sie ihren weißen Kittel von der Wand genommen und sich wieder angekleidet.

Der Leichnam des Jungen wurde im Inneren des Kleinen Aljechin entdeckt. Er war in der ihm vertrauten Position gestorben, mit angezogenen Knien und gebeugtem Rücken. Es sah so aus, als hätte er gerade den Hebel betätigen wollen, um eine Figur zu versetzen. Die Oberschwester zog den Jungen aus der Puppe und versuchte sofort, ihn wiederzubeleben, aber jeder wusste, dass es dafür zu spät war. Die Totenstarre hatte bereits eingesetzt.

Todesursache war eine Kohlenmonoxid-Vergiftung. Der Junge hatte zu viel Holz aufgelegt, woraufhin die Flammen in den Schornstein schlugen und dessen rußige Innenwand verschmorten, bis das Gelenk des Abzugsrohrs brach. Das Feuer griff zunächst auf den Teppich über und züngelte dann an der Tapete hoch, hatte jedoch nicht die Kraft, weiter um sich zu greifen, und erlosch von allein, bevor jemand etwas bemerkte. Nur die Glut hatte weiter geschwelt, und die giftigen Gase, die aus dem versengten Teppich und der verkohlten Tapete entwichen, waren bis ins Innere der Puppe gedrungen. Der Junge war in Gedanken an Miira erstickt. Ob die Wangen all jener, die auf diese Art ersticken, denselben Hauch von Rosa haben?

Die Oberschwester kontaktierte den Arzt, der sich normalerweise um die Bewohner der Residenz kümmerte, bestellte einen Wagen zur Talstation und bestieg mit dem Jungen in den Armen die Gondel. Als Oberschwester tat sie ihre Pflicht und brachte den Leichnam ins Tal, aber der Tod des Jungen traf sie hart und sie wollte ihn nicht wie die anderen Toten behandeln. So lag er nicht auf einer Bahre und war auch nicht in ein Leichentuch eingewickelt. Sie stellte sich genau in die Mitte der Kabine, um den richtigen Schwerpunkt auszuloten.

Weinend schloss der eine Zwilling die Tür und zog an dem Hebel. Das Seil spannte sich, und die Gondel setzte sich schaukelnd in Bewegung. Doch die Beine der Oberschwester schwankten kein bisschen. Und der Junge blieb völlig ruhig, genauso wie im Inneren der Puppe. Zwar hatten die Bewohner der Residenz ihn nie dabei gesehen, wie er die Figuren setzte, aber jeder spürte, dass sich in seinen Augen die Poesie des Schachs spiegelte.

In diesem Moment fuhr die andere Kabine an ihnen vorüber. Die Oberschwester war so auf die Erfüllung ihrer Mission konzentriert, dass sie die Frau in der Gondel gegenüber gar nicht bemerkte, auf deren Schulter eine weiße Taube hockte.

Die andere Frau konnte ihrerseits durch die Scheibe der vorbeiziehenden Gondel nur eine schemenhafte Gestalt erkennen. Instinktiv holte sie einen Brief aus ihrer Tasche. Trotz der Gewissheit, dass derjenige, dem sie die Zeilen übergeben wollte, sich längst von ihr entfernt hatte, war sie gekommen, um diesen Brief persönlich zu überreichen. Auf dem Papier stand nur ein Zeichen:

~

Sie hatte aufgegeben.

Als Porträt bei der Beerdigung diente die Aufnahme, die beim Simultanschach mit Herrn S. entstanden und von der Oberschwester in ihrer Schublade aufbewahrt worden war.

Über die persönlichen Gegenstände, die man ihm mit in den Sarg geben wollte, berieten sich sein Großvater, sein Bruder, die Oberschwester und Miira, aber sie brauchten nicht lange, um sich zu einigen: den Beutel aus Pawns kariertem Tuch, Miiras Brief, das vom Meister geerbte Schachbrett und den Kleinen Aljechin.

Alles passte problemlos in den Sarg. Ohne den Toten zu bedrängen, fügten sich die Dinge harmonisch um ihn herum. Man hätte meinen können, jemand habe im Voraus alles genau ausgemessen. Der Junge hatte die Lippen geschlossen, wie bei seiner Geburt. In der rechten Hand hielt er einen Bauern, in der linken einen Läufer.

EPILOG

Die Notation, die belegt, dass der Kleine Aljechin tatsächlich existiert hat, wird heute in einem Schachmuseum ausgestellt. Es ist jenes Museum, das Miira einst mit ihrem Vater, dem Zauberkünstler, besucht hatte. Das Exponat liegt im ersten Stock ganz hinten, in Vitrine II-D, neben dem kleinsten Schachspiel der Welt. Über die Jahre ist das Papier vergilbt, die Tinte verblasst, aber wenn man die Lupe benutzt, die eigentlich für das Miniaturschachspiel gedacht ist, kann man jede Zeile deutlich lesen. Auf dem Hinweisschild, das neben der Vitrine angebracht ist, steht Folgendes zu lesen:

Das Wunder des Läufers

Notation der Partie zwischen dem Schachautomaten Kleiner Aljechin und dem Schachgroßmeister S. Die Notation erhielt diesen Titel aufgrund der Eleganz und Besonnenheit, welche die Züge des Läufers charakterisierten. Verglichen mit dem »Schachtürken«, einem Automaten, der im 18. Jahrhundert von Baron Wolfgang von Kempelen konstruiert und mit bedeutenden Persönlichkeiten wie Maria Theresia, Napoleon Bonaparte, Benjamin Franklin und Edgar Allen Poe in Zusammenhang gebracht wurde, war das Leben des Kleinen Aljechin von Bescheidenheit geprägt. Grund hierfür war, dass er nur an wenigen Orten sein Können demonstrierte, die allesamt fernab der großen Bühne des Schachs liegen. Es heißt, eine Organisation, die in Verbindung mit dem Pazifik-Schachklub steht, habe sich als Sponsor an den Herstellungskosten beteiligt. Belege hierfür sind nicht bekannt.

Es gibt nur wenige Zeitzeugen, die wie Herr S. gegen den Kleinen Aljechin angetreten sind. Diese bestätigen, dass die Puppe dem großen Poeten des Schachbretts, Großmeister Alexander Alexandrowitsch Aljechin, nachempfunden war und im rechten Arm eine gefleckte Katze hielt, während sie mit links setzte. Wie ein richtiger Mensch konnte sie eine Figur mit den Fingern greifen und auf ein anderes Feld rücken. Allein beim Entfernen der geschlagenen Figur des Gegners war ihr die junge Protokollantin aus dem Klub behilflich. Es gibt auch Augenzeugen, die von einer weißen Taube berichten, welche aus unerklärlichen Gründen auf der Schulter des Mädchens hockte, was zu vielen Spekulationen führte. Da aber alle Zeitzeugen heute nicht mehr leben, gibt es auch hierfür keine Belege. Nur eines konnte bewiesen werden. Jeder Schachspieler, der gegen den Kleinen Aljechin antreten durfte, sprach im Anschluss von der besten Partie, die er jemals gespielt habe.

Bis heute ist unklar, wer den Schachautomaten bedient hat. Der Kasten unter dem Schachtisch maß nur fünfzig Zentimeter auf jeder Seite, sodass kein erwachsener Mensch je dort Platz gefunden hätte. Aus der Notation ist jedoch zu ersehen, dass ein Kind niemals eine derart anspruchsvolle Partie hätte spielen können. Viele Schachexperten, die versucht haben, dieses Rätsel zu lösen, vertreten die Meinung, dass der Spieler ein Mensch von besonderer körperlicher Beschaffenheit gewesen sein muss.

Die letzte Station des Kleinen Aljechin war die Seniorenresidenz »Etüde«, danach verlor sich seine Spur. Leider konnte keiner der Bewohner dabei behilflich sein, das Rätsel um den Verbleib der Puppe zu lösen. Inzwischen ist das Gebäude abgerissen worden.

Der Erhalt dieser wertvollen Notation ist den Bemühungen einer einzelnen Frau zu verdanken. Es war zwar ihr ausdrücklicher Wunsch, anonym zu bleiben, aber zumindest weiß man, dass es sich um eine Person handelt, die einst in einem Hotel gearbeitet hat, in dem auch der Schachautomat aufgestellt war. Sie hat das zwischenzeitlich verschollene Manuskript aufgespürt und zur sicheren Verwahrung unserem Museum übergeben. Wobei sie ausdrücklich darauf bestand, dass das Exponat neben dem kleinsten Schachspiel der Welt seinen Platz finden sollte.

Wenn man die Dame zu jener Person befragt, die den Kleinen Aljechin bediente, erhält man immer die gleiche Antwort: »Er war ein begnadeter Schachspieler und seinem Namenspatron durchaus ebenbürtig. Er hat für nichts anderes gelebt als für den Automaten, seine eigene Existenz war ihm unwichtig. Wenn Sie mehr über ihn wissen wollen, lesen Sie die Notation. Dort steht alles geschrieben.«

Die Originalausgabe erschien 2009 unter dem Titel
Neko wo Daite Zô to Oyogu im Verlag Bungeishunju, Tokio.

Yoko Ogawa wird durch das Japan Foreign-Rights Centre vertreten.

Umschlaggestaltung: Marc Müller-Bremer, München
Umschlagmotiv: Arcangel Images
Typografie und Satz: Frese Werkstatt, München
Herstellung: Sieveking · Verlagsservice, München
Druck und Bindung: CPI – Ebner & Spiegel, Ulm

ISBN 978-3-95438-013-8